NERI POZZA
BLOOM

262

Titolo originale:
Ad shehagheshem iachzor

“And to every people after their language” Book of Esther I .22
Published with the support of The Israeli Institute for Hebrew Literature, Israel and the embassy of Israel, Rome

Published by arrangement with The Italian Literary Agency and Cohen & Shiloh Literary Agency

ISBN 978-88-545-2779-9

www.neripozza.it

SALEIT SHAHAF POLEG

FINCHÉ NON TORNERÀ LA PIOGGIA

traduzione dall'ebraico di
Raffaella Scardi

NERI POZZA EDITORE

Ai miei nonni, Yosef e Miriam Yaakobi,
con nostalgia

PRIMA PARTE

Agosto – mese di Elul

Sodoma nella Valle

È iniziata con la pioggia.

O forse si può dire che è finita con quella pioggia che da allora non è piú tornata.

Di sicuro si può affermare che dopo quella pioggia qui non è caduta nemmeno una dannata gocciolina. Mai piú niente dopo quella pioggia, e fra poco ci chiudono i rubinetti.

Nei dintorni, tutto normale.

Solo pochi, vecchi, velenosi oleandri dividono i campi di mandorli del vicino kibbutz dai cento dunum *di granturco degli Shteinman, ma da loro piove e da noi niente.*

Come se le nuvole decidessero esattamente dove pisciare la loro benedetta pioggia.

Se non sapessimo come stanno le cose (o forse se ci avessero cresciuti genitori diversi), magari penseremmo che qualcuno lassú ci voglia punire. Per non aver parlato, o forse per altri peccati.

Qui nella Valle non c'è nemmeno un Giusto, si sa.

Ma una punizione del genere – vedere i campi devastati, l'erba medica rovinata da minuscoli coleotteri, i bruchi grassi sulle piante di granturco mezze marce, il frumento assetato che secca, i frutteti che appassiscono, galline e mucche portate al macello anzitempo per mancanza di foraggio –, una punizione cosí atroce non ce la meritiamo.

La maggior parte di noi, almeno, non se la merita.

I nostri figli piantano cartelli all'entrata del paese:

«Vestiti vintage», «Progettazione di camerette», «Torte fatte in casa», «Gioielli artigianali», «Camere a ore».

Non gli abbiamo insegnato altro mestiere. Eravamo fieri di noi stessi, di essere agricoltori, gli elargivamo complimenti anche se non finivano il liceo.

Adesso non se ne possono andare e comunque le loro mogli di città non vogliono trasferirsi altrove perché qui «la qualità della vita è migliore».

Ah!

Lavorano come muli e i bambini li lasciano a noi.

Ma non ci lamentiamo, stiamo alla finestra a guardare con tristezza il paese che va in malora per via della pioggia.

E anche per via di altre cose.

Quel giorno, quando l'ultima pioggia cominciò a scendere leggera durante la mattinata, eravamo seduti in casa, dopo la mungitura, davanti a una tazza di tè caldo e una fetta di pane integrale a pensare: ecco, finalmente comincia l'inverno. Eppure a nessuno sfuggí la lettiga che passava per strada avvolta in un drappo di velluto; un uomo barbuto vestito di nero spingeva il carretto che sbandava e sobbalzava a causa di tutte le buche e fosse che nessuno riparava da anni.

La vecchia lo faceva di proposito, era evidente: portare in paese la Chevra Kadishah[*]*! La salma coperta dal sudario al posto della semplice bara di legno, come si usa da noi che non seguiamo i precetti religiosi, spendiamo solo poche parole sotto un cipresso per il compagno morto e Ahmad, il becchino di Na'ura, sbriga la faccenda.*

È vero, non c'era niente che potevamo dire di lui, non lo conoscevamo bene, non era uno di noi. Eppure aveva-

[*] La Chevra Kadishah è una società di sepoltura ebraica, formata da volontari, che sovrintende alla preparazione rituale della salma fino all'inumazione. La C. K. si occupa anche dei defunti privi di parenti (*N.d.T.*).

mo collaborato, l'avevamo nascosto come fosse uno di noi, non avevamo raccontato di lui a nessuno anche quando erano venuti a fare domande e a curiosare, e piú tardi finimmo per non ricordare piú da dove arrivavano le figure di carta che a volte svolazzavano intorno al silos e ricadevano davanti all'ingresso dell'emporio.

Lo dimenticammo.

Fino a quando la vecchia non ce lo sbatté in faccia con quell'ultimo giro spettacolare per tutto il paese. Camminava svelta, capelli corvini, labbra scarlatte, la faccia come bambagia.

Le portavamo rispetto perché faceva parte della generazione dei Padri Fondatori e il rispetto è d'obbligo. Vero, non era arrivata sul carro da Tel Adashim il giorno in cui fu fondato il moshav, il giorno decisivo. Chi è arrivato anche solo l'indomani è su un altro livello, è rimasto di rango inferiore anche se ha trascorso qui tutta la vita, però lei era comunque una dei Pionieri.*

In segreto speravamo che prendesse armi e bagagli e se ne andasse, come aveva fatto buona parte della sua famiglia, e chi invece era rimasto era interessato solo alla carriera accademica, continuava a vivere qui senza piú coltivare, senza piú dedicarsi alla terra.

E questi accademici si permettevano pure di criticare, di intromettersi nella faccenda dell'acqua, non avevano piú terreni agricoli perciò decisero di non essere tenuti a pagare la loro quota al Consiglio del Consorzio agrario, si chiamarono fuori dalla comunità e, cosa peggiore di tutte, misero in piazza i nostri segreti.

* Il moshav è un tipo di comunità agricola cooperativa costituita da singole fattorie, istituita dai sionisti socialisti a partire dalla seconda *aliyah* (ondata di immigrazione ebraica all'inizio del XX secolo). Il moshav è simile al kibbutz, con la differenza che nel moshav la proprietà è individuale. Il lavoro, in origine agricolo, era basato sulla cooperazione e sull'utilizzo di risorse comuni. Negli ultimi decenni molti israeliani hanno scelto di risiedere in campagna, in moshav e kibbutz, ma senza entrare a far parte della collettività, che ha subíto grandi trasformazioni (*N.d.T.*).

Perciò gliela facemmo vedere, eccome se gliela facemmo vedere.

E dopo aver sentito come parlavamo di loro a cena, i nostri figli gliela fecero vedere anche ai loro figli, questo è poco ma sicuro.

Ma erano solo le prime rondini che preannunciavano il cambiamento.

Poi sono arrivati gli altri, e non gliel'abbiamo piú fatta vedere.

Ormai dovevamo sopportare, fare gli imbonitori: «Venite da noi, guardate com'è bello, che pace. Entrate a fare parte della nostra comunità». Però noi non abbiamo mai smesso di sperare che all'arrivo della pioggia ci saremmo ripresi il paese e avremmo cacciato gli invasori.

Nessuno è piú bravo di noi in questo.

Nel frattempo abbiamo appeso un grande cartello all'ingresso del paese e rinfrescato l'entrata per renderla allettante. I cespugli di buganvillea nascondono il grosso canale di scolo e gli oleandri variopinti le aree abbandonate ai bordi dei campi.

Noi non ce ne facciamo niente, di questi artifizi. Sappiamo bene che la nuova strada che stanno asfaltando nel giro di meno di un anno si creperà sotto le ruote dei camion del latte e dovremo trovare altri soldi per aggiustarla. Che i nuovi marciapiedi (dove è installato un sistema di illuminazione a impatto minimo sulla fauna selvatica) si spaccheranno sopra la terra nera e secca.

Operazione di maquillage, dicono i nostri figli, si chiama cosí. Appendono petunie colorate all'ingresso del paese (sprecando acqua), ridipingono il silos arrugginito e l'ufficio postale fatiscente, piallano le finestre di legno antiche mangiate dai tarli e innaffiano con acqua buona il grande prato davanti alla Casa del Popolo.

Tutto per gli invasori del nuovo ampliamento, che comprano lotti di terreno minuscoli a prezzi esorbitanti (comunque assai inferiori che nel centro di Israele, dicono i nostri figli). Portano i loro architetti da Tel Aviv, valutano diversi progetti e alla fine costruiscono una casa identica a quella vicina. Cubi con i tetti piatti, senza tegole, con una vegetazione che non sopravvivrà alla prima estate, e se sopravvivrà, la bolletta dell'acqua che gli rifileremo sarà una bella batosta.

Adesso celebriamo tutte le feste in pompa magna. La fiera della campagna, i novanta e piú anni dalla fondazione del moshav e Shavuot, la festa ebraica della mietitura. Gli invasori sembrano apprezzare molto le nostre tradizioni, dobbiamo soddisfarli. Siamo la Squadra folclore e intrattenimento.

Noi non crediamo che qualche bancarella di cibo e qualche pistola sparabolle di sapone salveranno il paese dalla rovina, ma i nostri figli dicono di sí, dobbiamo ammorbidirci, non abbiamo alternative, bisogna evolvere. Dicono che le stalle vanno riunite in una sola, grande, moderna e pulita, perché la qualità dell'ambiente conta e anche gli animali hanno diritti. Insistono perché si passi a coltivare biologico (che ne sanno loro degli antichi parassiti che infestano il terreno?) e le nostre galline razzolino libere per i campi.

Noi aspettiamo la pioggia.

Quando arriverà ci potremo liberare degli invasori. Toglieremo i grilli dalla testa ai nostri figli. Quando arriverà la pioggia ripuliremo dalla polvere solchi e fessure, solleveremo il capo e riconquisteremo il nostro posto. Siamo ancora forti. Abbiamo ancora progetti. Il nostro tempo non è ancora finito.

Nella cittadina c'è una sola strada maestra. Una lunga via maestra e, poco lontano, all'uscita, oltre gli ultimi semafori, la terra della Valle richiama dall'oltretomba gli spettri inafferrabili dei suoi conquistatori: celati dai vapori bollenti che salgono dall'asfalto delle strade, scivolano sui campi di orzo ed erba medica in un'ultima dimostrazione di presenza.

Nei pressi della sede dell'Istituto nazionale di previdenza sociale si crea un assembramento quando la trattoria vicina propone un menu pranzo a venticinque shekel; il comando di polizia sembra deserto, è l'ora in cui i ficus gettano ombra sul parcheggio e sulle auto imbrattate dai frutti dell'albero e dal guano dei pipistrelli. Sulla porta della merceria è appeso un macramè multicolore su cui è ricamato «Chiuso», per strada ad assaltare il chiosco dei *falafel* solo i soldati che si sono riversati fuori da un pullman.

Rubi è fermo al semaforo col suo pick-up Toyota bianco e sporco, si guarda nello specchietto retrovisore e si aggiusta i capelli scarmigliati mentre Yatir, il segretario del Consorzio agrario del paese, gli parla in vivavoce.

«Sbrigo qualche faccenda e torno» risponde Rubi e solleva la maglietta dalla pancia per asciugarsi la fronte e gli occhiali da sole. L'aria condizionata non riesce a smorzare l'umidità che imperversa all'esterno. Il semaforo passa da rosso a verde, Rubi spinge sull'acceleratore e il pick-up entra in città.

«Rubi, fammi un favore, niente stupidaggini e tieni a freno le mani. La nipote di Yoske dovrebbe arrivare oggi o domani, perciò come d'accordo, mi raccomando. Devi solo farle capire, a Yaeli, naturalmente con la massima delicatezza, che il suo piano non è realizzabile».

Rubi alza gli occhi al cielo, impaziente. Non è il caso di raccontare a Yatir che ha incontrato Yaeli a Eilat alcuni mesi fa, era la fine dell'inverno, ormai nemmeno lui è sicuro di cosa sia successo fra loro. Meglio cosí. Quando le parlerà non farà alcun accenno alla faccenda.

Chissà perché, pensa fra sé e sé mentre svolta a destra nello spiazzo del parcheggio della ferramenta di Nachscioni – deve comprare l'olio per il trattore e qualche trappola per topi (è da parecchio che promette ai suoi inquilini dell'Aia di disinfestare) –, chissà perché Yaeli torna. Uno sprazzo di nostalgia? Il rimpianto della vita semplice di campagna? È perplesso. Non credeva che fosse una di quelle che ritornano con la coda fra le gambe. Rubi non è riuscito a capire da quel che gli ha detto Yatir se Yael torna sola oppure con il suo pittore. Non gli pare immaginabile che quel tipo si possa adattare a vivere in campagna. Forse si comporterà come i nuovi arrivati dell'ampliamento, che lavorano tutta la settimana in città e tornano lí per il weekend.

I pensieri su Yael tengono Rubi occupato fino al momento in cui entra nella ferramenta di Nachscioni, dopodiché vengono spazzati via dalla consueta sensazione di piacere che lo assale ogni volta che capita in quel posto, saturo degli effluvi di oli da motore, di prodotti disinfestanti e dell'intenso odore della plastica dei tubi da irrigazione.

Non lontano da lí, a centocinquanta metri dalla ferramenta di Nachscioni, la stazione nei pressi del mercato del lunedí rinfranca con una penombra fresca i passeggeri in arrivo e in partenza, blocca con il suo corpo di cemento i tentativi di penetrazione dell'estate spietata, si difende eroicamente dai raggi del sole che picchia fin dalle prime ore del mattino.

Le statue di bronzo nella piazza vicina la abbacinano, e non solo lei ma anche i camionisti che trasportano il foraggio nelle valli. Fa talmente caldo che sembra che i margini delle buche spalancate all'ingresso della stazione da un momento all'altro possano scolare nel ventre della terra con un leggero sfrigolio, e il pullman climatizzato appena arrivato da Tel Aviv piombare giú insieme a loro.

Per scendere dal pullman, Yaeli è costretta a svegliare il soldato esausto che si è addormentato di colpo, all'uscita da Tel Aviv, con la testa sulla sua spalla. Il ragazzo ha risvegliato in lei un senso di protezione, forse un primo germe di istinto materno, per cui, per paura di muoversi troppo, è rimasta immobile per tutto il tragitto nonostante le si siano intorpidite le gambe.

Adesso prova con la massima cautela a sfilarsi dal sedile vicino al finestrino, e il soldato si sveglia e borbotta delle scuse. Gli rivolge il suo sorriso piú bonario perché da quel momento, decide, sarà una persona piú cortese, piú gentile, diversa.

Dieci minuti di sosta, annuncia il conducente, tornate puntuali! Prima di scendere a sua volta cambia la destinazione sul display: Beit Shean.

Yael compra un pacchetto di arachidi e una bottiglietta d'acqua nel market dell'autogrill da una donna con una parrucca di lunghi capelli lisci, poi sfoglia un mensile all'edicola, dove i giornali sono appesi a un lungo filo come bucato steso ad asciugare, in bella mostra riviste porno in russo e inglese, cruciverba e periodici in allettante carta patinata. Il proprietario, comparso d'un tratto dietro al banco, le comunica che chi legge compra, e lei lascia il giornale e considera che restano solo pochi minuti durante i quali le conviene sgranchirsi le gambe. Nel bagno di quel posto non intende metterci piede. All'entrata della stazione c'è una fila di sudici telefoni pubblici. Una volta li usava per avvisare che stava arrivando, adesso ha il cellulare ma nessuno da chiamare.

La sosta è finita e il pullman riparte dalla stazione centrale in direzione est, i passeggeri di prima e altri appena saliti si mescolano tra i sedili. Il suo soldato non è tornato.

Dai finestrini sporchi e bloccati per via dell'aria condizionata si vedono, altissimi, i getti dell'irrigazione che irrorano i campi di spruzzi indispensabili, da cui sale un vapore acqueo che rende ancora piú pesante l'aria già di per sé afosa. Il sole, che nelle ultime ore si era nascosto dietro le nuvole – nient'altro che un inganno, perché con il cielo grigio il caldo è ancora piú intollerabile, brutale –, ricompare e imperversa sulle foglie umide, con la sicumera di chi sa che il suo dominio è definitivo e completo. Nel giro di qualche minuto Yael premerà il pulsante per richiedere la sosta, il pullman accosterà alla prima fermata sulla strada, le portiere si apriranno, la espelleranno senza pietà e lei si ritroverà fuori, senza alcuna protezione dal sole e da tutto il resto che la aspetta.

Nel parcheggio della ferramenta Rubi se ne sta in piedi vicino alla Toyota a mangiare la sua *pitta* piena zeppa di *falafel*, sottaceti e patatine fritte. Si è assicurato che tutto il materiale acquistato venga caricato come si deve nel portabagagli e sta per salire in macchina, accendere la radio, sparare l'aria condizionata al massimo e meditare sui pesci, l'unico pensiero che allenta la morsa che lo prende allo stomaco ogni volta che si avvicina all'ultima rotonda prima dell'uscita dalla città.

Non è un pensiero casuale, in fondo si tratta del suo lavoro. Oggi rimugina in particolare sui pesciolini che dovrebbero arrivare con la spedizione da Eilat, ma Eilat gli riporta alla mente Yaeli e Yaeli gli rammenta la conversazione con il segretario del Consorzio, e tutti quei pensieri gli provocano una stretta allo stomaco. Dà ancora qualche morso ai *falafel* e poi monta in macchina. La Toyota impolverata ansima e rantola in segno di protesta mentre Rubi la avvia, ma si immette comunque nella strada a tornanti che conosce fino alla nausea, procede da sé, rovente e dondolante, e lo riporta indietro obbediente, come sempre, fosse l'ultima cosa che farà, o l'ultima cosa che lui vorrebbe che facesse.

Torna in paese.

Come Rebecca*, ma la Manderley di Rebecca probabilmente era un posto meno stregato. Odore di letame, gloglottio dei tacchini, belati dalle stalle. Il pullman l'ha lasciata alla fermata sulla statale e appena scesa ha rischiato di scivolare dal ciglio troppo stretto dentro il canale. I sandali le si sono riempiti di sassolini e i piedi sono coperti di un'impalpabile polvere bianca.

«Tutto bene laggiú?» le grida il conducente, e Yael alza un braccio per rassicurarlo. Erano anni che non prendeva quel pullman, forse dai tempi del liceo. Chi mai si serve dei pullman in quel posto? Ma lei, stupida orgogliosa, ha lasciato l'auto a David. «Da te non voglio niente» gli ha detto, e adesso le tocca farsi la strada a piedi.

Le portiere si chiudono e il pullman prosegue per la sua strada. Attraversa svelta la statale, ha l'impres-

* *Rebecca,* di Daphne de Maurier (*N.d.A.*).

sione che un tempo fosse piú facile, adesso c'è molto traffico. Vede che hanno già cominciato a costruire un ponte pedonale, come se ci fosse ancora qualcuno che si muove a piedi.

Non si è portata granché, uno zaino e la borsa, ma le pare comunque un carico troppo pesante da reggere in quel caldo umido.

Domani arriverà il camion con le sue cose: lo schermo del computer, la stampante, alcuni scatoloni malandati, uno contenente la tesi di dottorato mai terminata e che ormai non terminerà piú, due colmi di poesie e racconti che nessuno vuole pubblicare, e qualche altro di abiti e cianfrusaglie che non si è curata di selezionare. In uno scatolone ha spedito venti metri di stoffa per tende, una montagna di asciugamani nuovi di tre misure, lenzuola bianche e fiorate per completare l'effetto campagna, e una scatola da scarpe piena di idee d'arredamento ritagliate da riviste estere per il fai da te.

Ha grandi progetti per questa ristrutturazione. Negli ultimi mesi, da quando ha deciso di tornare, si è immaginata immersa nel rimodernamento della vecchia casa, con una tuta da lavoro macchiata di vernice che le avvolge il corpo morbidamente, sola, con il suo secchio ricolmo di tinta e un pennello. Dipingerà di color crema i muri esterni ingrigiti dalla polvere e di verde menta le persiane di legno, stuccherà le fessure e svecchierà la cucina originale. Ha visto abbastanza programmi di design britannici, le sembra del tutto fattibile.

Ammodernerà e non penserà ad altro.

Cataloghi di vernici per pareti, sanitari nuovi e sfavillanti, mobili da giardino di legno grezzo e vasi trasparenti per i fiori di campo che raccoglierà.

Ammodernerà e non sentirà tutte quelle paure montarle dentro, prenderla allo stomaco e fino in gola con un forte senso di nausea. Ammodernerà e non penserà a cosa sta per succedere.

Mentre cammina lungo la strada la assale un tremito. Forse non è ancora pronta per questo incontro. Si siede sul bordo del canale di scolo sopraelevato. In quelle ore morte, le ore della mungitura e della distribuzione del foraggio, poche macchine entrano in paese. L'aria è pesante, umida, il rombo della statale si confonde con il ronzio monotono delle mungitrici. I cespugli di buganvillea creano un tappeto rosa-viola su quello che un tempo era il canale di scolo principale del paese, che ogni inverno si riempiva fino all'orlo e tracimava allagando la strada e i campi, costringendo Yaeli e la sua sorellina Gali ad arrancare fino alla fermata dello scuolabus con i pesanti stivaloni di gomma, le scarpe infilate nella cartella.

Solo dopo che un bimbetto era stato investito ed era rimasto riverso esanime sulla strada, e la vecchia che l'aveva travolto era morta a sua volta di vecchiaia e vergogna, avevano finalmente disposto i lampioni lungo la strada e costruito un vero e proprio marciapiede per i pedoni. All'epoca tutti l'avevano considerata una decisione demagogica, si sapeva bene cosa succedeva ai marciapiedi dopo un anno, in quel posto. Eppure quella volta non erano riusciti a dire «no» in faccia alla mamma del bambino morto, e quel marciapiede sembra tuttora resistere, come a conservare il ricordo del bambino in memoria del quale l'hanno costruito.

Dal posto in cui è seduta si vede la cava che continua a divorare la spelacchiata montagna marrone, il cui ventre sembra un marshmallow bianco e morbido, e anche l'intrico di vegetazione che circonda la sorgente. Yaeli inspira a fondo, le costole vengono respinte indietro e le causano fastidio, l'aria è polverosa e arroventata – tipico clima da metà agosto – e puzza, incredibile quanto puzza.

L'odore pungente, acuto del letame che le invade le narici è forse la piú chiara dimostrazione di quanto tempo è passato, del fatto che ormai non appartiene piú a quel luogo. Ad avvertire quel lezzo erano solo i visitatori arrivati dalla città, i locali non capivano di cosa diavolo parlassero. «Quelli di città», come li chiamavano in paese, si dividevano in due gruppi: chi storceva il naso disgustato o se lo copriva con un fazzoletto, e chi portava stampata in faccia un'espressione trasognata, come se rievocasse un profumo d'infanzia. I bambini ridevano degli uni e degli altri e nascondevano nelle borse degli ospiti lucertoline o minuscoli topolini di campagna che avrebbero scoperto, con sommo ribrezzo, solo una volta rientrati a casa.

Chi era cresciuto lí non sentiva niente. Tutt'al piú avvertiva un vago olezzo a fine dicembre, quando un tiepido sole cuoceva il letame bagnato e ribollente e aliti di vento freddo trasportavano quel puzzo intenso, che impregnava ogni cosa, in particolare il bucato pulito. Nonostante gli abiti di tutti avessero piú o meno lo stesso odore, per Gali e Yaeli questo era motivo di disperazione, forse per via dei tempi in cui si erano sentite chiamare «topi di fogna» per colpa di questioni di tasse e di acqua fra gli adulti.

Adesso anche Gali ha deciso di tornare dal Canada in paese – dove aveva giurato di non rimettere mai piú piede – solo per complicare la vita a tutti con quel suo matrimonio in giardino. E Yaeli, che aveva annunciato ai quattro venti che non l'avrebbero piú rivista, non solo si ripresenta ma osa persino decidere di aprire un bed and breakfast nella vecchia casa di zia Zipa, rimasta vuota dopo la sua morte.

Un giovanotto su un pick-up blu accosta per chiederle se serve aiuto.

«È tutto a posto» gli risponde, «mi sono fermata un attimo a prendere fiato».

Lui la fissa a lungo e la sua espressione da sospettosa si fa curiosa. Le dice che ha l'impressione di conoscerla, ma non riesce a capire chi è. Lei gli sorride, però non fornisce dettagli. Mezzo paese non parla con l'altro mezzo, vai a sapere a quale metà appartiene lui e a quale lei.

Il ragazzo riparte sollevando un polverone che si disperde lentamente nell'aria umida. Yael non è ancora convinta che tornare sia stata la scelta giusta, ma non è dipeso da lei. I tipi solitari che la superano in sella a trattori o motorini scassati per raggiungere i campi le sono familiari. Lí nessuno cambia mai, come se dalla sorgente del paese scaturisse una misteriosa sostanza conservante.

Si alza con fatica, deve riprendere il cammino, non ci sono alternative. Chi arriva viene accolto dalla novità di un grande cartello che indirizza gli ospiti all'area appena costruita, l'ampliamento. Lí «quelli di città» vengono a edificare le loro case, cubi senza tetti di tegole, e cosí facendo violano l'omogeneità simil svizzera in nome della quale i vecchi abitanti un tempo erano capaci di spararti (e l'avevano fatto davvero: meglio evitare nomi, ma un proiettile vagante aveva fracassato una spalla robusta e convinto a coprire di tegole un tetto piatto nel giro di una notte).

Quelli di città arrivano e pagano qualcuno per progettare un giardino rigoglioso. Tutti sanno che non resisterà (non sono neanche capaci di tenere in mano la zappa. Li deridono senza riuscire a spiegarsi perché vengano qui gli invasori). Ovviamente nessuno si prende la briga di avvisarli.

Se ne stanno tutti seduti sui loro balconi protetti da grate, a spiaccicare pulci e pappataci in attesa che succeda qualcosa. Quando finalmente succede qualcosa, qualunque cosa (purché succeda a quelli là), si sfregano contenti le mani commentando: «Quelli di città non capiscono proprio un accidente».

Sul nuovo cartello di fianco al cancello elettrico si legge: «In questo paese si vive in pace e serenità». Sotto, qualcuno ha aggiunto con lo spray nero «e il Consiglio fa caga'». Certe cose non cambiano; quelli di città (e forse un po' anche lei, da quando è diventata una cittadina) che sognano la casa in campagna con il giardino non pensano agli sciami di mosche, al fastidio delle pulci e ai topolini in dispensa, e nemmeno alle vipere e ai colubri lacertini che sonnecchiano tranquilli fra le vigne e le bucoliche montagne di letame. Non sanno niente delle antiche rivalità e di tutte le storie sepolte che periodicamente, senza preavviso, dopo un forte acquazzone o una tempesta di sabbia, rialzano la testa scheletrita e risvegliano tumulti in quel tranquillo formicaio.

Eppure anche lei sta tornando nel posto che ha lasciato tanti anni fa per mai piú farvi ritorno. Alternative non ne ha.

Un improvviso strombazzare di clacson la fa sobbalzare. Un alto pick-up si è fermato di fianco a lei. Avrebbe dovuto pensarci prima, a chi sarebbe stato meglio non incontrare.

«Serve un passaggio?»

Sente la voce nota di Rubi. Si avvicina al finestrino esitante, poi getta i bagagli nel cassone e monta su a fatica. «Ciao» dice e gli schiocca un bacio veloce sulla guancia.

Lui si china verso di lei, impallidisce, aggrotta la fronte e la ruga sopra il naso diventa un solco. Un lampo negli occhi azzurri e sibila: «Ma che storia è?»

Già dieci ore di volo. Le gambe lunghe sono perfette per la minigonna, ma rappresentano un netto svantaggio per i posti in turistica della compagnia low cost con cui sta viaggiando. Seicento dollari per il biglietto e sei ore di attesa per la coincidenza in Ucraina. Non si può avere tutto.

A Gali non è ancora chiaro cosa ci fa da sola su quell'aereo. Yotam la raggiungerà in Israele. Cosí hanno stabilito. Lui è partito per Cipro due giorni prima di lei e arriverà qualche giorno dopo, giusto giusto per il matrimonio. Deve salvare il progetto, altrimenti saranno guai. Per lo meno, cosí le ha detto. «Non ci si sposa tutti i giorni, vero, ma arriverò in tempo. Gul, ti devi fidare di me. Devi imparare a restare calma». E lei ha imparato. Ha imparato talmente bene che non ha nemmeno chiesto se lui è partito per Cipro da solo o in compagnia di qualcuno. O di qualcuna.

Di che si preoccupa? È tutto già pronto. Eveline le ha mandato una mail ieri: ha disdetto la tensostruttura bianca per il giardino, impossibile che piova e sarebbe un peccato sprecare soldi; i bouquet centrotavola sono stati ordinati e il menu del catering è stabilito; centocinquanta invitati di Gali e altri cento per lui, ma non sono ancora arrivate tutte le conferme. Dài, vieni e definiamo le ultime cose. Manca solo una settimana, Gali, cosa succede? Perché non sei ancora qui?

Vallo a spiegare cosa ha passato negli ultimi mesi. Non può raccontare la verità, certo non adesso che tutto sta per sistemarsi. Finirebbero solo per odiarlo. Anche Gali lo odia un pochino, ma lei ne ha ben donde. Appena un mese prima aveva inscatolato i suoi libri, i quadri e tutti i vestiti. Il robot da cucina multifunzione l'aveva regalato alla colf, anche se in Israele costa un capitale. Aveva incassato gli assegni e li aveva trasferiti sul nuovo conto appena aperto. Non aveva la minima idea di cosa avrebbe fatto. Sarebbe tornata a essere la spiantata di sempre, ma sola.

Adesso che la decisione è presa e si trova sull'aereo che la riporta in Israele, si rende conto che dovrà continuare a fingere che niente sia successo.

Perché gli aveva permesso di tornare? Forse per via di quella ghiandola che si era gonfiata, e lei era sola.

Forse perché Yotam e la sua puttanella avevano affittato un appartamento a due isolati da quello che un tempo era stato l'appartamento in cui vivevano loro due ed era diventato impossibile uscire di casa senza vederli seduti a strusciarsi in un caffè o nel ristorante di sushi; lui con la pelata che una volta era liscia e perfettamente rasata mentre adesso spuntavano alcuni capelli disgustosi qua e là, e lei, l'infame, a fissarlo con lo sguardo adorante e innocente del cocker spaniel fedele, come se non avesse stampato in fronte «troia». Lei, con quella massa di riccioli crespi, il naso sottile e appuntito, i denti incredibilmente dritti.

Si può dire che se l'era ripreso soprattutto perché non lo avesse piú quella stronza.

Per la verità Gali l'aveva ripagato con la stessa moneta, per questo la ghiandola all'inguine adesso le faceva male da impazzire. Succede quando si scopa con mezzo mondo in sei settimane, o per lo meno cosí le aveva detto, senza mezzi termini, il suo medico canadese: «*Miss, you will have to stop making sex for at least a month, your body is telling you to stop*».

«Un mese? Non è normale» aveva ribattuto. E poi cosa ne capiva il suo corpo? Cosa ne sapeva il suo corpo delle serate solitarie trascorse davanti al computer in cerca di un partner per una notte, uomini che la portassero in un buon ristorante, si complimentassero per la linea perfetta (dodici chili aveva perso, da quando lui se n'era andato), le carezzassero le gambe lunghe sotto il tavolo, piú snelle che mai, per poi risalire pian piano sempre piú su. Alcuni riuscivano ad aspettare fino alla fine della cena, ma altri non resistevano, la trascinavano in bagno ancora prima che venisse servito il caffè e lí esibivano la loro virilità, generalmente in una posizione scomodissima, la classica dei film: lei schiacciata contro il muro con le gambe sollevate e piegate, mentre loro ansimavano, sudavano e chiedevano di continuo: «Ti piace? Ti piace?» (era questo il motivo per cui Gali insisteva per un ristorante di lusso, hanno bagni piú puliti).

Chi lo avrebbe mai detto? Di certo non Gali, convinta da sempre che avrebbe sposato il suo primo ragazzo, incontrato durante il servizio militare; non era mai uscita con nessun altro e sapeva già come avrebbero chiamato i loro figli. Cose da non credere.

Il medico non si era curato delle sue proteste. L'aveva fissata con una freddezza tipicamente canadese, aveva scribacchiato la prescrizione su un foglietto, antibiotico per due settimane, e le aveva rivolto un sorriso di plastica.

«Segua le mie indicazioni, altrimenti le dovremo asportare la ghiandola. Troppa eccitazione, troppe secrezioni. Lei non è sposata, vero?» aveva osservato, e Gali aveva borbottato qualcosa su una separazione temporanea. Sul volto del medico non si era mosso nemmeno un muscolo. Nessuno mostrava interesse, l'importante era che non ci fossero figli di mezzo. «Lasciarsi dopo dieci anni non è facile, è vero» commentavano tutti, «ma sei ancora giovane».

Allora perché, pensava lei, si sentiva cosí stanca e vecchia e sprovveduta?

Già, quant'era sprovveduta.

La prima volta le era crollato il mondo addosso, *bum*. Avevano organizzato una cerimonia intima, ordinato due fedi identiche e scelto un catering raffinato, e la mattina dopo era saltato tutto.

All'inizio Julie era solo un'amica, lavorava nel reparto diretto da Yotam, e i due si scambiavano un mucchio di battute confidenziali che Gali non coglieva. Quello che invece coglieva con chiarezza erano gli sguardi adoranti che Julie lanciava a Yotam, le risatine e le schermaglie. Yotam l'aveva tranquillizzata, Julie aveva un ragazzo da molto tempo. Era lei, Gali, che lui amava e intendeva sposare, avevano già stabilito la data. Di che si preoccupava? Cosí lei non si era preoccupata, nemmeno quando l'aveva sentito sussurrare al cellulare sul balcone a zero gradi, né quando lui aveva preso l'abitudine di rientrare tardi dall'ufficio («Siamo oberati di lavoro, vedrai che bonus riceveremo a fine anno»), e neppure quando le aveva detto che sí, provava simpatia per Julie, ma si trattava di semplice affetto, di compassione.

«Julie è orfana» le aveva raccontato Yotam, «i suoi genitori sono morti a un anno di distanza l'uno dall'altro, non le resta nessuno al mondo a parte una sorella con cui non ha contatti e che vive dall'altra parte del continente». Perciò Gali aveva invitato la povera orfanella a cena da loro piú di una volta, e la sera in cui Yotam era tornato tardi da una festa di lavoro e aveva confessato tutto, era riuscita a pensare solo che dovevano averlo fatto sul futon sul quale lui era seduto a piangere. Era di certo successo la notte in cui lei aveva proposto a Julie di restare a dormire da loro perché ormai era molto tardi. Dovevano averlo fatto zitti zitti, soffocando le risate mentre lei, la deficiente, ronfava nell'altra stanza.

Erano ormai passati otto anni da quando era arrivata in Canada con Yotam, per lavorare ai grandi magazzini come addetti alla vendita di scadenti creme del Mar Morto a prezzi esorbitanti. Intendevano mettere da parte dei soldi e proseguire per il Sudamerica, ma avevano finito per rimanere lí. Quel viaggio non l'avevano mai fatto. Avevano in progetto una luna di miele in Messico per coronare il loro sogno. Dopo poco tempo, Yotam aveva abbandonato il banco dei cosmetici per passare a lavorare in una ditta specializzata in parabole satellitari per la quale il suo servizio militare rappresentava una risorsa preziosa, e

Gali aveva continuato a vendere creme ancora per un bel po', finché una zia alla lontana le aveva procurato un impiego presso un concessionario di auto di lusso, dove aveva scoperto che in Canada quel che funziona con le creme funziona anche con le Porsche.

Il giorno in cui era uscita dall'ambulatorio zoppicante e indolenzita, Gali era convinta di aver raggiunto il punto piú basso, ma non era la prima volta che lo pensava, e avrebbe scoperto che le mancavano da discendere diversi gradini prima di toccare veramente il fondo. Per esempio, l'ultima volta che aveva incrociato Yotam e Julie al supermercato: aveva tentato di svignarsela ma l'avevano intercettata, e Yotam l'aveva inseguita solo per chiederle «Come stai?» nel suo tono piú premuroso, mentre Julie sbirciava da dietro la sua spalla con un sorriso cordiale (oh quanto le sarebbe piaciuto spaccarle i denti perfetti con una delle bottiglie di vino disposte in file ordinate vicino alle casse). Gali aveva balbettato qualcosa sul fatto che era attesa al bar di George nonostante fosse palesemente troppo presto, i due avevano annuito con un misto di condiscendenza e compassione, e Gali era scappata via, certa che peggio di cosí non potesse andare (cosa che si sarebbe rivelata falsa) e decisa a tornare in Israele. Poi all'insorgere di quel problema all'inguine aveva davvero creduto di aver toccato il fondo, da lí poteva solo risalire, eppure una vocina dentro di lei l'aveva ammonita di aspettare e vedere.

L'ambulatorio era abbastanza vicino al bar-ristorante di George, che Gali aveva incontrato alcuni mesi prima. Lei e Yotam erano entrati per mangiare qualcosa poche settimane prima della separazione. A quell'ora, era metà pomeriggio, c'erano non piú di cinque clienti al bancone e avevano tutti l'aria di passarsela ben peggio di lei. Un gattone grasso le era passato fra le gambe e la cameriera l'aveva spedito nella stanza sul retro. Gali aveva seguito il gatto e trovato George, a petto nudo davanti ai fornelli come sempre, col suo aiutante che tagliava verdure al ritmo del reggae diffuso da una piccola cassa posizionata vicino all'angolo delle spezie. Vedendola, George le aveva rivolto un sorriso di denti candidi.

George le aveva raccontato che già allora, quando era entrata con Yotam nel suo ristorante, aveva percepito che la storia fra loro era agli sgoccioli, perciò aveva atteso con pazienza che Gali tornasse da sola. George le aveva spiegato di averlo visto nel pollo che stava cucinando giusto quando erano entrati nel ristorante: era stato costretto a buttarlo via, e cosí tutti gli altri piatti a base di carne preparati dopo. Persino i gatti che allevava (senza licenza) nel balcone sul retro si erano rifiutati di assaggiarli. Quando il ristorante era diventato di tendenza grazie alla moda del veganismo, aveva attribuito tutto il merito a Gali.

George era convinto che fra loro due potesse funzionare (a Gali si era stretto il cuore davanti alla sua espressione afflitta quando gli aveva spiegato che il problema non era lui, ma lei), l'aveva letto nel melone importato da Israele arrivato nell'istante in cui Gali aveva fatto il suo ingresso da sola nel ristorante, e poi da quando lei era entrata nella sua vita la sua cucina aveva raggiunto un livello strepitoso, cosa che gli riconoscevano tutti.

George l'aveva baciata sulle labbra, aveva detto: «Un attimo», ed era andato a rimescolare qualcosa nelle pentole, poi l'aveva condotta nello stanzino sul retro che usava anche come ufficio, la bandiera di Trinidad appesa a una parete e Bob Marley sull'altra.

«Allora, come va?» Si era seduto davanti a Gali sul bordo del tavolo e si era chinato verso di lei per carezzarle i capelli. «Sono cosí felice che tu sia passata». Gali si era leggermente ritratta.

«In realtà» gli aveva risposto, «volevo dirti che torno a casa» e vedendo il suo sguardo perplesso aveva aggiunto: «In Israele, intendo. Sono venuta a salutarti». George era rimasto sconcertato. «Non stai dicendo sul serio» aveva ribattuto. «Mi lasci cosí?»

Gali aveva esitato un attimo. «Cerchiamo di tenerci in contatto?» aveva proposto nella speranza che gli bastasse, quel giorno non aveva energie per drammi inutili. Si era alzata per stringerlo in un abbraccio che intendeva essere affettuoso e amichevole, ma George si era avvinghiato a lei disperato, il respiro rotto dal pianto.

«Andrà tutto bene. Devo rientrare, George, non ho piú niente da fare qui. *You know, I am finished here*». Ma i singhiozzi si erano fatti convulsi, le sue mani l'avevano percorsa tutta e messa a sedere.

«Non qui» si era detta lei, non sulla scrivania da ufficio in formica rosso ciliegia, fra pile di carte e scatole per take-away, e con Bob Marley a fissarla dalla parete. Poi per un attimo aveva considerato la possibilità di concedersi quel momento di intimità prima della grande astinenza prescritta dal medico canadese. Intanto George cominciava a spogliarla e a carezzarle le cosce e lei aveva pensato che sí, in fondo era piacevole, magari poteva lasciarsi andare un'ultima volta senza farsi tanti problemi.

Ma un attimo dopo che i suoi leggings erano scivolati via aveva sentito un'improvvisa, tremenda pressione sul lato sinistro, e quando aveva guardato in basso aveva visto un bubbone delle dimensioni di una pallina da tennis che cercava di schizzare fuori dal suo inguine. Prima di svenire aveva avuto giusto il tempo di mormorare a George: «*Take me to the hospital*». Quando si erano rivisti lui era completamente vestito e lei collegata a una serie di tubicini nel reparto ginecologia.

In ospedale i medici avevano ritenuto opportuno tenerla sotto osservazione prima di intervenire chirurgicamente. La ghiandola non andava asportata cosí in fretta, senza aver valutato l'andamento clinico. Nel bel mezzo di quell'agitazione Gali aveva sperimentato il discutibile piacere di ritrovarsi davanti Yotam, naturalmente con puttanella al seguito. Nel database il suo nominativo risultava ancora quello da contattare in caso di emergenza e dall'ospedale l'avevano chiamato per informarlo del ricovero.

Quando si era svegliata se l'era trovato lí, intanto che la puttanella aspettava fuori. Con la mano le carezzava il braccio, probabilmente da prima che lei riprendesse conoscenza. Le aveva sorriso e aveva detto che si era preoccupato tantissimo e si era precipitato appena l'avevano chiamato. A quanto dicevano i dottori, lei doveva andarci un po' piú piano. Gali ci vedeva ancora doppio, riuscire a mettere a fuoco le aveva richiesto un certo sforzo, ma quando i due Yotam si erano ricomposti in uno solo aveva sentito il sangue montarle alla testa.

«Vattene via da qui!» aveva urlato con tale foga che l'infermiera, che stava entrando in camera con il vassoio della cena, spaventata, l'aveva lasciato cadere. La minestrina e lo yogurt si erano rovesciati sul pavimento, e sulle guance di Yotam erano comparse le chiazze rossastre che un tempo le facevano tenerezza e con gli anni aveva finito per detestare.

«Via, fuori di qui!» aveva continuato a strillare, sia perché voleva davvero che lui se ne andasse, sia perché non sopportava che la vedesse in quello stato. Avrebbe voluto che venisse a sapere, magari da amici comuni, che lei stava benissimo, oppure che la incontrasse per strada al braccio di un uomo alto dalle spalle larghe, raggiante di felicità. Ma non che la vedesse cosí. Dieci anni da quando si erano conosciuti durante la leva militare grazie alla linea telefonica riservata. Lui, il suo primo e unico amore, l'amore che credeva eterno.

Quella stessa sera, prima della fine dell'orario di visita, Yotam era tornato. Gali stava cercando di guardare la televisione quando era apparso. Con le lacrime agli occhi aveva detto che si tormentava all'idea di averle causato tanto dolore; vederla collegata a tutti quei tubi era sconvolgente e gli aveva fatto capire quanto la amava, quanto gli mancava. Al che Gali aveva pensato che doveva essere stata la vampata di odio puro che le aveva intravisto negli occhi quella mattina a turbarlo tanto.

«E lei?» gli aveva chiesto.

«Lei capirà» aveva risposto Yotam.

E cosí, una volta dimessa dall'ospedale Gali aveva sparpagliato per casa gli otto anni infilati nelle valigie poche settimane prima, quando se n'era andata via per sempre. Tutti i libri e le fotografie erano tornati sugli scaffali, gli abiti e i piumini – chissà cosa aveva in mente quando se li era portati dietro, in Israele non sarebbero mai serviti – nell'armadio. Del robot da cucina multifunzione regalato alla colf ovviamente le rincresceva. Non aveva chiuso il nuovo conto aperto quando era convinta che fosse finita, quei soldi sarebbero finiti dritti dritti nelle tasche di una terapeuta di coppia che li avrebbe aiutati a rimettere tutti i pezzi al loro posto.

Erano tornati insieme senza che nessuno sapesse cos'era successo nei mesi in cui Yotam l'aveva lasciata per Julie e lei aveva tentato di annientarsi nelle toilette di ristoranti di lusso.

«Non so, sono confuso» le aveva detto Yotam sul futon macchiato la sera in cui la sua vita era andata in pezzi. «Con Julie è tutto piú facile, ma io non voglio lasciarti, vi vorrei entrambe». (Gali e Julie, praticamente lo stesso nome, aveva pensato Gali, che uomo patetico.)

«Davvero credi che si prenderebbe cura di te come

faccio io?» gli aveva chiesto tra le lacrime, e Yotam aveva risposto che forse era arrivato il suo turno di prendersi cura di qualcuno, magari in futuro sarebbe tornato. Poi aveva chiesto, anzi, implorato Gali di non dire niente a nessuno per il momento, non agli amici, non alla famiglia. «Lasciaci aperta una possibilità».

Questo dopo che per anni Gali aveva criticato tutti senza pietà perché inventavano frottole e bugie.

«Non mi piace quando ci dai delle bugiarde» diceva sua madre, Anat Shteinman Tavor, che aveva un dottorato in studi di genere e pedagogia. «Sei esagerata. Se proprio devi commentare, preferisco che parli di bluff». Con quel suggerimento alludeva alle piccole bugie necessarie, le bugie bianche, vaporose, ricamate ad arte in una trina di candore.

Gali aborriva la parola «bluff», come se chiamando le bugie cosí le si sminuisse.

Le prime volte che si era imbattuta nelle menzogne degli adulti era solo una bambina; non si trattava di grosse menzogne né tantomeno crudeli, anzi, erano dettate dalla convenienza, servivano ad ammorbidire, a compiacere, erano le bugie che raccontano tutti, «ma come sei dimagrita» quando sentono che hai cominciato una dieta, nonostante tu abbia preso tre chili perché hai passato il fine settimana a svaligiare il frigorifero. Oppure «è un libro stupendo, a Gali è piaciuto moltissimo», quando ti chiedono del libro che ti hanno regalato al compleanno e tu hai riciclato alla prima occasione. O «questa camicetta aveva uno sconto pazzesco», e tagli il cartellino del prezzo, la ficchi in un cassetto e ti dimentichi davvero quant'è costata, convincendoti che sia stato un affare.

Perciò Gali aveva cominciato a correggere gli adulti senza pensarci due volte («Non è vero, mamma, Ruti è proprio ingrassata. Non vedi?», o «Non l'ho nemmeno aperto, il libro, l'hanno regalato a una mia compagna di classe per il suo compleanno»), ed era rimasta sconcertata, perché non solo non riceveva complimenti per la sua sincerità, ma la rimproveravano pure, non si doveva intromettere nelle conversazioni dei grandi. Sentiva quanto si vergognavano della sua «eccessiva» schiettezza, all'improvviso diventata un problema. In seguito aveva scoperto che nessuno le raccontava niente, anzi, si guardavano bene dal farlo, solo perché non era capace di mentire o di tenere un segreto. Con l'ostinazione di una bambina di otto anni che inizia appena a capire come funziona il mondo, aveva stabilito che non sarebbe stata come loro, lei non avrebbe mai mentito.

A Gali era chiaro come il mondo doveva girare: esistevano giusto e sbagliato, nero e bianco, le varie sfumature potevano andare bene per gli altri, per lei no di certo. Sapeva esattamente cosa desiderava e riusciva a ottenerlo, tutta l'ambiguità di contorno era inutile. Questo naturalmente non la rendeva particolarmente popolare, in famiglia dicevano che era «nervosa proprio come i parenti di Bentzi» e i compagni di scuola nella migliore delle ipotesi la ignoravano e nella peggiore... Gali non ci vuole nemmeno ripensare.

Adesso è sul volo che la riporta a casa e il suo bagaglio contiene non uno, ma diversi bluff che si sono ingigantiti a dismisura e da parecchio ormai non possono essere considerati bugie bianche, di quelle che scolorano fino a evaporare se le si racconta un numero sufficiente di volte. Nonostante non sia l'unica colpevole – Yotam lo è per lo meno altrettanto –, l'abilità con cui ha gestito la faccenda dimostra che la mela non cade lontano dall'albero e anche lei, come il resto della sua famiglia, è capacissima di mentire.

Già a dieci anni Gali aveva chiaro come sarebbe stato il suo matrimonio e, pur non sapendo ancora con chi si sarebbe sposata, non le era mai passato per la mente di non trovare il candidato idoneo. Con l'andare degli anni aveva affinato i criteri fino a renderli rigidi ma chiari: non poteva venire da un moshav, «perché qui in campagna» argomentava, «i ragazzi non fanno che grattarsi e andare in giro con dei pantalonacci da lavoro blu che gli lasciano il sedere di fuori» (questo non le impediva di trovare irresistibile un fondoschiena specifico sempre abbronzato, quello del ragazzo che abitava nella casa di fronte e non la degnava di uno sguardo). Il candidato doveva essere attraente, occhi chiari e capelli scuri, meglio se alto, necessariamente ben vestito. In particolare sperava che nutrisse delle ambizioni nella vita, che andassero ben al di là dell'ampliare la stalla o del sostituire le macchine per versare il becchime nel pollaio.

Era rimasta irremovibile nel suo rifiuto di uscire con quelli della scuola locale, che frequentavano i ragazzi dei moshav e dei kibbutz della Valle, anche quando avevano iniziato a farle il filo.

«Scusatemi tanto» aveva detto ad Anat e a Bentzi che cominciavano a preoccuparsi, «vi pare plausibile che mi sposi con un vaccaro? Mi ci vedete ad alzarmi alle tre e mezzo del mattino per mungere, a distribuire il foraggio a mezzogiorno, fra una cosa e l'altra ad allevare quattro figli per rispettare gli standard del moshav, per poi crollare a letto alle sette e mezzo dopo la mungitura serale? No grazie, non fa per me».

Così aveva trovato Yotam, che rispondeva a tutti i requisiti fondamentali e abitava a Herzliya («Non ci crederete, ma i suoi genitori abitano in uno di quei palazzi con tanti piani. È ridicolo che un tempo pensassimo che solo i poveri vivono nei condomini, vero, Yaeli? Invece sono persone carinissime e per niente povere»).

Proprio carino, carinissimo. Chissà cos'ha da fare a Cipro adesso, cinque giorni prima del loro matrimonio, e perché non le risponde alle telefonate né alle mail né a nient'altro.

Rubi stringe il volante cosí forte che gli si sbiancano le nocche. Cerca di ricostruire. Marzo. È sicuro che era marzo. Cioè, quasi sicuro al cento per cento. Rientrando da Eilat la prima persona che aveva incontrato in paese, vicino all'emporio, era stata Yonathan che saltava giú dal trattore per prendere il giornale. Rubi gli aveva fatto un cenno di saluto, voleva chiedergli perché non aveva risposto ai suoi messaggi visto che avevano stabilito di attraversare il confine e andare nel Sinai per fare immersioni insieme, ma Yonathan si era voltato dall'altra parte ed era entrato in fretta nel negozio.

Strano, Yonathan non poteva aver già visto la nuova mappa dei terreni agricoli, quella in cui Yatir aveva spostato l'appezzamento dei Berman mezzo centimetro a sinistra – una modifica minuscola sulla mappa, che aveva aggiunto due *dunum* all'area destinata all'ampliamento. Con tutta probabilità nessuno se ne sarebbe mai accorto.

Rubi aveva controllato la sua cassetta della posta (era vuota) e si era diretto in segreteria. La segretaria aveva detto che Yatir sarebbe arrivato a breve, lo poteva aspettare in ufficio. Rubi si era seduto sulla lussuosa sedia in pelle di Yatir, aveva frugato un pochino fra le carte e guardato le fotografie aeree che Yatir aveva richiesto per le imprese edili, sulle quali erano segnati con un pennarello nero indelebile i terreni edificabili. Dopodiché era sprofondato nella sedia imbottita, aveva appoggiato le gambe sul tavolo e chiuso gli occhi. Aveva tentato inutilmente di non pensare a Yaeli e all'amaro che gli aveva lasciato in bocca.

Il sorriso imbarazzato di lei la mattina, nell'albergo a Eilat, il modo in cui si era coperta con il lenzuolo prima di andare in bagno, come se Rubi non avesse già visto tutto quello che c'era da vedere. Quando era andato a letto con lei, la sera precedente, si era detto che era il momento della dolce vendetta per tutti gli anni in cui Yael aveva giocato con lui, gli aveva preferito chiunque altro, e non gli aveva mai permesso nemmeno di sfiorarla. Lei e la sua famiglia di laureati! Pensava che si sarebbe preso il suo piacere e se ne sarebbe andato, lasciandola confusa nel letto. Ma Yaeli si era addormentata fra le sue braccia e quei capelli soffici a contatto con la pelle gli avevano dato una sensazione deliziosa. Era rimasto sveglio a lungo, a pensare che ci si sarebbe potuto abituare a Yaeli, a quella cascata di ricci sul suo petto.

La mattina si era alzato e l'aveva baciata sulla bocca, lei si era svegliata e sembrava spaventata. Lui si era ritratto. Lei si era alzata e diretta in bagno avvolta nel lenzuolo e Rubi si era vestito con calma. Era stato incerto sul da farsi.

«Devo andare» le aveva detto da dietro la porta del bagno chiusa, ma in realtà desiderava restare.

«D'accordo» aveva risposto Yael con voce fioca. Lui aveva aspettato ancora qualche istante.

«Ci sentiamo» aveva aggiunto, sempre appoggiato alla porta.

«Certo» aveva risposto lei, e l'acqua della doccia aveva cominciato a scrosciare. Non aveva aperto la porta e Rubi aveva raccolto le sue cose e lasciato l'albergo.

Di colpo Rubi aveva sentito una pacca energica sulla gamba e si era riscosso.

«Giú le zampe dal tavolo» l'aveva apostrofato Yatir con la sua voce profonda e imperiosa. Rubi aveva tolto i piedi dal tavolo e si era alzato. Gadi Yatir si era accomodato sulla sua sedia e aveva estratto alcuni documenti da una cartelletta piena da scoppiare. Era un uomo alto e sottile, non il classico fisico da agricoltore.

«Arrivo adesso dalla riunione del Consiglio locale. Hanno firmato le mappe, non è stato un gran problema. In cambio ci tocca assumere il genero del presidente del Consiglio come giardiniere, per lo meno fino alla fine della presidenza di quel cialtrone. Ma non sarà un problema, vero?»

Rubi aveva annuito. Per Nuchi significava perdere l'ultima fonte di sostentamento, dopo che durante l'epidemia di influenza aviaria si era giocato il pollaio e nell'ultima razzia gli avevano rubato mezza stalla. Un tempo in paese ci si sosteneva a vicenda, o almeno cosí raccontavano. Rubi non aveva ribattuto. Anche per aiutare a salvare la stalla di suo padre quando si era ammalato non si era presentato nessuno, perché toccava a lui pensare agli altri? E comunque tutti dovevano capire che, se la pioggia non fosse tornata, avrebbero dovuto trovare altri sistemi per campare.

«In effetti, però» aveva continuato Yatir, «un problemino c'è» e aveva chiamato con l'interfono Nira per chiederle di preparargli un caffè.

«Yonathan» aveva suggerito Rubi.

Yatir l'aveva guardato sorpreso. «No, perché? Che problema c'è con Yonathan?»

Rubi aveva fatto cenno di no con la testa. Chissà cosa aveva per la testa Yonathan, si era domandato.

«Il problema è un altro, la famiglia Shteinman. Ieri Ilana era all'ambulatorio e ha parlato con Sofie Shteinman. A quanto pare sua nipote, Yaeli – eravate compagni di scuola, mi pare –, ha intenzione di tornare per riaprire la casa di Zipa e avviare un agriturismo o un bed and breakfast, cosa che naturalmente, ehmm». Yatir si era schiarito la gola mentre la segretaria entrava con il caffè e i biscotti e aveva aspettato che uscisse. «Cosa che naturalmente ci causa qualche problema. La scorsa settimana ho parlato con Yoske Shteinman e su questa faccenda siamo d'accordo, lui vuole demolire la casa già da tempo. Tu sai bene quanto il loro terreno sia importante per l'ampliamento, perciò la nipote è un bel guaio e ha dei diritti, maledizione!» Yatir aveva spinto le fotografie aeree verso Rubi. «A breve Yoske dovrebbe incontrarsi con l'avvocato Singer, speriamo che Singer ci risolva la questione».

Yatir si era allungato comodo sulla sedia a sorseggiare il suo caffè. La casa di Zipa occupava precisamente il terreno su cui doveva sorgere il piccolo centro commerciale del nuovo quartiere. Anche l'emporio avrebbe chiuso, tanto era gestito da un ladro. Rubi sapeva esattamente cosa gli stava chiedendo Yatir, ma non era sicuro di riuscire ad accontentarlo, dopo quanto successo a Eilat.

«A ogni modo c'è tempo, da quanto ho capito non arriverà tanto presto. Dovremmo avere ancora un paio di mesi. Ma ci dobbiamo preparare bene, bisogna sistemare tutto prima che arrivi e poi informarla che il suo progetto non si può realizzare. Abbiamo i mezzi per farlo».

Da Eilat sono passati diversi mesi (quanti, in effetti?) ed ecco Yaeli che cammina lungo la strada in canottiera e pantaloncini corti di jeans, zaino in spalla e borsa. Lei gli sorride e butta i bagagli nel cassone e poi sale a fatica sul pick-up. Solo in quel momento Rubi nota la grossa pancia sotto la canottiera sottile e per un attimo si sente svenire.

Quando Yael scende dal pick-up Rubi ha ancora la furia negli occhi.

«Troveremo il tempo per parlare, non ti agitare tanto» gli dice lei e prende i bagagli dal retro. Rubi schiaccia l'acceleratore e sparisce.

Tre case piú avanti, sulla sinistra, dopo l'asilo, oltre il cancello che cigola dal giorno in cui è stato installato, il giardino di zia Zipa è quasi del tutto secco, con l'eccezione di una vite temeraria che si è estesa dalla pergola alla tettoia del parcheggio e da lí alla recinzione. Il razionamento dell'acqua imposto da nonno Yoske ha lasciato il segno, ma sotto la vite fa fresco e sono spuntati alcuni pompelmi verdi. Yael allunga la mano e ne coglie uno.

Una gattina persiana, probabilmente dei vicini, sonnecchia sul davanzale e nella sua pigrizia non apre nemmeno un occhio per osservare l'intrusa. Fuori dalla finestra della cucina due piccole nettarinie della Palestina svolazzano per poi scomparire nel nido improvvisato che hanno costruito su uno dei cespugli di *Pyrostegia venusta* che si arrampica sull'intonaco ruvido della casa fino al secondo piano, i viticci si spingono in direzione dell'unica finestra che affaccia sulla strada.

Un tempo lí c'era un occhio verde grigio, uno solo, che la guardava, la seguiva.

Ma Yael non è qui per ricordare.

Quella finestra sparirà, magari insieme alla *Pyrostegia*. Nessuno guarderà piú dall'alto struggendosi. Non finché dipende da lei. Un movimento ben noto nella pancia le rammenta che non è arrivata lí da sola e, nonostante la semioscurità malinconica della casa, dentro di lei nasce d'un tratto un'inspiegabile allegria di nuovi inizi, di piccole speranze, insieme a una sensazione di familiarità, di casa.

Il suo sguardo si sposta oltre la simbolica siepe divisoria di rose che separa le case. Al di là, sotto l'albero di pecan, sul grande prato, nota un uomo allungato su una vecchia sdraio male in arnese, ancora in pigiama, con un binocolo al collo e di fianco un tavolino su cui ronza una vecchia radio mal sintonizzata.

Da quando si è alzato, prima del sorgere del sole (maledetta ora solare), con il caffè che ha macinato in cucina senza far rumore per non svegliarla (la forza dell'abitudine), Yoske se ne sta disteso sulla sdraio nel giardino trascurato, davanti al prato riarso e polveroso. Ha i bottoni del pigiama slacciati e la testa abbandonata.

Aspetta la pioggia.

Con le grandi orecchie coperte dalle cuffie, ascolta le (maledette) notizie e aspetta le previsioni meteo (maledetti meteorologi).

I suoi minuscoli occhi da squalo scrutano attenti la siepe, il figlio dei vicini l'ha potata ieri con le grosse cesoie che Yoske gli ha fornito («Yoske, possibile che tu non abbia una motosega? Ci metterò tutta la giornata e nel pomeriggio ho la partita». Maledetti ragazzini).

Adesso che la siepe è piú bassa gli si para dinanzi in tutta la sua bruttezza il nuovo quartiere residenziale o, come amano chiamarlo qui, «l'ampliamento». Cresce con la sistematicità di un insaziabile tumore maligno, le scavatrici gialle frugano nel ventre della collina, estraggono la pesante terra della Valle e sparpagliano una polvere che ferisce i suoi polmoni malandati.

Guarda attraverso il piccolo binocolo. Gli occhi appannati dalla cataratta, seguono con interesse l'espandersi del quartiere che avanza famelico verso il frutteto che un tempo era suo. Da lontano osserva un grosso pavone saltellare nell'area in prossimità dell'alta barriera antirumore innalzata dopo i lavori di ampliamento della statale. Tutto perché migliaia di maledetti turisti potessero arrivare piú velocemente al lago di Tiberiade per poi lasciarsi dietro montagne di spazzatura. A suo tempo aveva preteso dall'assessorato ai Lavori pubblici che nella sua proprietà in corrispondenza della barriera fosse collocata una finestra trasparente; gli pareva il minimo dopo che gli avevano confiscato venti *dunum* di ulivi per ampliare la maledetta strada. La vecchia aveva commentato schioccando la lingua, ecco, un'altra prova che Yoske era rincitrullito. Ma lui non aveva desistito e adesso ha una grande finestra con vista sulla statale, tutta unta di fuliggine e gas di scarico.

Maledetto pavone. Appena acchiappa quello stupido uccello lo trasforma in un bel ventaglio, potrebbe anche regalarlo a Paula del centro sociale per gli anziani cosí la vecchia si mangerà il fegato (lí si preoccupano di tenere occupati i vecchi, c'è chi insegna macramè e chi falegnameria, l'importante è che tengano la bocca chiusa).

Quei pavoni fetenti con le loro grida. Chissà chi li ha liberati lí. La prima volta che li ha visti ha pensato di esserseli immaginati perché la vecchia gli ha detto che non c'era nessun pavone e che era il caso che tornasse dalla dottoressa Loboda per farsi cambiare le medicine.

Falsità. Tutte falsità.

Cerca di farlo dubitare di sé stesso, all'ambulatorio racconta che lui non ricorda dove lascia i denti e che indossa gli abiti al rovescio. Bugiarda.

Che ora è adesso?

La vede uscire, perciò saranno le nove e mezzo. Esce solo dopo che è terminata la replica della sua maledetta soap opera. Porta una vestaglietta da casa a fiori, tiene le dita deformate infilate nelle ampie tasche e dietro le penzola una coda nera.

Una coda? Allora è una strega vera. Ecco la prova di quello che ha sempre sospettato, quella donna non ha niente di umano. Una coda? Magari anche due corna? Forse ha ragione lei riguardo ai pavoni, forse dovrebbe andare davvero a farsi cambiare le pastiglie o finirà come Fishel, che è rimbambito e non sa che giorno è né come si chiama la donna raggrinzita che gli dorme a fianco.

In effetti potrebbe non essere poi tanto male.

Ma no, ma no, è tutto a posto, non è successo niente, non ha la coda. Cosa gli passa per la testa, una coda. Che pensiero idiota. Era solo il gatto che le si è infilato fra le gambe striate di vene blu. Maledette gambe, una volta erano bellissime e adesso si ritrova condannato a sopportare lei e le sue gambe finché campa.

Ma che gliene importa, lui aspetta la pioggia.

Pensa che la pioggia lo stia già per raggiungere, sale dal mare inquinato, sfiora le nebbie costiere, passa oltre i tetti delle case zigzagando tra gli arrugginiti scaldabagno solari e i fili da bucato coperti di fuliggine su cui sono appesi abiti di pessima qualità, realizzati in Cina. La pioggia si mescola con la nube di smog e prosegue, pesante, verso la Valle, sopra superstrade asfaltate, autostrade e sottopassaggi, si ferma sulle cime dei vecchi cipressi del giardino, percuote le pigne, deride i mandarini infestati di insetti e gli sussurra: «Muori, vecchio, muori!»

Quella mattina in effetti si è svegliato con un dolore sordo nelle ossa, anche la spalla è curva, le caviglie gonfie, la pelle giallognola e secca. Tutti segni che si avvicina la pioggia, oppure la morte. A lui non serve l'arrivo della pioggia per sapere che sta per tirare le cuoia.

E adesso sarebbe anche colpevole, sí, sí, colpevole. L'ha detto la vecchia. Non gli è chiaro di cosa sarebbe colpevole, visto che quella disgrazia è ereditaria nella famiglia di sua moglie (sei tu, moglie, la mia disgrazia. Però che colpa ne ha Yaeli?), ma in fondo anche lui è stato complice in quella storia, se non altro per aver taciuto.

Adesso lei sta cercando di convincerlo a fare un patto con quel farabutto lassú. La vecchia carcassa di Yoske in cambio del bambino non ancora nato. Per espiare i peccati. Il suo momento è comunque vicino, tanto vale che si dia una mossa.

E se Yoske invece non se ne volesse andare?

A volte si sveglia all'alba, gli manca il respiro e cerca a tentoni la maschera per l'ossigeno e, per una frazione di secondo, si sente grato di essere ancora vivo. Ansima finché il respiro non torna a essere regolare e poi si vergogna di sé stesso e del suo istinto di sopravvivenza.

Se Yoske ricorda bene – ultimamente è sempre piú difficile –, è successo a Shavuot, quando Yaeli e David sono venuti insieme a mostrare le immagini dell'ecografia. Dal suo giardino si intravedevano le balle di fieno ordinate sul grande prato della Casa del Popolo per lo spettacolino.

Yoske si è comportato in modo educato, o almeno ci ha provato. Non sopporta quel ragazzo, un artistoide convinto di avere scoperto la luce, tronfio pittore da due soldi che di arte non capisce un accidente. Yoske se n'è accorto nel momento in cui il giovanotto non ha degnato del minimo interesse la sua collezione antica di armi fredde, elmetti nazisti e spade da samurai. Come poteva restare indifferente? Avrebbe fatto bene a imparare un po' di storia dell'arte da Yoske, prima di mettersi a scarabocchiare i suoi fogli.

Gli è bastato osservare l'ecografia, un'immagine nerastra e indistinta che non gli diceva nulla, per capire che il suo destino era segnato. Ha sentito gli organi interni pulsare all'impazzata e ha dovuto alzarsi a prendere un Tavor per calmarsi. Il ciclo della vita e tutte quelle stronzate a lui non fanno alcuna impressione. Può sembrare onorevole che lui muoia e il suo, o la sua, pronipote nasca in salute, ma non è affatto giusto.

Comunque Yaeli non sembrava abbastanza felice, a suo parere. Una donna in attesa del suo primo figlio non deve avere quel pallore e quell'aria depressa. Quando l'ha detto alla vecchia lei gli ha ingiunto di piantarla di ficcare il naso nei fatti altrui, Yael soffriva per le nausee. Poi però Yoske ha sentito le novità ascoltando una telefonata fra la vecchia e la loro figlia (ne ha tutto il diritto, è il suo telefono e lei non dice altro che bugie. Un uomo si deve difendere. E poi, che spreco di soldi vergognoso quelle chiamate in Inghilterra, mica è Rothschild, lui).

La sua anima in cambio di quella del bambino, un buon affare per tutti. Yoske sarebbe davvero pronto a farlo, eppure è terrorizzato, avverte l'acidità di stomaco provocata dalla disperazione e un sapore disgustoso in bocca scatenato dalla paura: spregevole.

Riecco il pavone.

Se solo avesse sottomano la sua Luger tedesca e se solo riuscisse a trovare le pallottole, lo abbatterebbe, quel maledetto pollo. Lo avrebbe fatto già da tempo. Grida in modo insopportabile, lo fa impazzire.

La porta a zanzariera della cucina le sbatte dietro quando esce. Ormai non la vede piú tanto spesso girare per casa. Lei se ne sta nel suo regno, in cucina, e lui nel salotto, circondato dalle armi antiche, a oliare le spade, pulire i fucili con lo scovolo, passare uno scopino di piuma sulla collezione di elmetti e annotare appunti sul quaderno per i posteri. Nel caso qualcuno volesse informazioni e non ci fosse piú nessuno a cui chiederle. Ma ogni volta che esce in giardino, lei è lí a innaffiare il prato e sprecare acqua. Nonostante le proteste di Yoske coltiva gerani, pota le vecchie rose, concima le erbe aromatiche e dà acqua ai pochi vetusti agrumi rimasti di quel che un tempo era il frutteto di Yoske. Il mausoleo della sua vita maledetta.

Sente lo scroscio dell'acqua e si riempie di momentanea vitalità, o forse deve solo pisciare. Si alza dalla sedia, le grida: «Spruzza un po' anche i pavoni! Che se ne vadano!» e arranca con i pantaloni già slacciati fino al bagno, sperando di fare in tempo. Non le darà la soddisfazione di lavargli le mutande sporche.

«Va' all'inferno, tu e i tuoi pavoni» ribatte lei e continua a innaffiare senza cercare di scacciare i pavoni, come sempre indifferente all'autunno che si è posato sui cipressi neri e all'alito amaro della morte.

Yoske fatica a ricordare con precisione quando ha iniziato ad avere le visioni. Forse da quando ha cominciato a dimenticare certe cose e a ricordarne certe altre. Forse da quando è caduto in giardino ed è rimasto lí disteso per ore prima che qualcuno si premurasse di venirlo a cercare. In ospedale non gli hanno nemmeno fatto una Tac. Non sprecano denaro per un cadavere ambulante come lui.

Comunque ricorda ancora abbastanza.

C'è la figlia maggiore che una volta abitava lí, al di là del prato grande, ma si è trasferita in Inghilterra. Già prima che partisse Yoske non sempre la riconosceva, si confondeva, la chiamava con un nome diverso, quello dell'altra figlia che non c'è piú. Ma poi gli tornava in mente. Tu sei Anati, mica Nilli. Yoske si dava un colpetto in testa e lei sorrideva comprensiva.

Quei momenti di lucidità per lui erano i piú imbarazzanti, si sentiva un cretino. Vero che aveva detto che il giorno in cui avrebbero cominciato a mettergli il pannolone si sarebbe sparato un colpo in testa, ma non aveva idea di dove fosse la pistola, e con quel tremito alle mani c'era la quasi certezza che sbagliasse mira. Rischiava di ammazzare qualcun altro per errore. Non che gli sarebbe dispiaciuto, nel caso fosse capitato alla domestica.

La pioggia di scarafaggi. Sono quelle le cose che ricorda.

Ricorda suo padre che lo porta al mercato in una

rara giornata torrida di agosto, quando l'asfalto delle strade si scioglie sotto i piedi e il caldo è pesante, opprimente. Un insetto cade sul marciapiede con un crepitio sordo, cerca di spiegare le ali marroni, il corpo corazzato spaccato dalla forza dell'impatto. Suo padre continua a camminare in fretta, a breve comincerà lo Shabbat e sua madre, che osserva i precetti, è in agonia nel letto e necessita della sua medicina, non possono tardare altrimenti sopporterà i dolori pur di non ingerire niente di acquistato dopo l'inizio dello Shabbat.

Un secondo insetto cade dal cielo e poi un terzo. Trascinato dal papà, la mano sudata stretta forte nella manona del padre, Yoske guarda in alto il cielo torbido, una nuvola nerastra si sta avvicinando a tutta velocità, di colpo piombano giú sul marciapiede e sulla strada centinaia, forse migliaia di scarafaggi marroni-neri, si spiaccicano a terra e vengono schiacciati dagli zoccoli dei cavalli e dalle ruote delle automobili. Altri, resi folli dall'istinto di sopravvivenza, si arrampicano su muri e tubi, salgono sugli strascichi dei vestiti delle donne, si aggrappano agli orli delle sottogonne gonfie, zampette aguzze si afferrano agli abiti dei bebè e ai cappelli degli uomini alti.

Yoske si trascina dietro al papà che non sembra accorgersi di quanto sta succedendo, deciso ad arrivare in tempo in farmacia calpesta con le scarpe lucide gli insetti le cui interiora gialle colano sul marciapiede e si appiccicano alle suole.

Perché deve ricordare proprio gli scarafaggi?

Anche le rane sono cadute piú di una volta dal cielo, e nessuno ci ha dato peso. È venuta giú anche una vacca, era talmente marcia che all'impatto con il suolo si è sentita un'esplosione cosí forte che tutti hanno pensato che fosse scoppiata un'altra guerra e si sono precipitati a serrare finestre e persiane (cosa rivelatasi molto saggia, visto che hanno trovato frammenti della bestia brulicanti di vermi in posti lontanissimi da dove si era sfracellata a terra).

Di tanto in tanto, mentre se ne sta seduto in giardino, viene assalito dai pensieri, cosí, senza preavviso. Pensa agli scarafaggi, e a volte quando riesce a collegare un pensiero all'altro riconosce che anche lui è come quelle creature disgustose che nessuno ama eppure sopravvivono all'ennesimo inverno, all'ennesima estate, sviluppa resistenza a tutti i veleni che gli rifilano i medici e ne richiede di nuovi.

Il corpo sta cedendo ma si contrae ancora, disteso sulla schiena, zampe all'aria. Poi si ribalta ventre a terra e si trascina fino alla piú vicina fognatura, strascicando le interiora come un chewing gum. Continuerà a vivere a lungo, come quell'insetto, poi alla fine morirà.

A chi importa.

«È la vecchiaia» gli dice la dottoressa Loboda, «va accettata. Alla nostra età bisogna ringraziare per quello che c'è» e riprende a scribacchiare sulla sua agenda. Anche la dottoressa un tempo era giovane e bella, è il loro medico da quando sono arrivati in paese e fra due settimane va in pensione. Sarà sostituita da una nuova che ha appena finito la specializzazione e che lo avvelenerà con delle medicine nuove, la Loboda gliel'ha promesso.

«Alcuni farmaci ti aiuterebbero ma hanno effetti collaterali pesanti. Se vuoi te li prescrivo, sennò meglio restare come stai adesso. Sofie potrebbe passare in ambulatorio domani?»

«Voglio morire» le dice, e lei si limita a ridere. «Sono trent'anni che me lo ripeti, Yoske, ma siamo ancora qui tutti e due, non è vero?»

Scarafaggi. Rane. Guerre. Quelle sono le cose che ricorda. Ma non piú i pezzi della sua magnifica collezione di armi fredde – seconda solo alla collezione di armi di quell'arrogante milionario –, perciò deve annotare tutto sul quaderno. Fortuna che già anni prima ha obbligato la figlia a sedersi con lui e a fotografare ogni singolo pezzo, sarà utile quando litigheranno per l'eredità e venderanno le sue spade a frotte di giovani russi elettrizzati. Sono gli unici a cui quelle cose interessano ancora. Sua figlia ha promesso che conserverà integra la collezione, ma le promesse, si sa...

E forse è meglio cosí. Chi non ricorda vive tutto il tempo senza pensare a ieri, perché cos'è il ricordo se non la prova che una volta esistevi e adesso non piú?

La porta ovviamente non è chiusa a chiave e Yaeli entra. Posa i bagagli vicino alla scala e passa nell'ampia cucina. È tutto pulito. Sul lungo banco di marmo nero non c'è un granello di polvere. La colf di Zipa lavora bene. Si annota mentalmente di verificare se sarà disponibile ad aiutarla quando aprirà il bed and breakfast.

Il telefono emette un suono, l'ha acceso solo adesso. Fra il mare di messaggi che si riversa nel cellulare ce n'è anche uno di David, del mattino.

Sveglia? E una faccina sorridente.

Come si permette di mandarle un messaggio del genere? Le cominciano a sudare e a prudere le mani, ripone il cellulare nella borsa, poi lo ritira fuori e lo spegne.

Basta! Non vuole parlare con nessuno, men che meno con lui.

Adesso che è lí, nella casa vuota, sente un briciolo di nostalgia per Zipa. Quando è morta non ha provato niente, non ha nemmeno partecipato al funerale. Ma anche dopo tutto quello che era successo, dopo che Yael se n'era andata furibonda dal paese proclamando che lei con quella famiglia di pazzi aveva chiuso e si era buttata fra le braccia di David e dei suoi come se rappresentassero la salvezza, zia Zipa era rimasta, nonostante la sua provata responsabilità, l'unica persona con cui si poteva parlare razionalmente in quella casa, e adesso non c'è piú.

Guarda attraverso la grande finestra, i prugni sono carichi di frutti e le piccole prugne marce a terra attraggono sciami di mosche. Sorride fra sé e sé ricordando Zipa, che amava raccontare dei primi giorni, quando era appena arrivata: la casa del maestro era già vecchia e malridotta, ma zia Zipa non si era lasciata scoraggiare. Infilato un grembiule bianco, si era messa all'opera. Aveva appeso tende leggere cucite con la stoffa di un sontuoso vestito che si era portata ma non avrebbe mai piú indossato, e da una lunga sottoveste aveva ricavato un copriletto con cui nascondere il letto di ferro sghembo. In cucina aveva sistemato due tazze di smalto e un piatto di latta sulla mensola sopra il grande lavello, che aveva strofinato fino a renderla di un colore accettabile.

Poi, fuori, aveva sradicato le ortiche alte fino alla vita, e anche la malva. Aveva sterminato, per lo meno cosí credeva, gli arbusti di mesquite siriano che si travestiva da pianta buona, aveva lasciato l'alta alcea setosa con i fiori viola e rosa, e per la prima volta in vita sua aveva incontrato una vipera enorme che l'aspettava in una piccola pozzanghera sotto il pompelmo e le aveva fracassato il cranio con una zappa presa in prestito quel mattino dal magazzino degli attrezzi. Senza alcuna paura o esitazione! Verso sera, seduta con una tazza di tè freddo nel giardino ripulito, mentre una gradevole brezza asciugava le chiazze di sudore sul suo abito, aveva sentito di aver riportato una piccola vittoria sulla Valle e di essere pronta per tutto quello che il primo scirocco avrebbe portato con sé. E questo avrebbe dovuto essere il primo segnale d'allarme, concludeva sempre Zipa con gravità. Piú credi di essere pronta e meno lo sei, se ritieni di sapere qualcosa significa che sei una sciocca.

Yael scuote la testa. Lei quantomeno sa di non sapere niente. A parte le istruzioni di Zipa sul giardino. C'era da aspettarselo da quella vecchia strega, che inserisse nel testamento quel genere di dettagli – copri melograni e guaiava (chiama Yair, il padre di Rubi, numero quattro sul telefono, ti manderà il thailandese con una rete e la scala), proteggi le giuggiole dalla mosca mediterranea della frutta (ci sono delle zanzariere enormi piegate nella cassa grande vicino alla porta d'ingresso, avvolgile da marzo fino al momento del raccolto) –, e una sfilza di indicazioni su come curare il gatto che nel frattempo, a sentire la colf, è scomparso. Pare sia stato avvistato vicino alla stalla di Aloni ma non sembra intenzionato a tornare, forse per via della micia persiana che se ne sta acciambellata sul davanzale della finestra.

Yaeli torna verso la porta d'ingresso e si guarda nel vecchio specchio a tutta altezza con la cornice in plastica ingiallita: bacino largo, pancia appuntita, le gambe ancora a posto, chissà fino a quando potrà ancora portare i pantaloncini corti con tutte quelle vene blu lungo le cosce, sui polpacci e fin giú alle caviglie. I capelli non sono mai stati cosí folti, ma anche quelli cambieranno, dopo il parto.

Nel gruppo di sostegno online «Una nascita speciale», le hanno consigliato caldamente di evitare tutti gli articoli su gravidanza, parto e allevamento dei figli. Come se, adesso che ha preso la decisione, dovesse tagliare ogni rapporto con la realtà. Ciascuna delle partecipanti ha la sua storia, come la donna di un kibbutz che, dopo il fatidico esame, ha deciso che era tutto a posto e scelto di non fare altri controlli, o quella che ha spiegato che avrebbe accettato qualunque cosa con amore, o le ortodosse che ripetono che tutto è nelle mani di Dio. Quelle che hanno già partorito e tornano per incoraggiare (parlando di «madri leonesse» e «bambini angioletti, mandati a noi per una buona ragione») Yael non le legge. Chi entra nel gruppo con una domanda vera non trova risposta, forse perché non esiste risposta per l'unico interrogativo che conta: «Andrà tutto bene?»

La maggior parte delle indecise lascia il forum nauseata, ma lei è rimasta. Con una specie di piacere masochistico legge i messaggi di incertezza, le riflessioni, le esagerazioni, attratta come una falena dalla lampadina rovente, soffermandosi in particolare sulle storie dolorose e allarmanti. Sí. Con un pancione da ottavo mese e una gravidanza imprevedibile che le sta con il fiato sul collo, adesso sarebbe disposta ad ammettere che probabilmente ha sbagliato, ma in quella fredda mattina di metà febbraio, subito dopo gli esiti degli esami genetici a cui lei e David si erano sottoposti in fretta e furia, le era parsa la cosa giusta.

O, se non giusta, preferibile.

Perché il giorno in cui lei e David erano usciti di casa diretti dal primario che le era stato vivamente raccomandato, un sole ingannatore splendeva nel cielo azzurro terso, e per un attimo Yaeli gli aveva creduto: sarebbe andato tutto bene.

Aveva frugato nella borsa in cerca degli occhiali da sole mentre le lacrime le scorrevano sulle guance per via dei raggi accecanti.

«Cos'è successo? Perché piangi?» le aveva chiesto David, e per un attimo era parso preoccupato.

«No, non piango, è il sole». Yael aveva chiuso gli occhi e sorriso, non c'era motivo di piangere, era tutto sotto controllo. David aveva svoltato in una delle viuzze che portano allo studio medico ed era rimasto bloccato dietro un camion della spazzatura. Il telefono aveva squillato e avevano risposto in vivavoce, era Amalia.

«Ciao, Davie» aveva detto con la voce profonda e snob che Yaeli trovava cosí ridicola.

«Ciao, sei in vivavoce» l'aveva avvisata lui.
«Ciao, Yaeli». Amalia aveva colto l'allusione.
«Ciao» aveva risposto Yael.
«Davie, tesoro, devi assolutamente correre qui, abbiamo un cliente molto interessato che ha preso appuntamento per le dieci. Ho una buona sensazione. Se ci fossi anche tu sarebbe di grande aiuto». David aveva lanciato un'occhiata interrogativa a Yaeli, che aveva alzato gli occhi al cielo.

Sarebbe stata una sorpresa per Yaeli se Amalia non avesse telefonato precisamente nel momento in cui lei aveva bisogno di David al suo fianco. Era sempre cosí: Amalia era onnipresente, si presentava a casa loro senza preavviso, li raggiungeva il venerdí mentre erano seduti in un caffè, aleggiava costantemente sopra David e la loro vita di coppia con la scusa dei rapporti di lavoro, e Yael doveva incassare. Non era gelosa, certo, che David andasse pure, anche se la telefonata arrivava nel momento meno opportuno.

«Ma il dottore ci aspetta» gli aveva bisbigliato indicando il palazzo in cui si trovava lo studio.

Lui aveva indicato il suo cellulare come a dire «Dunque, che si fa?»

«Ti richiamo fra un attimo, Amalia» aveva detto prima di riattaccare.

«Davie? Ti chiama cosí?» aveva riso lei.

«E dài, lo sai com'è».

«Com'è?»

Lui non aveva risposto, il camion della spazzatura era avanzato di qualche metro, David aveva suonato il clacson.

Era scontato per entrambi cosa gli avrebbe detto. Amalia e il cliente venivano prima. Prima di lei. Prima del bambino.

«Va bene» aveva acconsentito Yael un po' esitante, nella speranza che David notasse la titubanza nella sua voce. «Se vai e torni in fretta potresti farcela a entrare insieme a me, la volta scorsa ho aspettato per ore. Vai, è tutto a posto».

David le aveva sorriso grato, l'aveva baciata e le aveva carezzato i capelli. «Ti amo, Yaeli, lo sai?» Aveva parcheggiato vicino al palazzo. Lei gli aveva sorriso, ancora non sapeva che era un errore, un errore gigantesco, entrare da sola.

«Buona fortuna!» le aveva augurato mentre lei usciva dall'auto. Le aveva fatto un cenno di saluto e si era dileguato a una velocità irritante.

Yaeli era salita al primo piano del semplice edificio residenziale che non giustificava in alcun modo il costo esorbitante della visita, eppure la sala d'attesa era zeppa di donne in gravidanza piú o meno avanzata. Si era seduta su una delle sedie imbottite, alcuni faretti illuminavano i libri di medicina sugli eleganti scaffali di legno e la collezione di bizzarri strumenti medici dei secoli passati, e aveva pensato che, se fosse capitata lí per caso, si sarebbe potuta sentire a casa, tra collezioni e libri.

Ma non era capitata lí per caso, proprio per niente.

La segretaria, moglie del medico, le aveva detto che c'erano diverse pazienti prima di lei e l'aveva invitata a sedersi. Si era accumulato ritardo. Come Yael aveva supposto, ci sarebbe stato da attendere parecchio. Nel frattempo aveva aperto il computer portatile. Una catasta di tesine l'aspettava nella casella di posta elettronica del suo corso d'insegnamento all'università, «Introduzione alla scrittura accademica».

Aveva aperto il file della prima e cercato di concentrarsi sulla scrittura piena di errori di ortografia. L'importante era non pensare a quello che stava per succedere nella stanza del dottore, non pensare a David e non innervosirsi. Quando l'avevano chiamata il giorno prima per convocarla d'urgenza, le erano improvvisamente tornati in mente Zipa e Sofie e l'uomo delle gru. Era stata un'ondata, uno tsunami di sudore freddo che l'aveva travolta. Come aveva potuto non menzionarli, nemmeno una parola, durante la consulenza genetica che si era affrettata a richiedere quando aveva scoperto di essere incinta? Lei compilava liste e liste di «cose da fare», teneva tutto in ordine e programmato. Com'era potuto succedere? Quanto era forte il suo desiderio di rimozione?

O forse era capitato quello che sosteneva sempre sua nonna, «l'uomo fa progetti e Dio ride».

Piccoli fogli di carta di tutti i colori ripiegati. Origami. Volavano fuori dalla finestra, volteggiavano nella brezza leggera della sera, qualcuno atterrava in giardino, altri venivano portati lontano dal vento. Chissà dove andavano a finire.

David non condivideva la sua apprensione. Se ne stava davanti alla televisione a fare schizzi a matita sul suo blocco da disegno. «Non sarà niente» aveva commentato, «non hai di che preoccuparti». Lui schizzava con gli occhi fissi sulla tivú mentre la pancia di Yael faceva le capriole, impossibile distinguere tra i movimenti del pesciolino che le cresceva dentro e il terrore che l'attanagliava. «Andrà tutto bene» l'aveva rassicurata David anche la mattina prima di uscire e lei voleva tanto credergli, ma non condivideva la stessa sensazione.

Le lettere le si confondevano davanti agli occhi, faticava a concentrarsi. Si sentiva sommergere, scomparire, le mani pallide solcate dalle vene azzurre svanivano lentamente, le gambe nascoste dagli stivali diventavano trasparenti, le particelle microscopiche si volatilizzavano come bolle di sapone nell'aria surriscaldata della stanza. Il suo corpo si perdeva in quel mare di ventri gonfi e accarezzati.

Di colpo aveva capito, forse per la prima volta – una comprensione che le aveva fatto rizzare i peli e contorcere la pancia leggermente arrotondata –, che doveva esserci davvero qualcosa che non andava, e con tutta probabilità di lí a qualche mese non si sarebbe piú trovata là in mezzo a quei transatlantici con la pelle radiosa e le gambe gonfie dentro i sandali aperti. Non si sarebbe carezzata il pancione sempre piú grande, non avrebbe permesso al primo sfacciato di passaggio di appoggiare l'orecchio e ascoltare lo scalciare del suo bambino.

Una palpebra sempre abbassata e una cicatrice che solca la fronte, faccia rossa, capelli candidi come la neve. Il pigiama perennemente stirato.

Yaeli aveva spalancato gli occhi atterrita sentendosi chiamare, doveva essersi assopita un momento.

«Yael Tavor?» La segretaria le aveva fatto cenno di entrare. «Walters Tavor» l'aveva corretta. D'un tratto le si era seccata la gola, David non sarebbe arrivato. La sua paura si era fatta concreta quanto l'esame del sangue che aveva riscontrato una misteriosa sindrome mai sentita nominare. Gli esiti di quel particolare esame erano stati spediti con urgenza a Londra, dove avevano confermato i sospetti, ma risposte inequivocabili non ce n'erano. La statistica prendeva in considerazione il sesso del feto, l'età della madre e alcuni altri dati, in base ai quali le probabilità nel suo caso si riducevano, ma come non garantiva con certezza che esistesse un problema, nemmeno lo escludeva.

Yael sperava ancora che la faccenda si sarebbe risolta da sé, chiusa. Era da quel medico perché la rassicurasse con una prognosi piú favorevole. L'ultimo appiglio. «Trenta per cento di probabilità di malattia genetica» aveva affermato lui, come se quel suo embrione, di cui aveva appena cominciato a sentire i primi movimenti, non fosse che un irrilevante dato statistico. Yaeli stentava a respirare, la stanza le si chiudeva addosso.

«Signora, lei e suo marito dovrete fare una scelta importante e difficile. Non è possibile essere certi degli effetti della sindrome» aveva detto, evidentemente per nulla intenzionato ad aiutarla a decidere.

«Adesso avete tutti i dati». L'aveva osservata con uno sguardo affabile ancora piú preoccupante. «Riflettete e poi tornate da me insieme» aveva insistito. «Giovedí».

Yael si era alzata, fradicia di sudore, aveva ringraziato e aperto la porta. Doveva uscire da lí, altrimenti sarebbe svenuta. «Non se ne dimentichi» aveva ribadito a voce bassa mentre Yael aveva quasi oltrepassato la soglia. «L'interruzione di gravidanza va praticata entro la ventitreesima settimana, altrimenti si tratta di un parto a tutti gli effetti, e vogliamo evitarlo».

Per via delle lacrime lo vedeva sdoppiato. Il suo sguardo doveva avere risvegliato un qualche istinto paterno nel medico, perché si era alzato e l'aveva accompagnata nella sala d'attesa, sorreggendola.

Aveva fatto segno alla segretaria di offrirle qualcosa da bere.

«Giovedí ne sapremo di piú» aveva concluso, e la sua voce era piú gentile quando la paziente successiva si era trascinata nello studio con il passo dondolante della gravida al nono mese.

Yael era uscita, non avrebbe mai piú rimesso piede lí dentro.

Aveva aspettato David su una panchina vicina, il sole le riscaldava i piedi ghiacciati. Lui non rispondeva al telefono, se avesse risposto di certo non sarebbe riuscita a trattenersi dal piangere. Durante la lunga attesa aveva vissuto l'intero repertorio delle emozioni, da infelicità profonda a terrore paralizzante a misericorde rimozione, fino alla furia cieca che l'assaliva ogni volta che provava a richiamare e David non rispondeva. Alla fine era arrivato, di ottimo umore. Aveva trovato anche il tempo di passare in un bar a comprare un panino da portarle, «quello che piace a te». Yael aveva la nausea.

«Prima racconta tu, Yaeli». David era raggiante, l'incontro con Amalia doveva essere andato come sperato. «Cos'ha detto? Mia madre ha verificato e mi ha detto che quel medico è un luminare, ci si può fidare».

Nonostante la nausea, Yael aveva dato un morso al panino. «Dice che va tutto bene» aveva risposto con la bocca piena. La prima bugia. E lui naturalmente non aveva chiesto né approfondito, gli bastava quel «va tutto bene». Era tornato a occuparsi dei fatti suoi senza piú distrazioni: il cliente e gli alberghi e il fatto che lui e Amalia dovevano partire per Budapest a brevissimo per decidere una strategia coordinata.

Yael sentiva le palpebre pesanti, le si chiudevano gli occhi. Ascoltava e pensava: non potrebbe importarmene di meno in questo momento. Pensava anche che a quanto pareva avrebbe dovuto prendere la decisione da sola. «Credo che tornerò dal primo medico» l'aveva informato, e David aveva continuato a parlare. Chissà se l'aveva sentita.

Quando lui aveva finito di raccontare, Yael aveva fatto appello a tutta la sua forza di volontà per aprire gli occhi e dire: «Splendido, mi pare un'ottima cosa». Gli voleva raccontare, sapeva di dovergli raccontare, ma nello stesso tempo voleva tenersi tutto dentro, dove le cose contavano davvero.

Poi aveva chiuso gli occhi e si era concessa di sprofondare per qualche minuto in un beato torpore.

Vero. Non ha fatto quello che andava fatto in tempo, ha aspettato e ancora aspettato, forse pensando che si sarebbe risolto tutto. Chi lo sa cosa le passava per la mente in quei momenti. In effetti anche questa è una bugia, sa benissimo cosa le passava per la mente in quei momenti. All'inizio era tutto chiaro, sentiva sua madre, Anati, che le parlava dentro la testa, prudente e razionale come sempre. Quale diritto hai di mettere al mondo un figlio del genere? Era logica e saggia e perfettamente in linea con le idee di Yael prima di restare incinta. Ma il settanta per cento di possibilità non era poco. Il settanta per cento di possibilità che il bambino fosse a posto. E se Yael avesse deciso altrimenti, che ne sarebbe stato di David e della loro vita insieme? Lui era cosí felice della gravidanza, l'aveva sorpresa con la sua reazione. Al di là dell'attenzione ossessiva verso sé stesso degli ultimi tempi, effetto della carriera di pittore verso cui lei stessa l'aveva spinto, da quando aveva saputo della gravidanza trasudava felicità e amore per lei: Yael non doveva piú preoccuparsi di Amalia e delle altre donne che gli ronzavano intorno, il futuro si presentava roseo. Yaeli cercava di concentrarsi su quello, sul rifiorire della loro vita di coppia. Come poteva distruggere tutto con un colpo di spugna?

Il crollo alla fine era arrivato, senza grandi drammi. La menzogna si era insinuata nelle vene come un veleno, annerendole e indebolendole fino a farle scoppiare. Adesso non c'era piú niente da fare. Naturalmente a esasperare David era stata quella che lui chiamava «sprovvedutezza» e sua suocera «un'irresponsabilità quasi criminale».

Com'è possibile che non abbiamo mai saputo di lui?

Chi dice che non sapevate? Ci sono tante cose che il cuore sa, ma noi preferiamo dimenticare.

Se lo si chiede a Sofie, in questo momento seduta in cucina davanti alla televisione a pelare patate, dirà che la vita è una sequela ininterrotta di incidenti, e siccome nessuno ti ha promesso niente, non hai nessuno con cui prendertela. Sofie pensa a questo mentre guarda Brooke e Ridge e la rissosa famiglia di belli nella sua soap opera del mattino. Nella soap torna sempre tutto a posto e si sta in pace fino alla tragedia successiva, ma Sofie sa che la vita non è una soap opera e a volte si chiede quanto ancora potrà sopportare.

Il primo incidente era successo ancora laggiú, fuori da Israele.

Un bambino nato non proprio a posto. Oggi forse non sarebbe un guaio serio, ma a quei tempi lo era.

Un guaio serio.

I suoi genitori erano invecchiati nel giro di una notte, dall'oggi al domani. Se lo ricorda, lei aveva tre anni. Erano nati due bebè, un maschio e una femmina. Sofie li aveva tanto aspettati. Cioè, lei immaginava che ne sarebbe arrivato uno solo e sperava fosse una femminuccia, una sorellina da aggiungere alla sua bella collezione di bambole. Anche la mamma, che si portava in giro un pancione gigantesco, lo credeva, nonostante sostenesse che quella volta si sentiva un po' diversa rispetto a quando teneva in pancia Sofie. Ma nessuno aveva sospettato che sarebbero stati due gemelli, nemmeno il medico che arrivava una volta alla settimana a palparle il ventre.

Dopo, quando erano nati i gemellini e le domande gli erano piombate addosso come frecce, il dottore si era difeso dicendo che il piccolo si era nascosto dietro la sorellina e i due cuori che battevano all'unisono l'avevano tratto in inganno.

Era stato il primo della serie di incidenti che avevano accompagnato come un'ombra la vita di Sofie.

Ne erano seguiti altri. La grande guerra, l'emigrazione in Israele e l'arrivo in quel paesino da cui lei e Yoske, se avessero avuto un pizzico di sale in zucca, sarebbero scappati prima ancora che il furgone li lasciasse davanti alla casa di Zipa, sua sorella.

Avrebbero dovuto recapitare il grosso baule rivestito di pelle di mucca e il fratello che accompagnavano da Zipa e partirsene per la città, come avevano progettato di fare. Ma non era andata cosí, lei, cittadina nell'anima, era stata costretta a adattarsi alla vita di campagna, e ora, sessant'anni dopo, lei e il Ddt – sí, ne tiene ancora una scorta in magazzino, si era rifornita appena ne era stato proibito l'uso – combattono ancora una guerra senza fine contro tutti gli insetti che le infestano il giardino.

Erano seguiti altri incidenti, «le perdite». Sempre negli ultimi mesi di gravidanza, sempre bebè di cui sentiva le infermiere mormorare «è un mostro». I medici le spiegavano: «Signora Shteinman, deve ringraziare che questo bambino non sia nato, ne avrà degli altri!» e né le une né gli altri sapevano che lei di mostri come quelli ne conosceva, e anche loro avevano un'anima; nessuno glielo chiedeva e lei non raccontava.

Alla fine erano nate due bimbe, e non erano mostri (non aveva mai saputo cosa intendessero i medici, immaginava neonati enormi con il corpo interamente ricoperto di setole nere, o con un solo occhio in mezzo alla fronte, con corna o una codina, o tutte queste cose insieme).

Le sue figlie erano carine e grassottelle, eppure dopo la nascita di Nilli (e sí, anche dopo la nascita di Anati) era andata guardinga alla nursery dell'ospedale per vedere cosa era venuto fuori da lei. Le si era mozzato il respiro alla vista di un neonato particolarmente brutto, con una massa di capelli neri che gli copriva metà della fronte aggrottata, e aveva ripreso a respirare solo quando le avevano messo tra le braccia la sua bambina, bionda nel caso di Nilli e completamente calva quando si era trattato di Anati.

Ci sono persone che vedono la vita come un continuo susseguirsi di esperienze e trasmigrazioni; una volta Eveline, sua nipote, aveva provato a spiegarle la vita dal punto di vista degli indú. Ma Sofie sa che non è vero, sono fesserie da hippy drogati. La vita è una sequela di incidenti spaventosi e le profonde rughe sul suo viso, all'apparenza conseguenza dell'età avanzata e di una passione sfrenata per la tintarella, in realtà sono cicatrici di guerra.

Adesso Yaeli vuole tornare qui, con la scusa di riaprire una casa vecchia e maledetta e trasformarla in un bed and breakfast. Non si rende conto che cosí aumenta i rischi di sventura per la creatura che le sta crescendo nel ventre. Sofie deve prodigarsi per preservare il settanta per cento buono di quel bambino, però ancora non sa come fare.

Quando Yoske si è immischiato – ovviamente deve sempre ficcanasare –, gli ha detto che non è giusto che i bambini nascano cosí quando ci sono dei vecchi che vivono troppo a lungo. Lui l'ha fissata, convinto che fosse l'ennesima cattiveria, ma Sofie si è affrettata ad aggiungere che era disposta a offrire la sua vita perché non capitasse di nuovo.

Allora lui ha ribattuto: «E cosa credi, che io non sarei disposto a fare lo stesso?»

E lei ha suggerito: «Prego, allora».

E lui ha detto: «Non è tanto facile, non ho idea di come si fa».

E Sofie ha detto: «Non so, bisogna fare un patto con il malvagio che sta lassú. Non creda che siamo fessi, non permetteremo che succeda di nuovo la stessa cosa!»

Dopodiché lui è rimasto in silenzio e lei anche, e da quel momento Sofie non ha piú ripensato a quella conversazione. Si preoccupa solo di nascondere negli armadi della vecchia casa di Zipa grosse teste d'aglio e fili di lana rossa portati dalla visita al Muro del pianto, in caso Yoske non riesca a demolirla in tempo.

Quella mattina Yaeli era ancora a Tel Aviv e adesso è lí. Dal pianeta Terra a Marte.

Ha lasciato l'appartamento di via Arlozorov angolo Shlomo Hamelech, ingresso, due stanze e un balcone con affaccio sulla strada, cucina nuova, condizionatore vetusto che congela e ronza e un affitto ridicolo rispetto ai prezzi di Tel Aviv, e in cambio di che cosa, esattamente?

Lei e David.

È parecchio ormai che arrancano come il condizionatore scassato nella loro camera da letto.

Quando ancora stavano insieme tutto scorreva come champagne spumeggiante, fruttato e frizzantino. David adorava raccontare a chiunque lo ascoltasse come l'aveva incontrata nell'ufficio di sua madre, seduta davanti a pile di fogli disordinati, con i capelli sciolti, a masticare lo stelo di una matita. Nella sua narrazione era un momento magico.

Yael non aveva nemmeno sospettato che il giovanotto attraente entrato un giorno nel suo ufficio, ben vestito, Timberland ai piedi, polo e jeans di marca, fosse il figlio della professoressa Silvia Walters, capo dipartimento, per la quale lavorava come assistente nel laboratorio linguistico. Yaeli era convinta che Silvia fosse un'inglese sola al mondo, le cui giornate erano scandite da discussioni accademiche e appuntamenti dal parrucchiere. La compativa persino un pochino.

Per il ragazzo Yaeli non si era scomposta, di tipi del genere ne vedeva almeno cinque al giorno, studenti ricchi, presuntuosi, che le rovesciavano addosso il loro fascino come monete d'oro, di solito con l'evidente scopo di ammaliarla e ottenere qualcosa in cambio.

«Ciao, tu devi essere Yaeli» aveva detto porgendole la mano. «David».

Era ancora convinta che si trattasse di uno studente ed era rimasta in attesa delle solite chiacchiere: «Seguo il suo corso... non mi spiego perché ho preso questo voto nell'esercitazione... potrebbe, per favore, controllarla di nuovo e aiutarmi...» Denti bianchi e dritti, dopobarba con note agrumate, la stretta di mano leggera ma decisa. Conosceva tutti i trucchi.

«Sí» aveva risposto Yael.

«Mia madre mi ha parlato moltissimo di te» aveva proseguito lui e, accorgendosi dello sguardo perplesso di Yaeli, aveva sorriso. «Silvia. Sono suo figlio, pensavo lo sapessi».

Quando la professoressa Walters era tornata dalla riunione e aveva lanciato lo scialle su un attaccapanni lasciandosi cadere, platealmente esausta, sulla sua sedia imbottita, loro due erano già immersi in un'animata conversazione sul secondo film della trilogia del *Signore degli anelli*, che avevano visto nello stesso giorno e nello stesso cinema senza saperlo (a Tel Aviv vive un milione di persone, incredibile che non si fossero mai incontrati prima!). Poi erano andati a pranzo insieme in mensa, Silvia aveva mangiato al solito come un uccellino e a gran velocità e si era scusata, doveva tornare alla riunione che era stata interrotta solo per il pranzo e sarebbe ripresa subito dopo.

«Ve la caverete senza di me, vero?» aveva detto con un sorriso, aveva dato un bacio sulle labbra a David e si era dileguata.

David aveva osservato Yaeli divorare un'insalata e una porzione gigante di lasagne e aveva detto con un sorriso, mentre si lasciava andare all'indietro sulla sedia, che apprezzava chi era una buona forchetta.

Non serviva molto di piú perché gli cadesse fra le braccia.

Era stato grazie a Silvia – Yael lo doveva ammettere – che aveva concluso il master, proseguito con il dottorato, cominciato a insegnare all'università e inaspettatamente riscoperto il piacere di scrivere quando aveva dovuto seguire un corso di scrittura per assicurarsi gli ultimi due punti che le servivano per conseguire il dottorato. Certo, Yael aveva sempre scritto, ovunque, a qualsiasi ora, ma nonostante la sua famiglia assecondasse quel passatempo e benché anche nella dura valle da cui proveniva si portasse rispetto ai letterati, era chiaro per tutti che prima bisognava fare la propria parte e poi, nel tempo libero, ci si poteva anche dilettare di scrittura.

Quando tutti uscivano nei campi per recuperare quanto rimasto dopo il raccolto e i bambini saltavano giú dal trattore felicissimi perché ricevevano dieci shekel per ogni sacco di patate o cotone o pannocchie che riuscivano a riempire, Yaeli di solito restava sul mezzo o all'ombra di un albero, e tirava fuori il quaderno.

«Vi scrivo un racconto» diceva.

All'università era tornata a dedicarsi alla scrittura e dopo, quando David aveva cominciato a splendere nel firmamento artistico locale, il loro era parso un connubio perfetto. Piccole, intime serate di reading nei caffè giusti, la frequentazione conveniente di un gruppo di poeti e giovani scrittori alla moda – lei era ancora giovane e, a quanto pareva, alla moda – e le mostre di David seguitissime dai media dove lei presentava il suo libro di poesie, che aveva avuto molta risonanza nei posti giusti e venduto una cinquantina di copie. Senza contare quelle regalate alla famiglia.

David l'aveva incoraggiata, non c'era dubbio. Ma Yael sapeva, una consapevolezza che serpeggiava in lei fin da quando lui aveva mosso i primi passi nel delicato mondo dell'arte, che il suo ruolo nella coppia era di sostenere il marito e mai, mai di entrare in competizione con lui.

Paziente. Lei era cosí. Era sempre stata cosí.

Yaeli: tranquilla, assennata, accomodante. Tanto piú se la si confrontava con Gali, l'impulsiva che non si teneva niente dentro, che dopo si pentiva. Profondamente.

«Guarda come si comporta Yaeli, forse potresti imparare da lei» dicevano. Tranquilla, assennata. Paziente. Quanto detestava quegli attributi che per tutta la vita le erano stati affibbiati come complimenti. No. Non sono affatto cosí, diceva senza aprire bocca, e le mascelle le si serravano un altro po' quando provava, sempre con successo, a non mostrare la tempesta di sentimenti che le infuriava dentro.

Perciò aveva incoraggiato e sostenuto David, sofferto insieme a David e per colpa di David in tutti gli alti e bassi che avevano avuto in seguito, e non aveva mai pensato di lasciarlo finché non era arrivata Amalia a sparigliare le carte. All'improvviso si era trovata in competizione, una competizione palese, almeno per lei, alla quale non era davvero convinta di voler partecipare.

Poi era successa quella faccenda del bambino, l'ultimo chiodo sul feretro del loro matrimonio.

Adesso a Yael sembra una cosa buona essere in paese, ma è una sensazione altalenante, nel giro di un'ora potrebbe cambiare idea. Tel Aviv l'asfissiava, di colpo il loro bilocale le era parso rumorosissimo e l'aria era inquinata. I caffè modaioli del quartiere e i bar semibui ormai la nauseavano. Quando non era piú riuscita a chiudere l'ultimo bottone dei pantaloni era diventato impossibile fare finta di niente. Nel momento in cui aveva sentito quello sfarfallio nel ventre per la prima volta, sorpresa non sgradita, non aveva piú avuto dubbi: sapeva esattamente cosa doveva fare. Chiamato un taxi, si era presentata allo studio legale per firmare i documenti. Le avevano consegnato una busta bianca con dentro due chiavi, una per la porta d'ingresso e l'altra per il cancello, ma non le sarebbero servite davvero.

Era come se qualcuno avesse orchestrato tutto, proprio il giorno in cui David aveva imballato le sue cose e lasciato il loro appartamento.

Yael era seduta sul divano a singhiozzare quando il suo telefono aveva squillato nell'altra stanza. «È per te». Era comparso David porgendole il cellulare, e lei aveva tirato su con il naso e guardato la propria immagine riflessa nello specchio, una figura grottesca che faceva spavento, con gli occhi gonfi e la pelle cosparsa di macchie tutt'altro che gradevoli.

«La chiamo dallo studio legale Grossman-Maoz». La voce femminile, tesa – doveva essere una nuova impiegata che si sforzava di fare buona impressione –, l'aveva colpita e aveva smesso di osservarsi. «Le passo subito l'avvocatessa Grossman».

Era partita un'allegra musica classica del tutto inadatta al suo umore, dopodiché aveva risposto una voce femminile diversa, professionale e asciutta, che le aveva spiegato con chiarezza cosa doveva fare per accettare l'eredità.

L'avvocatessa Grossman aveva spiegato che Zipa aveva modificato il testamento appena prima di morire e lasciato a lei, a Yaeli, la casa, dal momento che di figli non ne aveva. «E agli altri?» aveva chiesto Yael. A Gali e ai cugini?

L'avvocatessa aveva risposto che quelle erano le disposizioni testamentarie e aveva aggiunto che le era parso di capire che Yael avrebbe avuto bisogno della casa piú degli altri. Zipa aveva chiesto solo una cosa, che non si beccassero come galline per le sue «quattro assi», testuali parole.

Un'altra cosa che Yael doveva sapere era che l'immobile era iscritto al catasto con un vincolo a nome dei suoi nonni, Yoske e Sofie Shteinman. Di conseguenza, finché loro erano in vita Yael non avrebbe potuto venderlo senza il loro consenso.

Yael aveva provato un senso di colpa, una stilettata. Erano dodici anni che non parlava con Zipa, nelle sporadiche telefonate Anati e Sofie l'aggiornavano sulla sua salute, ma anche con loro aveva poca pazienza. L'aveva sempre incolpata piú di tutti per quello che era successo. E invece proprio Zipa, quella vecchia strega, aveva lasciato a lei, a Yaeli, la casa, perché ne aveva bisogno. Perché ne avrebbe avuto bisogno. Chi poteva saperlo meglio di lei?

Se Yael era interessata alla casa, doveva presentarsi in studio a firmare. Dapprima Yael aveva temuto di dover andare fino ad Afula, ma l'avvocatessa le aveva spiegato che lo studio aveva sede a Tel Aviv, cosa logica perché Zipa non si sarebbe rivolta a un legale in zona nemmeno se ne fosse dipesa la propria vita. Dal suo punto di vista, in paese tutti si coprivano le spalle a vicenda, perciò piú lontano andava, meglio era.

Yael aveva guardato David indaffarato a impacchettare e aveva immaginato di rimanere sola in quell'appartamento, di muoversi per quell'odiosa città senza di lui, e aveva accettato seduta stante. Sí, era interessata e voleva procedere il piú in fretta possibile. David indugiava in cucina scegliendo alcuni piatti, tazze e posate. Dalla cucina era poi passato al piccolo angolo-studio, aveva preso la sofisticatissima stampante comprata da lui e lasciato il computer portatile acquistato da lei con i soldi della borsa di studio ricevuta dall'università, che adesso avrebbe senz'altro dovuto restituire. L'aveva sentito in sala passare in rassegna ad alta voce i titoli dei volumi di cui la loro biblioteca era stipata, cosa apparteneva a lui e cosa a lei. Alla fine si era portato via solo le guide turistiche di Israele e i libri di cucina arrivati con lui tanti anni prima e le aveva lasciato tutti gli altri, che adesso non sembravano piú cosí importanti.

Se ne andava, la lasciava sola.

David aveva detto che si sarebbe trasferito nel suo studio per pensare. Ma lei aveva capito, vedendolo esaminare gli scaffali delle spezie in cucina, controllare la riserva di vini e prelevare quelli davvero costosi, che non sarebbe piú tornato. Supponeva che Amalia, la artist manager troppo bella per essere vera – capelli corti, viso d'angelo e abiti costosissimi finto casual –, che adesso lo aspettava in macchina nel ruolo di amica generosa, ci avrebbe messo ben poco a occupare il suo posto. Eppure, nonostante tutto, in un momento di slancio Yael aveva deciso di raccontargli della casa di Zipa. Evidentemente le restava un barlume di speranza, forse aveva paura di rimanere sola, o pensava di riuscire a convincerlo a rimanere raccontandogli della casa e delle possibilità che dischiudeva. Ma David si era limitato a continuare a girare per la camera da letto, apriva cassetti, buttava oggetti nel borsone sul pavimento.

«Forse sarebbe davvero il caso che tu lo facessi» aveva risposto, e le sue parole, che le erano suonate come se tutto fosse definitivo, concluso, irrimediabile, si erano conficcate dentro di lei. Poi, visto che Yael rifiutava seccamente le ultime dimostrazioni di affetto, un abbraccio e un bacio sulla guancia, come pure il tentativo di stabilire un orario in cui la poteva chiamare per sapere come stava, si era veramente irritato.

«La sai una cosa? Sei insopportabile!» le aveva gridato. «Davvero non so come ho fatto a pensare che ci potessimo salutare in modo civile. Non mi lasci scelta, fai sempre solo quello che ti pare!» e aveva tirato un calcio al tavolo da pranzo, un piatto sporco aveva traballato sul bordo e si era fracassato a terra.

Dopodiché David aveva preso un respiro profondo e detto: «Tu non vuoi veramente che venga con te. Se veramente lo volessi, se veramente mi amassi, non mi faresti questo, non faresti questo a noi due».

David non la guardava, ma Yael sapeva esattamente cosa intendeva.

Se morisse durante quell'autunno rovente, la sua anima in cambio di quella del bambino, cosa rimpiangerebbe? Gli anni sprecati a litigare con la vecchia? Il menefreghismo dei figli della sua figlia morta che vengono in visita solo per verificare se sta per tirare le cuoia? O magari il segreto che hanno tenuto nascosto in soffitta per mezzo secolo?

Sofie sostiene che scambiare l'anima di Yoske con quella del nascituro è giusto, forse perché anche lui ha fatto la sua parte. Su questo potrebbe avere ragione.

Yoske vorrebbe essere in grado di dire «dopo di me il diluvio» e lasciarsi trasportare via dal vento caldo e polveroso, ma non è sicuro di avere il coraggio necessario. E comunque non è ancora il momento. Un altro pochino di tempo, restano alcune cose da fare.

In bagno, Yoske scopre una lettera dimenticata nella tasca dei pantaloni. La posa sulla seggiola per lavarsi e inavvertitamente la bagna con qualche goccia d'acqua. Niente di grave, è rimasta leggibile. Non sa se lei l'ha letta, quando lo scoprirà magari gli preparerà una bistecca per pranzo? Forse per una volta non lascerà che la moldava metta in tavola le solite cotolette surgelate riscaldate nel tostapane (sacrilegio!).

«L'appuntamento con l'avvocato Singer (è il nome della macchina da cucire, vero? A suo tempo ne ha aggiustate diverse, ma questo non si può aggiustare, ha ha ha) è fissato per la tal data. Si prega di portare i documenti necessari, copia di eventuali testamenti precedenti, carta d'identità o passaporto».

Rificca la lettera nella tasca dei pantaloni abbassati intorno alle caviglie e poi la tira fuori di nuovo. La data gli dice qualcosa: 30 agosto, è oggi, se oggi è martedí. L'appuntamento è fissato per le dodici, sono già le dieci. Non può arrivare fino a lí con il suo scooter cabinato.

Impreca a bassa voce.

Tutta colpa della figlia che l'ha costretto a rinunciare alla sua piccola Daihatsu quando ha perso la vista dall'occhio destro (casualmente, non per colpa sua). Yoske non sapeva nemmeno che lei fosse in casa, ma ancora prima di aprire gli occhi, un attimo dopo che aveva travolto il grosso bidone dell'immondizia verde che gli ingombrava la strada mentre entrava nel suo posto auto (chi aveva autorizzato quei delinquenti a piazzare il bidone sul suo terreno?), Anati era già arrivata al cancello e sbraitava: «Finirai con l'ammazzare qualcuno!»

In meno di una settimana l'auto era stata venduta.

«Con i soldi ricavati dalla vendita» aveva cercato di placarlo Anati, «potrai chiamare taxi fino alla fine dei tuoi giorni».

«Fesserie» aveva gridato Yoske. «Qui mica siamo all'università, signora!»

Preferirebbe morire piuttosto che farsi vedere in paese in taxi. I soldi sono finiti in banca, investiti, a proposito, non deve dimenticare di menzionare quel conto oggi da Singer, un bandito che si fa chiamare avvocato (settecentocinquanta shekel per ogni incontro, roba da mandarlo in rovina!)

Vero, alla fine per mancanza di scelta il taxi gli è capitato di prenderlo. A volte lo condivide con altri anziani che come lui sono stati costretti a rinunciare alla guida, e una cosa è chiara a tutti loro: condividono non solo un taxi ma anche, e soprattutto, il disprezzo reciproco.

Uscito dal bagno si accorge di non avere i soldi per il taxi e fruga a lungo nella borsa della vecchia, quella che tiene nell'armadio delle giacche, per scovare dove nasconde i contanti (che ce li ha Yoske lo sa, e li distribuisce ai nipoti senza consultarlo, i suoi soldi!).

Alla fine trova una banconota da cinquanta e qualche spicciolo e se li infila in fretta in tasca (proprio sotto lo studio dell'avvocato c'è un grazioso bar e di tanto in tanto Yoske si concede un caffettino, magari con una fetta di torta foresta nera servita su un piattino di porcellana, come in Europa. Quella città si sta trasformando in una vera metropoli. Bar! Ristoranti! Una volta non c'era niente di niente. Da dove tira fuori tutti quei soldi la gente?).

Anche con un solo occhio buono Yoske vede la macchia sulla camicia appoggiata alla spalliera della sedia dal giorno prima, ma la indossa ugualmente. Lei di certo gli urlerebbe che si deve vergognare a uscire di casa conciato in quella maniera. Con la mano tremante si allaccia l'ultimo bottone, si siede sul letto e infila quelle brutte scarpe di gomma che gli ha spedito la seconda nipote, Gali, che si è finalmente decisa a tornare dall'America («Non è gomma, è una sorta di resina, molto ortopedica, ottima per le persone della vostra età. Un paio per il nonno e uno per la nonna». Ciabatte di gomma. Questo gli manda, dall'America!).

Esce di casa. Nel lavabo per il bucato all'esterno c'è una ciotola piena degli ultimi grappoli d'uva che la vecchia ha appena raccolto, ne prende uno al volo. Lei sta ancora innaffiando, ma invece di strillare e chiuderle il rubinetto, Yoske sgattaiola fuori dal garage sul viottolo dove picchia il sole, altro che la frescura del giardino ombreggiato, per aspettare il taxi che ha chiamato.

Nel frattempo mangia l'uva e controlla se è arrivata posta. L'ha già portata dentro la domestica quella mattina, ma Yoske deve comunque aprire la cassetta per verificare.

È vuota, ovviamente.

Di nuovo lo assale il sospetto che la vecchia possa aver sottratto una lettera indirizzata a lui. È perfida e gli toglie il gusto di aprire la busta con il tagliacarte cinese comprato al mercato delle pulci durante una visita a Giaffa e adatto proprio a quel genere di piaceri (quell'idiota del venditore – Yoske l'ha comprato da un immigrato – non si è reso conto del tesoro che aveva tra le mani. Imbecilli, tutti quanti). Magari ci fosse una lettera, la carta frusciante fra le dita, la lama che la incide con un crepitio leggero e dentro il foglio – che odora di carta vera, come una foresta di conifere –, qualcuno che pensa a lui, qualcuno che lo ricorda ancora e si prende la briga di scrivergli.

Quella casa va demolita. Yaeli si arrabbierà, Anati ancora di piú, ma prima di andare all'altro mondo lui se ne deve occupare. Yaeli ha troppi grilli per la testa. Affittare le camere della casa del matto: no, se lui ci può mettere becco, non succederà. Ci sono storie che vanno seppellite per costruire qualcosa di nuovo. Yoske è stato coinvolto in quella faccenda, ha taciuto per anni, ma non potrà riposare in pace se quella casa gli sopravvivrà.

Singer, se vale qualcosa (dicono che nel suo campo sia bravo. Che lo dimostri), deve provvedere a far emettere un ordine di demolizione. Come? L'avvocato è lui e si intasca dei bei soldi per trovare soluzioni. Yoske ha il diritto di firma o un diritto trascritto nel catasto o Dio sa cosa, e vuole che la casa scompaia.

Alle sue spalle una breve strombazzata, il taxi è arrivato.

Il signor Shteinman monta, si siede di fianco all'autista e si aggiusta il berretto a quadretti sulla testa calva.

Ecco che ricomincia, acchiappa una vittima e la sfianca di parole. Povero tassista, non ha scampo. Yoske crede senz'altro che lei, Sofie, non lo abbia visto sgattaiolare fuori con il suo cappello logoro, sembra un accattone, si rifiuta di comprare una camicia nuova o un paio di pantaloni. Arranca lungo il viottolo che porta dalla casa alla strada, sembra una vecchia mantide, con quegli occhiali che gli ingigantiscono gli occhi in modo mostruoso e due antenne. Non sono vere antenne, sono i capelli che tiene ancora lunghi e pettina trasversalmente sulla pelata. Prestito e risparmio. Macché prestito! Lui risparmia e basta.

Le avrà di sicuro preso i soldi dal portafogli che ha stupidamente lasciato nell'armadio. Quel che è certo è che lui lesina, ma Sofie deve andare a prelevare il denaro per comprargli pane e salame all'emporio. E poi strilla che lei butta via tutti i suoi soldi distribuendoli ai nipoti e alla figlia.

Lui e i suoi maledetti pavoni.

Sofie innaffia il giardino. Per fortuna se n'è andato, altrimenti darebbe in smanie e cercherebbe di chiuderle il rubinetto. Fra poco rientrerà per preparargli il pranzo, anche se ha giurato a sé stessa che non lo avrebbe piú fatto.

Cosa ci può fare? La domestica sta in cucina già da due ore senza combinare niente. Non ha alternative, la conosce bene quella lí. A pulire non è capace (ha abitudini da zozzona, la moldava), ma in questi giorni in cui l'autunno s'intrufola in giardino, se solo smuove la polvere è già un aiuto: Sofie si sente la schiena irrigidita e bloccata, le dita delle mani si rifiutano di raddrizzarsi, gesti banali come estrarre una pasticca dal blister diventano un'impresa impossibile. A lui di certo non lo chiede, non gli darà la soddisfazione di vederla cosí impacciata nei movimenti.

Allora prega la domestica di estrarre tutte le pasticche dalla confezione e le ripone in una vecchia scatola di rullini per macchina fotografica, fino a quando non arriverà il portapillole decorato che ha comprato dall'addetta alla vendita telefonica che trova tanto gentile, quella che la chiama ogni giovedí come un orologio svizzero. C'è solo un problemino: non si ricorda quali pillole erano e ha buttato la confezione. Pasticche per lo zucchero, sí, dovevano essere le pasticche per lo zucchero. Non le vede da nessun'altra parte. Ma cosa importa, non sarà quello a ucciderla, e anche se fosse, sarebbe pure ora.

Per fortuna che se n'è andato. Adesso Sofie può vestirsi e uscire a sbrigare qualche commissione. Ieri ha ricevuto un avviso dalla posta, un pacco. Sa esattamente cosa contiene: un set di lenzuola estive in offerta da una società di vendite per corrispondenza (nonostante si avvicini l'inverno e chi lo sa se vivrà fino alla prossima estate) che le manda per posta una marea di proposte a prezzi convenienti.

Orologio decorato con brillantini, solo 19.99, spedizione gratuita. Scaldapiedi elettrico gratis, spedizione solo 49.99, e ci aggiungono sempre qualche regalo – un mini mixer di cui non ha bisogno (uno solo, ma le hanno mandato anche un set da campeggio contenente asciugacapelli, bollitore a immersione e ferro da stiro, tutti ridotti a un terzo della dimensione normale, potrebbe volerli Yael?), collana di perle finte (cinque pezzi in un'elegante confezione di velluto, sotto le coperte, nell'armadio alto), orologio in metallo argentato da uomo (otto pezzi, nel cassetto del suo comodino), e tre coppie di lenzuola invernali per letto singolo (magari un giorno verranno utili per uno dei bisnipoti).

È sempre piacevole ricevere pacchi postali. Nelle giornate in cui è in buona anche lui si interessa di quello che le mandano, si entusiasma aprendo per lei il pacchetto con il tagliacarte che ha comprato al mercato. Altre volte invece s'indispettisce, si fa tutto rosso, picchia sul tavolo, esige di controllare i conti della carta di credito per verificare quanto costa davvero quel «gratis».

Non capisce.

Non può capire che lei conserva quegli oggetti per Anati ma anche per Nilli. Sí, lo sa bene che Nilli è morta, non è demente o pazza, ma ancora non riesce a non mettere da parte le cose per lei come faceva quand'era viva e la riforniva delle piccole cose che non si poteva permettere con il suo stipendio di insegnante e i miseri alimenti che le passava quel francese. Nilli combatteva per ogni centesimo che serviva ai bambini.

Sofie ricorda tutto, lei non dimentica.

Non dimentica che una volta alla settimana prendeva un autobus dal paese alla grande città, scarrozzava per due ore cambiando tre pullman, saliva all'appartamento di Nilli, terzo piano senza ascensore, con i sacchetti pieni di provviste comprate al supermercato nel piccolo centro commerciale vicino e riempiva a Gabriel, Nataly ed Eveline (che era ancora in fasce) il frigorifero.

Per Gabriel, che era in piena adolescenza turbolenta dopo il divorzio dei genitori, preparava una montagna di cotolette unte e polpette al sugo, e lui in cambio per accontentarla usciva dallo stanzino dipinto di nero che si era attrezzato sul balcone e le abbaiava qualcosa come «ciao» o «grazie».

Non dimentica di aver comprato a Nataly, la secondogenita, la sua prima macchina da cucire, e ogni mese le portava le stoffe perché si potesse confezionare dei vestiti alla moda per la scuola. In seguito Nataly si è trasferita a Parigi per studiare da stilista a spese del padre che d'un tratto, da vecchio e dopo aver ammazzato la seconda moglie (di cancro, anche lei morta di cancro, pare piú di una coincidenza, no?), si era fatto generoso, ed è diventata una stilista piuttosto famosa (cosí le hanno raccontato) e ha dimenticato la sua vecchia nonna e la prima macchina da cucire.

Solo di rado li vengono a trovare, Gabriel e Nataly, e si direbbe solo per assicurarsi che siano prossimi ad andarsene all'altro mondo (sono prossimi di sicuro, ma Yoske non è d'accordo a farsi assegnare due lotti nel cimitero. Non sarà certo quello ad accelerare la fine).

Sofie non dimentica niente, forse per questo ha sempre mal di testa, ma non la mette giú dura come lui, lei non parla, agisce, la differenza è tutta lí.

Ecco Eveline, sul motorino, le passa davanti e fa ciao con la mano. La piccolina di Nilli. Quante notti di sonno ha perso Sofie per quella bambina, quanti guai. Aveva solo dodici anni quando Sofie aveva raccomandato a Nilli di tenerla d'occhio, tutte le bambine hanno bisogno della mamma vicina, ma Nilli non ascoltava e forse proprio non poteva starla a sentire, con tutti i guai che le capitavano e tre lavori diversi per arrivare alla fine del mese. Eveline appena entrata nell'adolescenza aveva capito che per avere le costole ben in evidenza doveva pagare, mangiare il minimo indispensabile, giusto una o due mele al giorno, e mantenere il petto piatto. Quando Nilli si era resa conto di cosa stava succedendo – Sofie l'aveva notato da parecchio – Eveline ci era dentro fino al collo. A quel punto Zipa aveva proposto che Eveline si trasferisse da lei, aveva una camera libera, cosa c'era di meglio della vita in campagna? Non ci trovava nessun problema. Quando Nilli l'aveva sentito, aveva dato i numeri: «Neanche per idea! Dovrai passare sul mio cadavere prima di andare a vivere in quella casa!» La cosa si era risolta solo quando Sofie, anche se troppo vecchia per crescere una ragazzina adolescente con i grilli per la testa, aveva detto: «D'accordo, vieni da me e facciamo un periodo di prova».

Sofie le aveva preparato il letto della camera degli

ospiti ed Eveline appena arrivata aveva tappezzato i muri di poster patinati dei Guns N' Roses e installato lo stereo sofisticato che il padre divorziato dalla mamma le aveva regalato per farsi perdonare.

Dopo l'estate Nilli aveva accettato che la ragazza rimanesse e Sofie non aveva fiatato.

Una volta Nataly, la secondogenita, ha rinfacciato a Sofi che non può soffrire i suoi nipoti per via del loro padre snaturato. Sofie non è del tutto d'accordo, ma potrebbe esserci del vero. Non riesce a liberarsi dalla sensazione che se solo avesse detto qualcosa allora, quando Nilli aveva portato a casa per la prima volta quel francese incontrato sulla spiaggia di Haifa (perché mai Sofie le aveva permesso di andarci?) e il suo fare da viscido le aveva fatto venire la nausea, forse se avesse detto qualcosa allora, Nilli sarebbe ancora viva.

Sofie si rende conto che la guardano come se fosse una matta. Nilli è morta di cancro, non ammazzata da un marito geloso e pazzo. Eppure lei sa che è colpa di quell'uomo se sua figlia non è piú in questo mondo. Le è morta fra le braccia, qui, in questa casa, sei mesi dopo che aveva spedito Anati a recuperarla dal suo bilocale per riportarla a casa, in paese.

All'inizio Nilli non voleva venire.

«Chi si occuperà di te?» le avevano chiesto al telefono (lei parlava e lui come al solito in ascolto dall'altro apparecchio, convinto che lei non sentisse il suo respiro ansimante). «I ragazzi sono presi dalle loro faccende, come farai a salire e scendere tre piani di scale dopo le cure?»

Non c'era da stare a parlarne. Aveva spedito Anati a prenderla, non voleva sentire obiezioni.

E Anati, come sempre, si era buttata a capofitto nel ruolo della salvatrice, era una che si dava anima e corpo, in qualunque situazione: gli studi all'università, l'assurdità del vegetarianismo, l'educazione delle sue figlie. Come un bulldozer aveva trascinato Nilli da un primario all'altro, la accompagnava due volte alla settimana a fare la chemio e gli altri trattamenti e aveva dimenticato tutto il resto. Bentzi era impegnato nella Guardia civile, Yaeli era scomparsa a Tel Aviv e Gali, la piccola, aveva deciso di partire per il Canada, forse perché non le restava nessuno con cui parlare.

Un altro set di lenzuola e un altro scaldapiedi.

Conserva tutto per Anati e Nilli, la forza dell'abitudine.

Di tanto in tanto prova a propinare uno degli orologi a Bentzi, ma lui rifiuta e non sempre con cortesia. Difficile fargliene una colpa, l'ultimo orologio che Sofi gli ha regalato, qualche anno prima, un simil Rolex arrivato in un elegante astuccio di velluto, andava indietro di venti minuti dopo che l'aveva bagnato sotto la doccia (nonostante sul retro fosse inciso «*water resistant*»). Bentzi era furibondo, quando aveva scoperto di essere in ritardo era uscito in fretta e furia per arrivare alla recita di fine anno della scuola di cui era responsabile in qualità di direttore del rinomato indirizzo teatrale. All'incrocio prima di entrare in città, allo scattare del verde al semaforo, il furgone che lo precedeva era partito a tutta velocità e l'enorme contenitore di sottaceti mal legato era volato dritto sul parabrezza della sua auto. L'auto di Bentzi aveva fatto diversi testa coda prima di finire nel canale, poi tutto si era fatto silenzio. In quel canale ci aveva lasciato tutte e due le gambe, perciò non c'è da stupirsi che sia ancora un pochino arrabbiato. Anche per l'orologio.

È ora di andare in posta.

Se sbriga in fretta le commissioni e rincasa presto, forse avrà il tempo per schiacciare un pisolino sulla vecchia poltrona in cucina dopo aver finito di guardare la sua soap opera.

È da piú di quarant'anni che va in onda, ma mantiene intatto il suo fascino.

GALI

Tavolo rotondo o quadrato?

Quello rotondo è chic, quello quadrato no.

Sedie con schienale a X nere, di legno marrone grezzo, o sedie pieghevoli?

Sí, quelle imbottite, prendono tutti quelle. Hai la scelta tra azzurre, verde menta o bianche.

Lo schienale a X costa di piú, ma sai, l'eleganza non ha prezzo.

Le tovaglie: bianche, crema o avorio?

In che senso che differenza c'è? Sul tavolo la differenza si nota.

Piante grasse in un terrario alto o fiori secchi e felci?

Bevande in bottiglia sul tavolo? Improponibile.

Succo d'arancia e limonata? Dozzinale.

Vini selezionati delle Alture del Golan? Originale.

Rifletti su delle posate d'argento antiche, vanno ordinate appositamente ma ne vale la pena.

Quelle normali lucide? È sempre una buona scelta.

Ce ne sono cinque tipi diversi, mandami quello che preferisci.

Se poi decidi di prendere quelle antiche, forse è il caso di cambiare i piatti.

Invece che quadrati giapponesi, con decoro floreale, romantici.

I tovaglioli devono essere in tinta con la tovaglia, il contrasto di colori era la moda dell'anno scorso. Rotondi con bordo dorato?

Come desideri, il matrimonio è il tuo.

Gali aveva incontrato Yotam dopo sette ore e mezzo di telefonata sulla linea riservata tra la sua base nel Nord e quella di Yotam al Sud, una chiacchierata cominciata del tutto per caso dopo che lui aveva chiamato chiedendo di parlare con Nirit, la compagna di turno di Gali, che aveva appena finito la sua metà turno ed era uscita dalla stanza. Nell'unità segreta in cui erano arruolate esisteva un servizio di comunicazioni interno tra le diverse unità che permetteva di trasmettere messaggi urgenti da base a base. Era stata Nirit a scoprire che nessuno controllava quei messaggi e a sfruttare in modo vergognoso la piattaforma per conoscere dei ragazzi. Era una sorta di Tinder primitivo senza fotografie, senza dettagli riconoscibili, messaggi scritti in verde su schermo nero inviati da unità a unità; con tutta probabilità dall'altra parte dello schermo si trovava un soldato disperato e brufoloso o una soldatessa annoiata, altrettanto brufolosa e disperata. Come Nirit.

Ancora oggi Gali stenta a spiegarsi cosa l'avesse indotta all'eccesso di schiettezza condita di malignità che l'aveva portata a descrivere Nirit in modo assai poco lusinghiero e di certo scorretto (in effetti ogni volta che ripensa a quella conversazione – e non capita spesso – viene presa dal rimorso). «Capelli rossi, denti giallognoli e odore acido di sudore combinato con un profumo disgustoso». Gali era cosí intenta a coprire Nirit di complimenti, che quasi non aveva sentito Yotam chiedere stancamente: «E tu, sei libera?» Aveva subito replicato che no, non era libera, usciva con un ragazzo (una piccola bugia bianca, ancora piú innocua di un bluff), ma le prospettive non erano ancora chiare quindi potevano incontrarsi per bere un caffè. Yotam aveva la macchina? Quel venerdí sera Gali usciva in licenza, e lui? Anche? Perfetto, allora erano d'accordo.

Quando Nirit era arrivata a darle il cambio a mezzanotte, Gali aveva commentato sorridendo: «Ho trovato l'uomo giusto, con lui mi sposo» ed era rientrata in camera levitando a un metro da terra senza dedicare pensieri inutili al fatto che non si erano mai incontrati, che naturalmente nessuno dei due aveva raccontato tutta la verità e che gli appuntamenti al buio erano la migliore premessa per un disastro. Era talmente felice che non aveva ucciso lo scorpione giallo appostato all'ingresso come al solito, si era limitata a spazzarlo fuori con delicatezza. Sapeva che sarebbe andato tutto per il meglio, perché non doveva? La vita era meravigliosa.

Una tensostruttura bianca pronta in caso di pioggia (ma se c'è una cosa di cui si può star certi, è che non pioverà). Duecentocinquanta sedie in bambú bianche, una ventina di tavoli piú qualcuno di riserva, mille origami a forma di gru in colori pastello (nonostante le strane obiezioni di Sofie), il baldacchino nuziale e il catering vegetariano di Eveline, sua cugina. A Yotam non dispiaceva che fosse vegetariano, anche se sua madre via Skype aveva storto il naso. Non gli dispiaceva nemmeno che il matrimonio si celebrasse nel moshav.

«Quello che preferisci tu» aveva detto carezzandole i capelli mentre smanettava con il cellulare. A volte le sarebbe piaciuto che commentasse qualcosa come: «Gru? Ma sei matta, non ci pensare nemmeno». Che mettesse il veto ai piatti a fiori o ai mostruosi terrari con le piante succulente. Qualcosa. Ma Yotam non discuteva su nulla. Forse perché non gli importava dei tovaglioli con il bordo dorato e delle posate antiche sulle tovaglie di organza. O forse perché già sapeva che non l'avrebbe sposata.

Gali dal canto suo era grata perché aveva sentito dire da tutti che i mesi a venire sarebbero stati delicati e tesi e invece per loro non era cosí, Yotam la pensava come lei sull'organizzazione, niente liti né discussioni. Di tanto in tanto si domandava se non era troppo impositiva riguardo alle scelte, una Bridezilla di campagna, ma Yotam la tranquillizzava e lei era immersa fin sopra i capelli nei preparativi. Aveva persino mostrato a Julie il suo album del matrimonio, una volta che l'avevano invitata a cena, e Julie le aveva fatto i complimenti per il vestito di seta selvatica con bordura di un arancio dorato e per le fedi particolarissime che aveva scelto; aveva addirittura proposto come sistemare le sedie sotto il baldacchino, il lato dello sposo e il lato della sposa. «Come si fa qui da noi in Canada» aveva detto.

Quanto si può essere cretine, Gali aveva tutto sotto al naso eppure non vedeva.

La psicologa a cui si era rivolta dopo che Yotam l'aveva lasciata la prima volta aveva avanzato una teoria alternativa: forse Gali non poteva sapere, forse non dobbiamo sempre criticare noi stesse e cercare il colpevole dentro di noi, forse Yotam era un vero bastardo farabutto. In quel momento Gali ancora non riusciva a pensare a lui in quei termini, Yotam con la faccia arrossata, le lacrime agli occhi e il tono supplichevole, che le diceva: «Non mi cancellare, Gali, potrei ancora tornare».

La sua psicologa riteneva che quella fosse l'ennesima espressione del suo narcisismo: voleva tenersi aperte tutte le possibilità. Ma Gali si era attaccata a quella speranza per mesi, attendeva la telefonata di Yotam e, pur uscendo con altri uomini – molti altri uomini –, continuava ad aspettare che si risvegliasse dal sortilegio di Julie e tornasse da lei.

Soprattutto sperava che lo facesse prima di giovedí 14 settembre.

E in effetti era tornato molto prima di settembre, come se non se ne fosse mai andato. Aveva aperto la porta di casa – gli era rimasta la chiave – e la maratona verso il 14 settembre era ripartita da dove si era arrestata. Non era la stessa cosa, certo, ma ci somigliava: il solito caffè la mattina, il solito bacio al volo, le solite chiacchiere a pranzo e mentre tornavano dal lavoro, come se non ci fosse mai stata Julie (o George, o Matthew, o Dylan, o Anthony) né il cuore infranto in mille pezzi e la preghiera di Yotam di non raccontarlo a nessuno, che lei stringeva come una fiaccola accesa, finché lui non avesse deciso, quando avesse deciso, se avesse deciso.

Adesso Gali si ritrova nella stessa identica posizione, ma la situazione è ben piú grave. Avrebbe dovuto dare retta alla sua psicologa, avrebbe dovuto sapere che sarebbe successo di nuovo. Non avrebbe dovuto permettergli di tornare.

Yotam non sa cosa fare, ha bisogno di meditare sui suoi passi, dice nel messaggio che le ha lasciato. E sí, la stronza è con lui a Cipro, esattamente come Gali supponeva. È stato un caso, giura Yotam, il programma era di partire con un collega che si è ammalato e il direttore ha mandato Julie al suo posto. «Mi servono questi giorni di riflessione» spiega nel messaggio con voce strozzata. «So di essermi ridotto all'ultimo, ma non voglio fare un errore di cui potremmo pentirci entrambi per tutta la vita. Penso soltanto a te, spero mi crederai se ti dico che desidero solo che tu sia felice, anche se fosse senza di me».

Tutto questo Gali lo sente nel messaggio vocale quando si siede esausta per il volo nel vagone del treno diretto a nord, con il caffè appena comprato e un panino, e il boccone le si blocca in gola.

Quando Gali scende dal treno alla stazione nuova di Afula, Yaeli ed Eveline faticano a riconoscerla. È vicinissima e ancora la cercano con lo sguardo.

«Gali! Sei pelle e ossa, cos'è successo?»

Baci e abbracci e un segreto gigante che cammina al loro fianco senza che ancora lo percepiscano.

David non voleva mai parlare del suo lavoro, «Una noia mortale» tagliava corto. Era ingegnere in una grossa azienda. Voleva solo sentire parlare di lei, di come era arrivata a Tel Aviv, di com'era crescere in campagna, lui aveva sempre sognato di vivere in un moshav, con un aranceto dietro casa.

Yaeli aveva pensato alle arance di suo nonno, coperte di polvere a rinsecchire sugli alberi ogni inverno, ma si era lasciata trascinare dall'entusiasmo di David. Gli aveva raccontato del paese, delle stalle puzzolenti, aveva ripescato dalla memoria aneddoti sui giorni della raccolta annuale dei pompelmi – due settimane di vacanza da scuola per una buona ragione – soffermandosi, alla vista della scintilla di entusiasmo nei suoi occhi, sulle braccia graffiate e le dita appiccicose di cera e pesticidi, sulle cadute da tre metri di altezza e le manovre sulla scala per schivare il piú possibile i colpi dei rami.

Si erano ritrovati a vivere insieme nel giro di poco, non ricorda nemmeno come fosse andata, un'intrusione in punta di piedi nell'appartamento di David, gli alloggi della residenza universitaria dove stava erano troppo angusti per contenere lei, David, la compagna di stanza filoisraeliana con i nonni nazisti e le due coinquiline arabe che occupavano l'altra camera.

La mattina, prima di uscire diretta all'università, Yael girava per casa con la tazza di caffè e frugava nei cassetti e negli armadi sperando di trovare qualcosa che le rivelasse di piú su di lui.

Aveva scoperto della coinquilina che se n'era andata. Shiri. Lei e David si conoscevano da tutta la vita, erano insieme dalla scuola materna. Alle elementari si erano persi di vista per qualche anno perché la famiglia di lei si era trasferita all'estero, e si erano ritrovati al liceo. All'università avevano affittato un appartamento insieme a Tel Aviv, in via Arlozorov angolo Shlomo Hamelech, vicino al supermercato. Amici del cuore, stesso quartiere, stesso tipo di famiglia e stesse vacanze all'estero tre volte all'anno. Tutti erano convinti che alla fine si sarebbero sposati.

«E tu?» gli aveva chiesto. «Lo credevi anche tu?» David non aveva risposto.

In un cassetto della cucina Yael aveva scovato una breve lettera di lei, la calligrafia arrotondata e infantile in netto contrasto con la durezza del contenuto: vero, era stata lei a volere un rapporto libero, c'era scritto, ma da lui si sarebbe aspettata di piú. Cosa di piú? Non lo diceva, ma concludeva la lettera con «Lei non la conosco, ma te sí, e non ti ho mai visto comportarti in modo cosí studiato e innaturale. Fra di voi c'è un abisso, spero che non finirai per pentirti». Yael aveva riposto la lettera nel cassetto. Solo ora riesce a capire cosa intendeva Shiri.

Frugando qua e là aveva trovato anche i disegni di David. In bagno, in cucina, in camera da letto.

Silvia era molto bendisposta. Un venerdí sera dopo il caffè e la torta che voleva sembrare fatta in casa aveva raccontato a Yaeli di aver mandato David già a tre anni a diversi corsi di disegno, dopo che le aveva dipinto su tutti i muri dei veri capolavori che Silvia avrebbe tanto voluto conservare e incorniciare come quadri.

«Davvero?» Yaeli si era rivolta a David. «Ma allora perché non ti dedichi alla pittura?»

Ma nel grattacielo di lusso a Tel Aviv nord in cui Steven e Silvia abitavano già da anni bisognava rispettare certi standard (difficile sapere se li avrebbero davvero cacciati dall'appartamento per aver trasgredito, ma forse era un po' come in paese: ti spingono a desiderare di andartene), non si poteva fare tutto quello che si voleva. La domanda di Yael era rimasta sospesa per aria insieme agli anelli di fumo della sottile sigaretta al mentolo di Silvia. David non aveva risposto e neppure Silvia e Steven, che avevano cambiato elegantemente argomento.

A casa Yael aveva cominciato a tormentarlo: «Mandiamo il materiale a qualcuno che se ne intende, in fondo non hai nulla da perdere». Ma David aveva rifiutato con fermezza, finché un giorno lei aveva raccolto tutti i disegni a sua insaputa e li aveva spediti a un amico di sua madre, insegnante all'accademia di belle arti Bezalel, e in risposta aveva ricevuto una valutazione onesta e incoraggiante.

Era convinta che David ne sarebbe stato felice, non si aspettava l'attacco che l'aveva travolta: «serpe traditrice», «non sei capace di rispettare la privacy altrui», «come hai potuto?» erano solo una parte delle invettive che erano seguite. Nei giorni successivi David era furibondo e Yaeli, divorata dai sensi di colpa, aveva cominciato a verificare se poteva tornare nella residenza universitaria (no, non poteva), ma una sera David si era presentato con un take-away thailandese e un solitario e dopo lo shock e le lacrime, la sorpresa e il sollievo le aveva chiesto: «Allora credi davvero che i miei disegni valgano qualcosa?»

Si erano sposati in fretta e furia, un matrimonio atroce in una lussuosa sala eventi in centro città. Tanto in fretta che Silvia non aveva avuto il tempo di detestarla, o per lo meno cosí credeva Yaeli. Non sapeva dei tentativi di dissuadere David: non gli dava fastidio che Yael fosse rotondetta? E perché era andata a vivere con lui cosí in quattro e quattr'otto, forse era il caso che David ci pensasse su. Come avrebbe fatto Yael a pagare la sua metà dell'affitto con quel poco che guadagnava all'università? E quella simpatica colf africana che andava da lui a servizio prima che Yaeli si trasferisse a casa sua, David l'aveva liquidata?

Silvia e Steven, che dirigeva la filiale israeliana della fabbrica di famiglia di cerniere lampo, si erano offerti di pagare tutto, anche perché la cerimonia in giardino, in paese (che i genitori di lei avevano proposto in occasione della prima e unica visita di cortesia dei Walters), dal loro punto di vista non si confaceva minimamente a certi standard. «I nostri amici non possono fare un viaggio cosí lungo e poi attraversare il Wādī ʻĀra, *it's madness*!»

I genitori di Yael erano in imbarazzo, ma non in condizione di sostenere le spese per un matrimonio, soprattutto uno cosí elegante, in città. Bentzi stava chiudendo la scuola di teatro che aveva aperto dopo l'incidente con i soldi dell'assicurazione. Nonostante la scuola avesse ottenuto successo e godesse di ottima fama (le iscrizioni non si contavano e le recensioni erano eccellenti), era stata mal amministrata da un contabile che si era rivelato un vero ciarlatano. Ormai Bentzi era indebitato fino al collo con il fisco, con il comune e con parecchi altri enti.

Silvia, a cui interessava andare al sodo, aveva detto: «Non importa, ognuno contribuirà come può» e intendeva che lei avrebbe contribuito e loro no. Al che Yoske, che fino ad allora si era abilmente mimetizzato con la sua poltrona sgangherata, d'un tratto ringalluzzito aveva commentato: «Se c'è una cosa che ho imparato nella vita, è che nessuno regala niente per niente!» e aveva gettato tutti nell'imbarazzo, fino a che la madre di Yael non era riuscita a cambiare argomento e tutti avevano ripreso a respirare, si erano buttati sul caffè e sulla torta e avevano deliberatamente ignorato il vecchio che sembrava di nuovo svenuto nella sua poltrona.

A ogni modo Yaeli non pensava ancora a nessuna di queste cose, era abbagliata da quelle persone colte, che profumavano di viaggi all'estero e britannicità ostentata, il cui appartamento ordinato e perfetto era in palese contrasto con il caos in cui vivevano i suoi in campagna, le case piene di libri, armi e altre collezioni inutili, i mucchi di polvere e le cantine piene di oggetti di cui nessuno ricordava perché erano ammassati lí, e il tavolo da pranzo sempre ingombro dei fogli delle ricerche di sua madre o delle verifiche e dei copioni di suo padre, dove per mangiare bisognava spostare tutto di lato con riguardo e stringersi nello spazio rimasto.

Era cosí accecata da non rendersi conto del ruolo che stava inconsapevolmente ricoprendo: infondere a David il coraggio di osare, di affrontare i suoi genitori e scegliere. Yael non era adeguata.

Non che non ci provasse. Al contrario. Durante le immancabili cene del venerdí sera non esprimeva mai un'opinione e annuiva sempre educatamente. Aveva acconsentito a un matrimonio in cui si sentiva un'estranea, consapevole che lo stesso valeva per la sua famiglia.

In seguito aveva anche accettato il sostegno economico che i genitori davano a suo marito, che aveva smesso di lavorare e si dedicava alla pittura. Yael non si accorgeva che la stavano corrompendo.

Il giorno del matrimonio aveva ricevuto una collana di perle. «Ci auguriamo che tu voglia indossarla» le aveva detto Silvia. «È perfetta con il pizzo bianco del tuo abito». Il pizzo bianco che lei non voleva ed era stato scelto da Silvia in un negozio dove la commessa continuava a fare smorfie e tutte avevano osservato con disappunto i suoi fianchi e sbuffato di fronte alla necessità di adattare le aspettative alla realtà.

David però la stimava ed era una sensazione inebriante. Magari non sapeva cosa lei scrivesse, e quando si vantava di Yael non era sicuro se componesse racconti o poesie (entrambi) e in che ambito specialistico fosse il suo dottorato, ma ogni mattina la baciava e le passava una mano voluttuosa su tutto il corpo.

Dopo il matrimonio lui aveva preso un permesso non retribuito e non era mai piú rientrato al lavoro. Si era rivelato un pittore promettente e di conseguenza aveva assunto atteggiamenti da artista, leggere depressioni, episodi maniacali che duravano giorni e notti durante i quali si rintanava nel suo studio a dipingere, non sempre tornava a casa e riusciva a far impazzire i coniugi Walters, ognuno a suo modo sull'orlo dell'esaurimento nervoso.

«Pensa al futuro» la ammoniva Silvia, scaltra, tentando la nuova tattica di portarla dalla loro parte. «Come potrete crescere dei figli senza alcuna sicurezza economica?»

Ma Yaeli le rispondeva senza lasciarsi disorientare: «Uno, non abbiamo progetti del genere nel prossimo futuro. Due, sarà David a decidere quando arriverà il momento. Tre, i soldi non sono tutto nella vita!» Forse non precisamente in quest'ordine, ma con questo tono, senza rendersi conto che cosí facendo dichiarava guerra agli standard.

Quello che all'epoca non sapeva, mentre rispondeva a Silvia con l'arroganza riservata ai belli, ai giovani e ai coraggiosi, era che sua suocera non aveva tutti i torti e che la vita è piú complessa di quanto lei potesse immaginare.

Cosí era iniziata la guerra fredda di sorrisi educati e cene del venerdí sera che neppure la calura di luglio e agosto a Tel Aviv riusciva a disgelare. Una guerra silente, le cui armi erano fucili silenziati, granate senza sicura e mine antiuomo sparse sotto i suoi piedi.

Che sollievo aveva provato quando tutto era saltato per aria.

Rubi riparte a tutta velocità col suo pick-up lasciandosi dietro un'enorme nuvola di polvere. Ha mollato Yaeli, il suo pancione e i bagagli davanti al cancello di Zipa e se n'è andato via, sconvolto. L'auto lo conduce alle vasche dei pesci; ci sono alcune cose da sistemare, ma Rubi sa che a quell'ora da lí non passa nessuno e si ferma per qualche istante a calmare il respiro.

«Troveremo il tempo per parlare, non ti agitare tanto» gli ha detto Yaeli, come se lui non avesse niente a che fare con la faccenda. Ma cosa diavolo ha in testa quella donna? O forse davvero la gravidanza non lo riguarda? Si mette a calcolare i mesi: l'ha incontrata a marzo a Eilat e adesso è agosto, per quanto lui non sia particolarmente ferrato in fatto di donne incinte, è evidente che la sua è una pancia grossa.

È lui il padre? Potrebbe essere lui il padre? E Yaeli? È tornata per quello? Per lui?

Durante il breve tragitto dall'entrata in paese, momento in cui si è accorto del pancione, a casa di Zipa dove l'ha lasciata, non ha avuto l'impressione che lei si fosse preparata ad affrontare l'argomento o fosse interessata a parlarne con lui. No, non sembrava affatto intenzionata. Gli ha sorriso ed è rimasta zitta, quindi forse non pensa che sia lui il padre. Come si fa a saperlo prima della nascita del bambino? È possibile?

Rubi prova a verificare sul cellulare e scopre che sí, si può accertare la paternità, ma è complicato, serve il consenso del partner, quindi dovrebbe saperlo David visto che a lui Yael non ha detto niente.

Bene, dunque ci sono buone probabilità che non sia suo. Eppure, nonostante speri di provare sollievo, i calcoli che si è fatto continuano a vorticargli in testa, ha lo stomaco in subbuglio e un sapore acido in bocca. Alla fine è costretto a fermarsi, apre la portiera e vomita a getto. Esce dalla macchina per coprire la pozza di vomito con la sabbia, prende dal cassone sul retro una tanica d'acqua che tiene da parte per pulire il parabrezza dal fango e si versa l'acqua torbida sulla faccia e sui capelli.

Si sente sollevato? Non è in grado di rispondere. Sono mesi che non vede Yael, ha pensato a lei? La risposta è complessa. Sí, a volte ha pensato a lei, in particolare a quella notte, ma niente di piú. E quando Yatir gli ha ordinato di fare il possibile per demolire la vecchia casa, non ha minimamente pensato a Yael, quasi non esistesse.

In realtà già durante la pausa fra il primo e il secondo semestre all'università Yael aveva mosso i primi passi verso la separazione. Il semestre sarebbe cominciato tardi e lei aveva alcune settimane di ferie fino a metà marzo, un periodo piacevole, primavera. Non vedeva David da diversi giorni, si era rinchiuso nel suo studio per completare una serie di dipinti per una mostra. Ormai Yael non si informava piú e non conosceva i dettagli. Nemmeno lui chiedeva di lei.

Il certificato del medico della mutua, dal quale era tornata con il referto del ginecologo privato, le scottava nella borsa. Era ben ripiegato dentro un libro consigliatissimo che non riusciva a leggere. «Si prescrive interruzione terapeutica della gravidanza» c'era scritto, insieme al motivo, una sindrome dal nome spaventoso, in cui compariva la parola «fragile». Eppure Yael aveva deciso di fissare l'appuntamento dal dottore solo una volta rientrata.

Sí, partiva. Per dove? Non aveva importanza.

Aveva lasciato un foglietto sul banco della cucina, forse nella speranza che David la cercasse. Alla fine aveva deciso di andare il piú lontano possibile, a Eilat. Aveva prenotato una camera d'albergo a un prezzo esorbitante e passato il tempo in spiaggia a bere caffè freddo e milk-shake dolcissimi con addosso un copricostume indecente. Il clima mite era esattamente quello che le serviva per guarire da lunghe settimane di nausea e angoscia.

Due giorni piú tardi aveva incontrato in spiaggia Rubi e ne era stata contentissima. In quel momento sarebbe stata felice di qualsiasi faccia nota la salvasse dalla solitudine, e la sua era la prima in cui si imbatteva. Sulle prime, quando le si era avvicinato e si era fermato accanto alla sdraio su cui era distesa fin dal mattino, non l'aveva neppure riconosciuto e l'aveva liquidato con il «va tutto benissimo e non sono interessata», adottato per quei giorni trascorsi da sola in spiaggia.

«Non sei interessata a cosa?» le aveva domandato Rubi, e lei si era tolta i grandi occhiali da sole per controllare chi le faceva ombra.

«Non sono interessata. Punto» gli aveva risposto, mentre cercava di capire come mai la voce le pareva familiare.

«Yaeli, Yaeli, non sei cambiata di una virgola, continui a tirartela e a sentirti superiore» aveva ridacchiato Rubi prima di trascinare vicino a lei una sdraio e sedersi. Portava pantaloncini da spiaggia fiorati lunghi fino alle ginocchia e il busto nudo rivelava la pancia soda e un petto coperto di peli fitti e chiari.

«Rubi?» gli aveva chiesto esitante. Lui aveva sorriso mostrando denti candidi, perfetti. Yael aveva notato i capelli piú radi, della zazzera di cui andava tanto orgoglioso era rimasto ben poco, sembrava un galletto con la cresta tagliata.

Potrebbe essere un uomo attraente, aveva pensato, capelli neri e occhi azzurri come la distesa del mare davanti a loro. Ma il naso aquilino largo, identico a quello del padre, la bocca sottile e il solco orizzontale sopra il ponte del naso, tra gli occhi, gli conferivano un aspetto cattivo, da bandito. Rubi, il capo delle incursioni furtive d'estate per nuotare di notte nella piscina buia piena di libellule morte, il ragazzo che scassinava il chiosco e offriva a tutti i ghiaccioli sgraffignati dal freezer e le bibite del frigorifero.

Rubi l'aveva invitata a pranzo e l'aveva sorpresa, era talmente affascinante che se l'era portato in camera in albergo e l'aveva ringraziato realizzando il suo sogno di gioventú, o almeno cosí pensava. Fin dalla scuola elementare Yael aveva avuto l'impressione di piacergli, ma c'era di piú, un certo desiderio di farle del male, quando le tirava le trecce, le torceva un braccio e le rovinava i quaderni.

«Ma certo, gli piaci» le spiegava Anati, sua madre, professoressa di pedagogia, mentre si preparava per partecipare all'ennesima conferenza accademica, e Sofie, da cui lei e Gali pranzavano cinque volte alla settimana quando Anati era al lavoro, prendeva dalla cartella i quaderni distrutti e sibilava: «Proprio saggia, tua madre, cosí si fa a chi ti piace?»

Poi al liceo, quando Rubi aveva di nuovo cercato di avvicinarla entrando nel gruppo che trascorreva le serate afose alle baracche dei lavoratori stagionali e dei thailandesi, lei faceva finta di non cogliere le allusioni e riusciva quasi sempre a evitare di trovarsi sola con lui. Ma una sera la sua migliore amica si era appartata in una baracca con un ragazzo e le luci si erano spente di colpo per un black-out forse calcolato, e Yael se l'era ritrovato seduto vicinissimo, sulla sua stessa poltrona, con il braccio intorno alla sua spalla.

«Rubi» gli aveva detto, «lascia perdere, non è proprio il ca...»

«Sst, va tutto bene» aveva risposto lui, e le sue dita erano salite a giocherellare con i capelli di Yael, che all'epoca erano corti per via di un effimero moto di ribellione adolescenziale. Yael aveva preso in considerazione l'idea, perché non aveva ancora avuto nessuna esperienza e tutte le sue coetanee avevano il ragazzo da parecchio, o almeno cosí le sembrava, e la sua amica, molto piú bella e leggera di lei, si stava dando da fare con uno dentro alla baracca, e lei? Perciò gli aveva permesso di palparla un pochino e Rubi si era disteso sopra di lei, ficcando le mani sotto la maglietta e cercando di slacciarle i pantaloni, ma quando aveva percepito l'alito caldo in cerca delle sue labbra era stata colta dalla nausea e da un pizzico di bigotteria, l'aveva spinto via, era saltata in sella alla sua bicicletta e se l'era filata.

Nessuno, a parte lei, poteva immaginare chi aveva spruzzato con lo spray nero sul silos nel centro del paese la scritta YAEL SE LA FA CON TUTTI, che piú tardi Bentzi aveva coperto con del bianco («in magazzino non c'era altro») ben visibile sul silos metallico, e che ricordava ai passanti cosa aveva cancellato.

Nel grande letto dell'albergo il corpo villoso di Rubi si era avvinghiato alla pelle bianca di Yaeli e, prima ancora che lui ricordasse di chiederle se prendeva qualcosa, senza che lei avesse il tempo di chiedergli di usare qualcosa, era tutto finito. Lei si era addormentata di colpo senza accorgersi che Rubi era rimasto sveglio al suo fianco per molto tempo. La mattina se n'era andato e Yael, divorata dai sensi di colpa, era stata assalita da un'improvvisa nostalgia per tutto quello che aveva lasciato, aveva ricomposto nella fantasia una relazione ormai inesistente e telefonato a David. Lui le aveva detto che l'avrebbe raggiunta l'indomani. Non intendeva raccontargli niente, era come una piccola ribellione ignota a tutti, come un'apparizione nel buio piú assoluto di cui non era necessario che qualcuno sapesse. Yael aveva fatto quel che doveva e tutto poteva tornare come prima.

Quella mattina, uscendo a comprare due o tre cose in un negozietto poco discosto dall'albergo, era incappata in Yonathan.

«Cosa succede qui? Tutto il paese è sceso a Eilat?» aveva scherzato e lui aveva risposto con un mezzo sorriso imbarazzato, senza capire. Allora l'aveva invitato a bere un caffè freddo davanti al mare.

Curioso, quell'incontro con Yonathan. Dopo quello che era successo la notte prima con Rubi, imbattersi in Yonathan a distanza di anni dall'ultima volta che l'aveva visto sembrava piú di una semplice combinazione. Quando si era voltata e aveva incrociato il suo sguardo l'aveva riconosciuto all'istante, anche se i capelli di un biondo paglierino erano ingrigiti e le lentiggini sbiadite: davanti a lei c'era un altro, non il pulcino che era da bambino. Lui e Benni, i gemelli identici. Li ricordava insieme, due pulcini gialli e morbidi, mezzi albini, di una spanna piú bassi degli altri, che si trascinavano dietro al gruppo come due seccanti fratellini minori benché avessero qualche mese piú degli altri.

Alle medie erano cresciuti in altezza tutto d'un colpo, in contemporanea come sempre, si erano allungati fino a superare tutti di una ventina di centimetri, ma continuavano a sembrare due pulcini, stirati fino all'inverosimile.

Con Benni non aveva mai avuto occasione di parlare davvero anche se erano nella stessa classe.

Gali, due anni piú giovane, era innamorata persa di lui, gli girava intorno accecata come se fosse il sole. Yaeli le doveva riferire ogni giorno all'uscita da scuola cosa aveva fatto («niente»), con chi aveva parlato («e come faccio a saperlo?») e dov'era stato («dove può stare? Fisso al laboratorio di attrezzi agricoli, lo sai benissimo!»). Nessuna di loro, né Gali né Yaeli, prendeva sul serio Yonathan, la luna chiara che girava loro intorno.

Fino a quella lettera. La lettera d'amore che Yonathan aveva scritto a Yaeli senza mai ottenere risposta. O meglio, la risposta era stata abbandonarla su una panchina in centro paese (dopo averla letta insieme alla sua migliore amica e averne tratto materiale per settimane di pettegolezzi), e cosí facendo permettere a qualcuno di trovarla o, per essere precisi, permettere a Rubi di trovarla e appenderla nella bacheca degli annunci di scuola per umiliarlo pubblicamente.

Yonathan non le aveva piú scritto e lei non se n'era data pensiero, salvo il vago senso di colpa, evanescente come una ragnatela, intessuto dalla sua mamma moralista dopo che le aveva per sbaglio raccontato dell'episodio. Alla festa prima dell'arruolamento nell'esercito Yonathan era apparso diverso, si era fatto nerboruto e muscoloso dopo aver lavorato tutta l'estate nei campi. Yael gli si era avvicinata per dirgli che le dispiaceva tanto di quanto accaduto, che non era stata sua intenzione. Voleva soprattutto ripulirsi la coscienza perché era nella fase in cui teneva molto a essere amata da tutti e non riusciva piú a sopportare la sua freddezza.

«Non mi hai mai risposto» aveva ribattuto Yonathan, poi le aveva girato le spalle e se n'era andato.

Dopo il caffè al mare le era improvvisamente tornata in mente la lettera e si era di nuovo sentita a disagio, ma Yonathan non sembrava serbarle rancore né voler accennare a quella storia. Era aperto, divertente, spiritoso e intelligente. Come mai non si era accorta che era cosí intelligente? «Una laurea in ingegneria meccanica al Politecnico torna utile anche con le mucche» aveva scherzato. Le aveva detto che per lui andare fino a Eilat era un evento. Come per suo padre anche per Yonathan era scontato che, dal momento in cui si era assunto la responsabilità della gestione delle stalle, non si sarebbe mai piú potuto concedere un giorno extra di vacanza. È tanto il da fare in una stalla: bisogna mungere, nutrire, pulire e curare le vacche e spalmare iodio sulle loro mammelle delicate e allattare i vitellini. Il bestiame non può aspettare che si torni dalle vacanze. Era esattamente quello che aveva detto il padre alla madre di Yonathan, arrivata vent'anni prima dalla città per coronare il sogno israeliano di sposarsi con il sale della terra, un contadino della Valle, e vivere in una bella casa con un grande giardino, immersa in un silenzio meraviglioso. Alla fine però era impazzita e un bel mattino era uscita di casa ed era scomparsa, lasciando i due gemelli, Yonathan e Benjamin, al padre che con loro non aveva scambiato mai piú di qualche parola: «Imbottisci bene il riparo dei vitelli, stanotte sarà freddo», o «Nel pollaio numero sette ci sono tre carcasse, occupatevene», o «Tuo fratello si è sposato con l'americana, chiamalo per fare gli auguri».

Proprio quella stessa settimana Benni era arrivato senza preavviso dagli Stati Uniti dove aveva vissuto per i precedenti dieci anni, dopo il viaggio di fine militare che si era protratto ben oltre il previsto. Aveva detto a Yonathan che gli avrebbe fatto bene passare un po' di tempo in stalla, perciò era libero di partire nei giorni seguenti, perché non se ne andava a fare immersioni nel Sinai?

E cosí aveva fatto.

Aveva preso un pullman notturno ed era arrivato al mattino. Prima aveva mandato un messaggio a Rubi, che era da sua sorella a Eilat, e avevano stabilito di proseguire insieme oltre il confine, nel Sinai. Era entrato a comprare qualcosa da bere nel negozietto in centro e aveva visto Yaeli ferma in coda, intenta a leccare un ghiacciolo alla banana e sfogliare un giornale nell'espositore. Si stava grattando un calcagno con l'altro piede infilato nelle infradito quando si era girata verso di lui.

«Tutto qui» aveva concluso Yonathan.

Poi erano andati a bere un caffè in riva al mare e lei gli aveva parlato dei suoi progetti, il dottorato interrotto e il sogno di dedicarsi seriamente alla scrittura e anche di aprire un bed and breakfast per finanziare quel sogno. Poi in uno slancio di sincerità gli aveva detto anche di David e quindi di Rubi e lui aveva ascoltato, ma senza provare a darle consigli. «Sembra che tu abbia tanto su cui riflettere» aveva commentato ed erano rimasti in silenzio, il piacevole silenzio di due persone che si conoscono da anni e anni. Alla fine aveva chiesto: «E tua sorella? Anche lei è all'estero da tanto tempo».

Yael gli aveva raccontato di Gali e Yotam e del matrimonio in giardino, previsto per l'estate. «Un tempo Benni era un po' innamorato di lei, ma era timidissimo, lo eravamo tutti e due» aveva detto Yonathan. «Ogni volta che le girava intorno Benjamin si sentiva invisibile, Gali lo attraversava con lo sguardo e poi se ne andava».

Yael era scoppiata a ridere. «È proprio vero, le cose non sono mai come sembrano. Gali era talmente innamorata di Benni da non riuscire a tenergli gli occhi addosso. Ma ormai è andata come è andata, giusto?»

«Sí» le aveva risposto. «È andata come è andata». E non aveva menzionato la lettera.

Piú tardi era calato il buio e lui ancora non riusciva a rintracciare Rubi, perciò Yael gli aveva proposto di fermarsi da lei in albergo, poteva dormire sul divano. «Dài, potremmo fare una maratona di film per tutta la notte» aveva cercato di convincerlo, ma Yonathan aveva rifiutato. «Non mi voglio mettere in mezzo» aveva detto e si erano salutati con un abbraccio. La notte lei si era girata e rigirata nel letto troppo grande in attesa che il mattino le portasse David e rimettesse a posto la sua vita.

In effetti una volta tornati da Eilat era sembrato che la situazione fosse migliorata, David era un tesoro e i suoi genitori si comportavano in modo esemplare, dovevano aver saputo che Yael era andata via da casa. Suo marito tornava presto dallo studio, non mancava di telefonarle, e quando le mattine erano difficili le portava addirittura il tè e un toast a letto. Tutti segni incoraggianti, ma, come previsto, non era durata. Forse erano gli ormoni impazziti, le nausee costanti proseguite ben oltre i primi tre mesi di gravidanza. E forse era il segreto che si portava dentro che, come un grosso peso arrugginito sui piatti di una vecchia bilancia da drogheria, la faceva pendere ora da una parte ora dall'altra, il piatto destro orientato a rivelare, a raccontare, a liberarsi, mentre il sinistro aggiungeva un altro chilo in favore del riserbo.

Era sempre arrabbiata, impossibile calmarla, scattava alla minima contrarietà. Persino gli studenti lo percepivano; nei questionari di gradimento a fine semestre avevano scritto: «La docente è nervosa, forse a causa della gravidanza. L'atmosfera in classe è sgradevole».

«Yaeli, è impossibile andare avanti cosí» commentava David. «Non se ne può proprio piú».

Nel frattempo le toccava sorbirsi commenti riguardo ai suoi chili di troppo. «Io» diceva Silvia, «all'uscita dalla sala parto mi sono infilata direttamente nei miei vecchi pantaloni, è solo questione di disciplina», e Yael aveva la sensazione che durante le cene del venerdí dai genitori di David le riempissero di meno il piatto. Cominciava anche a cogliere un senso di repulsione in David, che evidentemente preferiva le donne snelle. Come Amalia, per esempio.

E c'erano le notti piene di sogni, di paure e di angosce, e la consapevolezza che avrebbe potuto risparmiarsi tutti quei timori se solo avesse fatto la scelta razionale, mentre una vocina dentro di lei ribatteva: bisogna davvero fare sempre la scelta razionale? E poi c'era quel sentimento che si alternava al terrore che pian piano la sommergeva, quel sentimento a cui a malapena lasciava spazio, la minuscola speranza che la riempiva di gioia ogni volta che si concedeva di accoglierla.

Diciannove, venti, ventuno, ventidue e poi ventitré settimane.

L'espressione seria del medico che aveva guardato il referto dello specialista e le aveva chiesto quasi gridando: «Ma lei si rende conto di cosa c'è scritto qui?»

Sbattono porte, si spalancano finestre, la grande persiana della sala che dà in giardino si apre. È arrivata. Sofie e Yoske osservano i movimenti ciascuno dalla sua finestra, lui dalla sala, «Sofke!», e lei dalla cucina, «Yoske!», e per l'emozione si precipitano l'uno dall'altra e si scontrano nel corridoio.

«È arrivata!» dice Sofke ansimando faccia a faccia con lui.

«E cosa aspetti? Va' lí» le risponde Yoske tirandosi su i pantaloni del pigiama, che sono leggermente scesi mentre correva.

«Io? Io lí non ci vado, vacci tu se vuoi, io devo preparare il pranzo» ribatte Sofie, si sistema la vestaglietta e torna in cucina. Si siede a tavola e comincia a tagliare patate e carote per l'insalata russa che è la passione di Yael, dopo avere chiesto alla domestica di andare a pulire le camere per non averla fra i piedi. Da un certo punto di vista è bello che Yaeli sia tornata, qui non è rimasto nessuno a parte Eveline, adesso che Bentzi e Anati se ne stanno lontani, all'estero.

È un bene che sia tornata. Nella sua situazione solo loro la possono aiutare, non certo quel giovanotto su cui non si può contare, non vale un soldo bucato. Anche sua madre si dovrà decidere, e in fretta, a tornare dall'Inghilterra per darle una mano, Sofie ormai non può piú fare tutto da sola. Per anni ha allevato le figlie di Anat mentre lei se ne andava all'università a tenere le sue conferenze. Sofie preparava il pranzo ogni giorno, ascoltava le lagnanze e i racconti di Gali e tentava di tirar fuori qualcosa da Yaeli, per farle sollevare il naso dai libri.

Non sempre le capiva, soprattutto Gali che era tutta fuoco e fiamme. Poi, quando Eveline si era trasferita da lei durante le medie, si era accollata un'altra preoccupazione. Una ragazzina senza la madre che si occupi di lei è perduta. Sofie non capisce come sia stato possibile che le sue due figlie, educate cosí bene, per cui lei si è sempre data tanta premura, siano uscite cosí, due cucú che lasciano le uova nel nido altrui e se la svignano. Anzi, sí che lo sa. È perché Yoske le ha viziate, Sofie lo sa bene, i vizi corrompono. Una volta una sberla risolveva tutto, oggi non è piú permesso e i bambini crescono come la gramigna, che se non la fermi in tempo – all'inizio sembra erba buona e bella, ma dopo si scopre che ha infestato il prato e soffoca tutte le altre piante – non ha limiti.

Yaeli è sempre stata la cocca delle nonne, cosí la chiamavano lei e Zipa, tranquilla e paziente, anche se a volte quando si metteva a strillare, di solito contro sua madre, Sofie si doveva ficcare i tappi nelle orecchie a due case di distanza. Ma in genere era disposta ad ascoltare tutte le storie di una volta, cosa che la rendeva la preda ideale di Yoske, che la metteva a sedere e per ore la stordiva raccontandole le storie di famiglia, nonché di disgrazie ed epidemie. Immancabile il suo «l'influenza spagnola del 1918 è stata la piú catastrofica della storia dell'umanità, tutto il resto al confronto è cosa da niente».

Come mai proprio Yaeli si è cacciata in quel guaio? Da Eveline si sarebbe aspettata di tutto e anche da Gali, sono due brave ragazze ma Eveline è leggera e l'altra irascibile. Invece proprio Yaeli? In fatto di uomini non ha mai avuto gusto, questo è vero, dopo il servizio militare aveva portato a casa il suo primo ragazzo, un tipo molliccio, senza spina dorsale, con gli occhi acquosi, che le stava appiccicato come l'Attak. Sofie si era subito resa conto che era un infantile e sarebbe stato un peso per Yaeli, finché un giorno, dopo esserle stato tanto addosso, improvvisamente era sparito e l'aveva lasciata a pezzi.

Dopo di lui aveva portato David, che aveva immediatamente fatto un'ottima impressione a Sofie, un ragazzo perbene, alto e bello. Yoske ne era rimasto meno colpito, ma solo perché David non aveva abbastanza pazienza per starlo a sentire, però insomma, bisogna essere dei santi per star dietro a Yoske. Quando erano arrivati in visita i suoi genitori, pomposi (la mamma), e altezzosi (il papà, una fabbrica di cerniere lampo!), sia Sofie sia Yoske, senza neppure parlarne fra loro, non ne avevano avuto una cosí buona impressione, ma non avevano detto niente.

Sofie all'epoca non pensava che ci si dovesse intromettere, e Anati e Bentzi erano affascinati da lui e dalla sua famiglia. Vero, questa volta Sofie non aveva avuto una sensazione netta come a suo tempo con Claude di Nilli. Anche a una donna come Sofie, con un forte istinto quasi animalesco, capita di dover ammettere che alle volte le sfuggono certe cose. Si chiede solo cosa ci sarebbe stato di male se Yaeli avesse scelto un ragazzo tranquillo e di poche parole, intelligente e modesto come per esempio il figlio dei Berman – Sofie con i nomi ha qualche difficoltà –, che saluta garbatamente e si ferma con il trattore a chiedere se le serve qualcosa, non come tutti gli altri giovanotti villani. Ha addirittura una laurea al Politecnico, peccato non la possa sfruttare, con quella madre pazzoide scappata di casa e il fratello fuggito all'estero. Si è visto costretto a rimanere per aiutare il padre, anche lui cosí intelligente e gentile ai suoi tempi. A Sofie sembra di ricordare che aveva messo gli occhi addosso ad Anati.

Proprio non riesce a capire perché le persone si complichino la vita. Invece di prendere la strada dritta fanno delle deviazioni, invece di scegliere quello che hanno sotto il naso vanno in cerca di avventure. Nilli e Claude, Anati e Bentzi, Yaeli e David, Gali e Yotam.

Adesso è tempo di pagare per i propri errori. Alla fine pagano tutti. Anche Sofie.

Yaeli oltrepassa la siepe di rose in punta di piedi, sperando che Yoske non si svegli, altrimenti sarà costretta a sedersi con lui. L'erba secca le fruscia sotto le scarpe, ma Yoske per fortuna non si sveglia. Innanzi tutto deve salutare Sofie. Entra dalla porta della cucina, «l'ingresso della servitú» come la chiama Sofie, e la trova appisolata nella sua poltrona, la televisione è accesa e dalla cameretta che un tempo era di Eveline e adesso è della colf arriva musica pop russa. Sofie si sveglia e le sorride mentre cerca di trovare gli occhiali nello spazio fra la coscia e il bracciolo della poltrona.

Da quanto tempo non si siede in questa cucina? Anni. Se anche passava in paese, Yael andava da Anati e Bentzi, sempre per una visita lampo, mezz'ora, un'ora al massimo, nel tentativo di mantenere fede, almeno in parte, alla solenne promessa fatta quel giorno: non rimetterò mai piú piede in questo posto.

Anche la casa di Anati e Bentzi appare strana, silenziosa. Quando si siedono a tavola, Sofie con una tazza di tè e Yael con l'insalata russa, domanda: «Ci abita qualcuno adesso?» e Sofie risponde: «Neanche per idea, tua madre la voleva affittare e le ho spiegato che non ero disposta ad avere estranei a vagabondare per il mio giardino, tanto piú con tuo nonno sempre in mutande. Le ho detto chiaro e tondo: "Se non hai i soldi per partire senza affittarla, puoi restartene qui". Fine».

Sí, non c'era da aspettarsi altro da Sofie. Aveva dimenticato anche questo.

Negli ultimi mesi Yael ha cercato di giustificare le decisioni insensate e fatali che ha preso, ma adesso si rende conto che l'errore piú madornale è stato aver romantizzato l'assurda idea di tornare in paese. Deve riconoscere quanto ha sempre saputo: in quel posto di campi verdi e frutteti e orti – per altro al momento riarsi e polverosi – non c'è proprio niente di romantico. Tornare è stata un'idea stupida. Meschinità, battibecchi, odi e controversie infinite dentro la sua famiglia ma anche al di fuori, un mondo litigioso in cui tutti ti sbattono la verità in faccia oppure te la piantano direttamente nelle viscere, la loro verità sempre piú giusta e corretta della tua, una verità assoluta, anche se costringe a mentire di continuo.

Quando se n'era andata, per non dire scappata, aveva trovato con David e la sua famiglia una tranquillità tiepida e climatizzata, una verità offerta in piatti di porcellana e versata in pregiati bicchieri di cristallo, che scendeva gradevole e frizzante giú per la gola, e non importava se guardando attraverso quei bicchieri la si scopriva franta.

Ma alla fine ha capito di non riuscire a sopportare nemmeno quello. E adesso cosa ne sarà di lei?

I sogni. Sono stati i sogni a riportarla qui.

Le gru e i pinguini li popolano da sempre. Ma quelli nuovi sono cominciati subito dopo il rientro da Eilat, quando ancora David le dormiva a fianco, e sono proseguiti anche dopo che se n'è andato.

Sempre lo stesso sogno, con piccole variazioni.

Guida lungo una strada. È la strada che taglia la Valle, fiancheggiata da campi marroni e verdi. Conosce quella strada a palmo a palmo e adesso è bagnata dalla pioggia che cade ovunque tranne che nel moshav. La strada porta da qualche parte, non sa dove, nel sogno non lo sa. Dalla strada su cui viaggia nota una deviazione che sale tortuosa, Yael non gira il volante – non le sembra nemmeno di toccarlo – eppure la macchina la imbocca.

Il sentiero porta in cima alla collina ed è disseminato di carogne di cani e gatti, cani e gatti, cani e gatti che lei schiaccia sotto le ruote senza volerlo, senza riuscire a impedirlo. Di colpo l'auto si ferma, un'anatra le si para dinanzi, muso a muso, è salva ma tutta spennata. Starnazza allontanandosi. Lei schiaccia l'acceleratore, vuole tornare sulla statale, fuggire via, ma non succede niente. La macchina è in panne.

Sente la paura correrle lungo la schiena, pigia piú volte sul pedale, il motore si riaccende. Adesso non riesce a rallentare, preme il pedale del freno e niente, l'auto sfreccia lungo il sentiero ripido. Da lontano intravede una massa enorme, nera: c'è un bue sulla strada, immobile, bruca l'erba sul ciglio. La guarda con aria ottusa, Yael sta per schiantarsi addosso alla bestia, è la fine, serra forte gli occhi e poi rilassa il corpo. Si arrende.

Parecchie volte si è svegliata esattamente a quel punto, sudata fradicia. Altre il sogno prosegue, dopo l'incidente le capita di incontrare sua zia Nilli, in versione magra, fuma sigarette, sputa anelli di fumo bluastri e le dice: «Bello averti qui. Dammi la mano, seguimi» e Yaeli con sorpresa la segue volentieri. Negli ultimi sogni prima di tornare in paese si ritrovava in sala parto, le mettevano in braccio il suo neonato che risultava essere solo una coperta ripiegata in forma di bambino origami, oppure un grosso pesce avvolto nella coperta dell'ospedale HaEmek di Afula.

Adesso che è arrivata, viaggiando sulla strada che la perseguita nei sogni, forse la lasceranno in pace. Perché Yaeli non ha mai avuto tanta paura in vita sua ed è arrabbiata, soprattutto con sé stessa, e fatica a dormire la notte, per i sogni ma anche per le menzogne. Sarà vero che le bugie hanno le gambe corte, ma lei spera soprattutto che non abbiano le branchie o la coda di un pesce.

La mattina Gali si sveglia nella casa di Anati e Bentzi, quella in cui è cresciuta e che adesso sente estranea, aliena. È nascosta sotto il piumone, le cola il naso a causa della vecchia allergia alla polvere e alle piume che a Vancouver era sparita, e i capelli, che in Canada avevano sempre un aspetto favoloso, sono tutti crespi e ribelli. Il condizionatore è acceso al massimo e lei non è in grado di uscire ad affrontare tutto quello che c'è da affrontare.

Dalla casa stramba di zia Zipa arrivano rumori di un fervere di attività. Si solleva, guarda fuori dalla finestra e scorge Yaeli in salopette di jeans con un pancione enorme. Alla vista di quel pancione la trafigge una fitta di gelosia, chissà se Julie di Yotam ormai ne sfoggia uno simile. Yaeli come al solito ha tutto e Gali invece niente. Forse non è proprio vero, lo sa che non è vero. Tanti guai con il bambino e David che si comporta da farabutto. A ogni modo al momento la sua situazione è piú grave di quella di Yaeli, o per lo meno cosí le sembra.

In casa di Bentzi e Anati non c'è nessuno. Arriveranno tra qualche giorno dall'Inghilterra, dove trascorrono il loro anno sabbatico prolungato di altri sei mesi. La madre lavora alla sua ricerca sul divorzio e il padre scrive lo strano copione che teneva nel cassetto piú o meno da quando è nata. Non sente la loro mancanza, già prima non era lí perciò non prova nostalgia, ma la casa, nonostante la disposizione dei mobili non sia cambiata, le librerie siano sempre piene e siano rimasti persino i cumuli di carte sui tavoli, sembra trascurata e deprimente. Non la conforta.

E anche il paese. Da quando è arrivata un nodo le stringe la gola. Sarà l'allergia. O forse solo la bugia.

Forse, ma non solo.

Gali davvero non capisce. Ci prova, ma le è impossibile comprendere la mitizzazione di quel posto, di quella valle che rappresenta l'apice della realizzazione del sionismo e dei suoi valori. Quando le persone sentono da dove arriva restano sempre sorprese, e alla sorpresa segue immancabilmente l'ammirazione. Eppure, nonostante lí sia nata e lí siano le sue radici, Gali si è sempre sentita estranea. Forse perché l'estraneità è uno stato d'animo, o forse perché fin dall'inizio non si è adeguata, non l'hanno mai veramente accettata nel gruppo chiuso dei bambini, familiare, addirittura crudele. Era troppo rigida, inflessibile, tendeva a esplodere, lacrime in gola e pugni stretti. Non aiutava il fatto che Anati, sua madre, avesse deciso di diventare la Don Chisciotte che combatteva contro i mulini a vento, anzi, nel loro caso contro i contatori dell'acqua. E questo aveva reso Gali un comodo bersaglio per i bulli.

Piú tardi, al liceo, erano passate alla scuola esterna che riuniva tutti i ragazzi della zona, e lei si era trovata amiche di posti lontani. Per quattro anni buoni non aveva scambiato una sola parola con i suoi compagni che arrivavano dal moshav, fino alla tradizionale festa per il diploma in paese. Anche in quell'occasione aveva temuto che la tormentassero, ed era stata molto soddisfatta quando si erano dimenticati di invitarla sul palco per ricevere il regalo di fine anno. Ma Anati, che non si dava mai per vinta, era andata dritto filato dagli organizzatori che si erano scusati: «Oh, no, siamo costernati, la chiamiamo subito». A quel punto la madre l'aveva costretta a salire sul palco e cantare in coro insieme agli altri e poi aveva detto: «Peccato che tu non ti sia portata la tua chitarra, sarebbe stato bellissimo». Gali avrebbe preferito morire, piuttosto che presentarsi con la sua chitarra, che per altro non suonava piú da anni. Ma Anati se n'era dimenticata, ammesso che se ne fosse accorta.

A differenza di quella povera illusa di sua sorella, Gali non si sogna neanche lontanamente di restare lí. Ha la sensazione di essere appollaiata su una recinzione di filo spinato, in attesa, e quando sarà tutto finito volerà via, ferita ma libera.

Le sono arrivate da Anati una ventina di foto di vestiti che sta provando da Marks & Spencer, tutti in colori pastello adatti a una vecchia zia.

Scusa, non ci sono altri negozi in Inghilterra? chiede, e Anati risponde che non ha la minima intenzione di correre in giro, Gali è pregata di decidere, e in fretta, *Tra poco chiudono i negozi*. Perciò Gali opta per un abito azzurro chiaro in stile regina Elisabetta, mancano solo guanti e cappellino.

E Bentzi? Ha intenzione di indossare un completo o i pantaloncini corti? Segue una faccina che ride con le lacrime che zampillano ai due lati.

In risposta Bentzi manda una foto delle sue gambe in titanio con ai piedi i sandali israeliani e sotto scrive: *Come sempre, pantaloncini e sandali, in Inghilterra e in Israele!*

Avrebbe voglia di rispondere con un messaggio sarcastico, invece decide di spedire un pollice in su e una faccina sorridente.

Sente la porta d'ingresso che si apre, passi energici, e la porta della camera da letto si schiude.

Eveline fa capolino dalla soglia. «Allora, bella addormentata, ti sei svegliata finalmente?» e spalanca la porta. Si siede sul letto, posa uno spesso faldone sul comodino e strappa via il piumone che copre Gali.

«Cosa fai?» grida Gali.

«Forza, fuori dal letto. Cosa credi, che il matrimonio si organizzi da solo?» Quando Gali si siede sul letto e si tira addosso il piumone, Eveline la scruta dalla testa ai piedi. Gali restituisce lo sguardo indagatore, ma Eveline non è cambiata: occhi grandi e leggermente sporgenti, magrissima e sempre abbronzata, i capelli neri tinti di biondo chiarissimo e il seno rifatto che sporge sotto la canottiera della salute da uomo.

«Cos'è questa storia?» domanda Eveline. «C'è penuria di cibo in Canada? O hai anche tu la malattia della sposa pazza?»

Gali scoppia a ridere, la malattia della sposa pazza, troppo buffo, scatena una risata strana, sguaiata, che le blocca il diaframma e le impedisce di respirare. Le lacrime per il gran ridere si trasformano in un vero pianto, dirotto, convulso, accompagnato da singhiozzi.

«Su, su, è solo l'emozione» dice Eveline che in qualità di proprietaria di un catering di successo e organizzatrice di eventi è abituata a sfoghi di quel tipo. Gali annuisce e si asciuga il naso gocciolante con l'orlo della federa. Nonostante senta un bisogno fisico di confessare decide di non dire niente, andrà fino in fondo e quel che sarà, sarà.

La mattina Yael prende l'auto di Anati, parcheggiata e coperta da un telo. Si accende al primo colpo, perciò capisce che qualcuno ha avviato il motore prima di lei, qualcuno a cui la patente è stata revocata da anni. Ma in un paese dove i bambini di dieci anni portano il motorino e il postino che distribuisce i pacchi cambia la direzione dei cartelli stradali di divieto di accesso in base al giro di consegne che ha da fare quel giorno, dubita si scandalizzino se un vecchietto mezzo cieco guida senza patente. Non è di certo il primo.

È diretta alla stazione di servizio dove si ritrovano gli operai; arrivano la mattina presto dal versante orientale del monte sfuggendo con destrezza ai controlli e restano lí in attesa di un lavoro occasionale. Quelli che nessuno ha ingaggiato prima delle sette hanno perso la giornata, e ormai sono già le otto e mezzo. Ne sono rimasti due, anziani e lenti. Sono seduti sul retro a bere caffè con i benzinai. Sembrano quasi un po' indispettiti che sia arrivata.

L'imbiancatura, la sostituzione delle piastrelle del balcone che è infossato, la tinteggiatura delle persiane e tutte le sue fantasie di ristrutturazione dovranno aspettare. Si inizia con un secondo caffè nella sua cucina, a cui segue un'altra pausa oziosa su due barili rovesciati in giardino, e solo dopo incominceranno a lavorare.

A mezzogiorno arriva il camion del trasloco, Yael chiede che le portino le casse all'interno ma il trasportatore si arrabbia e rifiuta. «Il capo ha detto fino al marciapiede».

Alla fine dietro la promessa di una lauta mancia per tutti e cinque – gli altri se ne stanno in disparte alle sue spalle, in attesa di un segnale – accetta. Gli arabi ridacchiano, i russi sbuffano e sputano a terra.

Con i traslocatori arrivano anche i secchi di pittura e i pennelli. Yael si mette all'opera nella speranza che gli altri capiscano che devono darsi da fare e in effetti dopo un pochino seguono il suo esempio, forse per compassione o stupore di fronte alla donna che, con quel pancione enorme, tenta di cavarsela da sé. A ogni modo si mettono al lavoro, cosa non da poco.

Le macchine e i motorini che rallentano per controllare cosa succede a casa di Zipa non la stupiscono. Era chiaro che nel giro di poco si sarebbe sparsa la voce che era arrivata e avrebbero cominciato a spettegolare. Spinti dalla curiosità, devono per forza presentarsi, un lento stillicidio, camuffato da visita di buon vicinato con una torta o una cesta di frutta fresca.

Non possono resistere.

Come la giraffa e il leone del libro per bambini, si fermeranno fuori, si nasconderanno dietro un grosso cespuglio e un albero alto e aspetteranno di veder spuntare una zampina bianca o due orecchie lisce. Yael non ha intenzione di ignorarli, ma nemmeno di offrirgli un bicchiere di succo di lampone.

Nel pomeriggio arriva la coppia che ha comprato la casa di fronte, sembrano due topolini. Sono stati in dubbio se presentarsi cosí in fretta, hanno sentito della sua idea, il bed and breakfast, e vorrebbero solo sapere se Yaeli ha pensato a come organizzare i parcheggi o se gli ospiti lasceranno le auto in strada. E come si conciliano i programmi di Yael con il progetto del centro commerciale per il nuovo quartiere, che sarà costruito proprio lí? Non vogliono fare pressioni, ma nei fine settimana comincia a essere affollato, con tutti i bed and breakfast della zona. Loro comunque appoggiano Yaeli che si oppone a quell'assurdo progetto.

Centro commerciale? Di quale progetto parlano?

Strano che lei lo chieda, dicono. Come? Davvero non ne è al corrente? Bentzi e Anati non le hanno raccontato niente? In effetti sono all'estero da parecchio ormai. Hanno già una data di rientro? Perché una coppia di loro cari amici sarebbe interessata ad affittare una casa.

A ogni modo, l'ampliamento si sta estendendo verso l'area storica e minaccia di inghiottirla. È per via della pioggia. Che non arriva. Solo lí. Sui terreni agricoli inariditi sorgerà un grande quartiere nuovo. Chi ci vuole venire? Si stupirà, ma la costruzione della tratta ferroviaria che dovrebbe essere ultimata a breve ha già fatto lievitare i prezzi degli immobili. Pazzesco, loro hanno pagato molto di piú per vivere nella zona vecchia, il nucleo originario, autentico – vengono da un kibbutz, non si sarebbero mai sognati di andare ad abitare nell'ampliamento –, e invece adesso i prezzi sono saliti alle stelle proprio là.

Hanno sentito tutte le storie – la donna-topolino sorride mettendo in mostra i grossi denti bianchi – sulla casa stregata di Zipa e sulle cose misteriose che succedono all'ultimo piano. Un fantasma infesta la casa, se ben ricorda. Comunque, che sia vero o meno, a suo parere può diventare un'attrazione fenomenale. Lei ha un piccolo studio di pubblicità nel seminterrato, in casa, se a Yaeli facesse piacere le darebbe una mano volentieri. Lascia uno stiloso biglietto da visita di fianco alla torta di arance ancora calda che ha portato.

Un fantasma.

Le idiozie che la gente s'inventa in questo posto. Incredibile.

Yaeli guarda gli scalini che conducono all'ultimo piano, alcuni vanno sostituiti.

Strano. Di lui ricorda solo le gru.

Piú tardi le viene voglia di cercare il sito internet della donna-topolino, ma non trova piú il biglietto da visita. Spera di non esserselo mangiato insieme alla torta.

Indipendentemente da quel che pensava prima di arrivare qui, e dall'aver o meno considerato gli svantaggi della casa (che a quanto pare accendono la fantasia di un certo tipo di persone), nella realtà c'è davvero tanto da sistemare, il suo progetto comincia a sembrarle un po' troppo ambizioso per una donna sola.

È seduta con le gambe allungate vicino a un secchio pieno di vernice, fradicia di sudore, la salopette tutta macchiata. Gli operai arabi si prendono una pausa ogni mezz'ora e quando si rivolge a loro fingono di non capire. Gli chiede di andarsene e tornare l'indomani e quello lo capiscono al volo e se la svignano. Poi sale al secondo piano per vedere quanto hanno concluso lassú.

Fogli bianchi ripiegati, colorati con precisione, collo nero, nuca bianca, ali e corpo grigi, corona rossa. Sono dappertutto, sul davanzale della finestra appesi a delicati fili da cucito, in bagno appoggiati fra gli asciugamani che zia Zipa ha preparato per lei, sulle lenzuola con lo Stregatto, ragione per cui le piace dormire dalla zia, fra i libri da grandi che ha preso di nascosto dalla libreria in sala.

Una stanza mezza dipinta e il bagno azzurrino, sbiancato dopo che hanno scartavetrato il vecchio colore. Ci sono tantissimi lavori da fare, come ha potuto credere di riuscirci? Entra nell'altra camera, quella degli ospiti che Zipa preparava per lei e Gali quando chiedevano di dormire lí, di solito se le vacanze per le festività si prolungavano troppo. È tutto come un tempo, il divano-letto apribile, l'abat-jour a sfera sul comodino e sul muro un'immagine in bianco e nero incorniciata, che Zipa aveva ritagliato da uno dei giornali tedeschi a cui era abbonata: tre pinguini in attesa di un autobus.

Nonostante sia buffa, guardarla le dà i brividi: quei tre pinguini che caracollano sulle loro zampette hanno un che di umano. Le ali sono braccia troppo corte, dei moncherini. Le torna in mente che in quella camera faticava a addormentarsi. Staccava con cautela il quadro dal chiodo che lo sosteneva e lo lasciava fuori dalla porta per tutta la notte.

La mattina tornavano a essere tre semplici pinguini che aspettavano alla fermata.

Per un momento, e non per la prima volta da quando è arrivata, si ricrede, sprofonda nello scoramento all'idea del duro lavoro che l'attende. Non esattamente quello che si immaginava prima di arrivare. Sente una fitta alla pancia sul lato destro, un intenso bruciore alla schiena.

Si lascia alle spalle la stanza degli ospiti ed entra nella cameretta. Apre le finestre che si affacciano sul prato grande, vasto, intorno al quale sorgono la casa di Yoske e Sofie, quella di Anati e Bentzi, un tempo il vecchio pollaio poi ristrutturato, e accanto il magazzino di Eveline e il suo catering. Si guarda intorno. La stanza è piccolissima, poco piú grande del bagno, non la stupisce che lui volesse sempre uscire.

Quando dormiva da zia Zipa faceva sempre lo stesso sogno sull'uomo delle gru. L'uomo delle gru era piccolo, curvo, la faccia oblunga e un lato arrossato con l'occhio chiuso. Aveva orecchie molto grandi e i capelli bianchi. Indossava un pigiama stirato e pantofole a quadretti. L'uomo delle gru piegava a gran velocità i fogli di un grosso quaderno posato sul pavimento, senza guardarla nonostante Yael si trovasse vicinissima, voleva imparare dai suoi movimenti.

Lui piegava lesto i fogli, alcuni li divideva in due, e sul tappeto c'erano decine di gru di misure diverse. Di tanto in tanto si copriva le orecchie con le mani e borbottava, e a quel punto sul suo volto si allargava un sorriso e mostrava i denti che, in sorprendente contrasto con tutto il suo aspetto deforme, erano incredibilmente bianchi e dritti.

«Insegna anche a me a farle» gli chiedeva nel sogno senza ottenere alcuna reazione. «Prendi» gli diceva allungandogli un foglio. «Ti prego!» insisteva e tendeva la mano verso il quaderno, che scompariva di colpo insieme all'uomo delle gru.

A volte zia Zipa entrava e la riportava a letto.

«Le gru» biascicava Yael, e la zia diceva: «Sst, dormi» e restava seduta al suo fianco finché non si assopiva.

La mattina cercava l'uomo delle gru sotto il letto, nell'armadio, dietro la grande scrivania, ma non lo trovava. Quando chiedeva di lui a zia Zipa riceveva in risposta un'alzata di spalle. Nemmeno Gali sapeva di cosa stesse parlando, dormiva sempre come un sasso.

Sua madre, Anati, le diceva che faceva bene ad avere un amico immaginario con cui condividere quello che la preoccupava, e che lei sarebbe stata felicissima di incontrarlo.

Solo Yoske, il nonno, schioccava la lingua e commentava: «Gru, eh? Una volta c'erano anche cammelli e asini. La tua prozia finirà per rovinarci tutti».
E la spediva a controllare come stava l'orto e a scacciare i pavoni.

Yael guarda di nuovo il grande prato e lo spiazzo, immagina la sua bambina quando sarà cresciuta, distesa ai piedi del grande pompelmo, appoggiata al vecchio tronco tarlato, proprio come Yaeli tanti anni prima. Perché fantastica in quel modo? Davvero la sua piccina leggerà un libro sotto l'albero come Yaeli e Gali prima di lei? Sarà in grado di leggere? Si alza di colpo e si scrolla di dosso i pensieri che la assillano, molesti come zanzare. In questo momento non servono a niente.

Scrive sul taccuino che ha estratto dalla tasca della salopette: «Trovare un direttore dei lavori – urgente! Qualcuno che si intenda di fondamenta».

Sono otto mesi ormai che dimentica tutto, di conseguenza si è procurata il taccuino, ma ricorda perfettamente cosa Yoske le aveva detto il giorno in cui era entrata in possesso delle chiavi della casa. Aveva gridato al telefono che quella «maledetta casa» ricevuta in eredità aveva le fondamenta instabili, si sapeva che il terreno in quel punto era friabile e cedevole.

«Li ho costruiti io, con le mie mani, gli ampliamenti della casa, quello sul retro e il secondo piano» aveva detto Yoske, e lei se lo era figurato mentre le mostrava le mani giallastre e rugose come le foglie di una vecchia vite.

«Mi farei uccidere piuttosto che vivere lí dentro, ma a tua zia Zipa non importava se sotto ogni riparazione e ogni mano di bianco si nascondeva un buco sempre piú grande».

Yaeli era rimasta in silenzio e anche lui si era zittito per un attimo, la nonna gli doveva essere passata di fianco perché poi aveva aggiunto in un sussurro: «Quella maledetta casa inganna, proprio come tua nonna. Non puoi mai sapere se dice la verità oppure ci passa sopra una mano di stucco e colore».

Yael avrebbe voluto ribattere che anche con lui non era facile sapere quando parlava a sproposito e quando con cognizione di causa, ma non aveva detto niente, di certo non aveva accennato ai pavoni.

Yair, il padre di Rubi, non le risponde, e dopo aver congedato gli operai Yael non ha granché da fare, perciò, nonostante muoia dalla voglia di lavarsi via quella giornata di dosso, decide di provare a seguire le istruzioni sulla cura del giardino. Buttata tra i fili da bucato ha trovato una scala leggermente arrugginita ma ancora utilizzabile. La appoggia all'ultimo prugno del filare e prova a coprire con un telo gli alberi ingrati, che la ripagano lasciandole un braccio graffiato e sanguinante.

Non si rende conto del tempo che passa, ma il sole sta già cominciando a calare e Yael è ancora alle prese con il primo albero. È quasi l'imbrunire quando sente un abbaiare roco in direzione dell'ingresso, seguito da passi pesanti che calpestano l'erba secca e i rovi che circondano la casa.

«Cosa ci fai qui?» chiede.

«Sono il thailandese di Yair. Hai telefonato, no?»

«Non mi sembri thailandese» ribatte irritata dall'espressione sulla faccia di Rubi, che interpreta come un ghigno.

«Scendi, scendi. Nelle tue condizioni non dovresti arrampicarti su una scala, non credi? Ti posso dare una mano a coprirli?»

Scende lentamente dalla scala tirandosi dietro il telo e nel frattempo si becca un altro maledetto graffio dal perfido albero.

I due enormi cani di Rubi gironzolano per il giardino, annusano dappertutto e poi si accucciano sotto il melograno che lei ha appena innaffiato.

«Lí è bagnato» osserva.

«Hanno caldo» spiega Rubi. «Passami il telo». Scuote la stoffa bianca, la lancia con la perizia del pescatore che getta la rete e nel giro di un minuto le fronde sono velate come una sposa. Passa all'albero successivo con lei dietro, finché non termina di coprirli tutti; ogni anno producono, secondo quanto scritto nel testamento di zia Zipa, trecento chili di frutti che vengono esportati nei mercati dell'Asia orientale in piccole scatole di legno e venduti a un prezzo esorbitante.

«Adesso gradirei un bicchiere d'acqua» le dice dopo essere sceso dalla scala, poi si accomoda su una delle sedie di vimini scolorite sparse sul terrazzo e fischia ai cani perché vengano ad accucciarsi ai suoi piedi. Quando Yael torna fuori con la brocca e l'avanzo della torta dei vicini, Rubi è scomparso insieme agli animali. Si lascia cadere su una sedia, sollevata. Non era preparata per quella conversazione, non ha avuto modo di riflettere su cosa dire. Perciò quando Rubi spunta d'improvviso da dietro la casa, riesce solo a biascicare con la bocca piena: «Ah, pensavo te ne fossi andato».

Lui le si siede di fronte e si accende una sigaretta. «Sono andato a prendere il cellulare in macchina, aspetto una spedizione di pesciolini. Ma ti sembra? Non mi hai lasciato nemmeno una briciola?»

Prende la sua forchetta, ci ammonticchia sopra l'ultimo boccone e lo trangugia. Poi si volta verso di lei con gli occhi ridotti a una fessura ed esamina il suo corpo con uno sguardo che la mette a disagio.

«Mi pare che tu abbia preso qualche chilo da quando ti ho vista l'ultima volta». Gli è rimasto dello zucchero a velo appiccicato sul mento.

«Davvero? L'hai notato? È quello che succede quando si mangia per due» ribatte seccata.

«Ma cosa mi dici? Non l'avrei mai e poi mai indovinato» insiste lui in tono di scherno. «C'è anche un padre in questa storia?»

«Rubi, smettila, non fare la carogna». Yael si fa seria e incrocia le braccia sulla pancia.

«Io? Carogna?»

«Sí, tu. Lo so che noi...»

«Ma ti senti, Yael? Io sarei la carogna? Sono io quello che ha scoperto questa storia adesso, dopo quanto? Mesi? Mi puoi chiarire com'è che in questa faccenda il cattivo sarei io?»

Yael si rigira nervosamente la fede sul dito. Ormai da un mese non riesce piú a sfilarla, né con l'olio né con il sapone, niente. Che deve fare adesso con quest'uomo? Qualunque cosa dica suonerà male.

Rubi continua a fissarla con gli occhi socchiusi. Si accende un'altra sigaretta e aspira lunghe boccate. Poi si lascia andare contro lo schienale e la sua voce si ingentilisce. «Non credi di dovermi una spiegazione?» Butta fuori il fumo lontano da lei.

«D'accordo, forse ti devo una spiegazione. Ascolta, va tutto bene» dice Yael, ma il tremito nella sua voce rivela che non c'è proprio niente che vada bene al momento. «Questa storia non ha a che vedere con te e meno ancora con Yonathan, togliti i pensieri zozzi dalla testa. Non c'è niente di cui parlare. Quel che è successo è successo, Rubi, è stata una notte, non bisogna metterla giú cosí pesante per un errore».

Un errore? Gli gira di nuovo lo stomaco. La sigaretta cade sull'erba e la schiaccia con lo scarpone. Non intende essere antipatico, è arrivato deciso a trattarla gentilmente e a fare chiarezza senza perdere la calma, ma adesso non riesce a controllarsi. «Cos'è questo delirio su Yonathan? Cosa c'entra lui con questa storia, sei pazza?» chiede Rubi e sente che il sangue sta per salirgli alla testa. Stringe i pugni e la punta delle chiavi che tiene in mano gli penetra nella carne.

«Pensavo lo sapessi. Siete amici intimi, no? Ho incontrato Yonathan a Eilat quel giorno, dopo che te ne sei andato. Mi ha detto che vi eravate accordati per andare a fare immersioni insieme. Supponevo che lo sapessi, ma ascolta, noi...»

Rubi la guarda disgustato. «Ma sei proprio...» Sa che è «zoccola» la parola che ha sulla punta della lingua. «... proprio unica». Ha la voce roca quando si alza e fischia ai cani. Si passa le dita tra i capelli e per un attimo resta cosí, immobile.

Yaeli lo osserva con occhi sospettosi, ma anche incuriosita. Rubi deve avere davvero pensato che è incinta di lui. Assurdo. Cosa crede, che lei gli abbia tenuto tutto nascosto per poi comparire in paese all'ultimo momento? In effetti, non è poi cosí lontano da quello che ha fatto, ma non con lui. Per puro caso su questo punto è pulita, del tutto incolpevole. Quindi cosa lo rode?

«Insomma, Rubi, siediti, parliamone. Non metterla giú piú pesante di quanto non sia».

Rubi si gira verso di lei. «Lascia perdere, non posso restare qui. Mi è tornato il voltastomaco», e svanisce dietro la casa.

Yael sente il motore della Toyota accendersi e poi lo stridore di una sgommata.

Al calare della notte Yaeli prende in silenzio il piatto della torta e la brocca di limonata dal tavolo e rientra in casa. La visita di Rubi è quasi riuscita a destabilizzarla, o forse è il parto imminente a renderla ipersensibile, il futuro ignoto che rischia di coglierla del tutto impreparata. Quello che per lei è stato un incontro futile per Rubi dev'essere stato una cosa seria. Per un attimo la assale il capogiro, si appoggia al muro alla sua destra per non cadere, ma la brocca di plastica le sfugge di mano e rotola lungo il sentiero andando a fermarsi vicino alla poltroncina in vimini rovesciata.

Lí, era cominciato lí: da quel sentiero era partito il corteo funebre dell'uomo delle gru, come se fosse la cosa piú ovvia, logica. Sul bordo della strada erano fermi alcuni curiosi che guardavano la lettiga trasportata dagli uomini della Chevra Kadishah chiamati apposta. Zia Zipa, energica e rinvigorita nel vestito scuro, i capelli tinti di nero corvino raccolti in una crocchia stretta sulla nuca, gli occhi truccati con una spessa riga di matita nera e le labbra scarlatte, era alla testa del corteo e loro la seguivano. Yoske e Bentzi avevano detto che sarebbero arrivati piú in fretta sul trattore ed erano scomparsi. Yaeli sentiva il rossore diffondersi sulle guance per l'imbarazzo, sfuggiva gli sguardi della gente. Sapeva perfettamente cosa pensavano di lei, di tutte loro. Quanto si vergognava a trovarsi insieme a quelle donne che camminavano con lei di fianco alla lettiga. Zipa, Sofie, Anati e Nilli: tutte ugualmente colpevoli.

Come previsto, durante la settimana di lutto in casa non si era presentato quasi nessuno. Il primo giorno era arrivato uno zio lontano da Beer Sheva, che era passato a fare le condoglianze al ritorno da una vacanza in Galilea, e anche una donnina sorridente, che anni prima aveva fatto volontariato insieme a Sofie nell'ospedale HaEmek, e che aveva portato delle torte. Era evidente che Sofie la detestava, ma era stata costretta a rimanere seduta con lei finché non era riuscita a metterla in fuga con la scusa che le zanzare l'avrebbero mangiata viva se non se ne fosse andata in fretta.

Anche il secondo giorno aspettavano visitatori, perciò erano rimaste sedute intorno al tavolo di plastica bianco del giardino, in attesa, avevano mangiato le torte portate dall'ospite sorridente del giorno prima (con l'eccezione di Sofie, «c'è lo zucchero, quella mi vuole uccidere») e la frutta preparata in anticipo dalla zia, senza fiatare.

Il terzo giorno Gali era rientrata alla base e Anati e Yaeli, di ritorno dopo aver fatto la spesa, avevano trovato Zipa in cucina che trafficava intorno ai fornelli per preparare il pranzo e nonna Sofie piazzata davanti alla tv in salotto a guardare la sua soap opera.

Il quarto giorno Yaeli aveva trovato tre gru di carta che svolazzavano per il prato. Aveva alzato gli occhi e visto la finestra del secondo piano aperta e una spessa coperta appoggiata a prendere aria sul davanzale. Dopodiché Zipa era scesa dalle scale con dei sacchi della spazzatura neri in mano, pieni zeppi di origami di pinguini, gru, struzzi, cammelli, barche a vela e catene infinite di farfalle e coccinelle.

L'uomo delle gru aveva lasciato questo mondo senza che nessuno sapesse della sua esistenza. O forse lei era la sola a non sapere? Intorno a lei sembrava che tutti avessero stipulato un patto di omertà: i suoi nonni, i genitori, chi altro era al corrente in paese? Come mai lei non sapeva niente?

Il quinto giorno avevano cominciato a sistemare le fotografie.

Sedute intorno al grande tavolo della cucina al primo piano, avevano inserito vecchie foto ingiallite in nuovi album comprati ad Afula. Sofie aveva passato a Yaeli un mazzo di vecchie fotografie tenute da un elastico sfaldato e indicato con il dito due bambini sui sei anni, ben vestiti, pazienti e fermi davanti alla macchina fotografica.

«Ecco qui Zipa e Shimale».

Stessa altezza, simili ma non del tutto. Shimale, il fratello gemello di Zipa, il fratello a cui era legata con tutta l'anima ma del quale nello stesso tempo si vergognava tanto – dell'espressione ottusa sul suo volto, dei lineamenti asimmetrici, del viso oblungo, delle orecchie grandi e della saliva che a volte gli colava agli angoli della bocca –, cosí tanto da decidere di scappare via, di andarsene per salvarsi.

«Era nostro fratello, non devi pensare che non siamo addolorate» aveva commentato Sofie mentre si serviva un'altra fetta di torta senza zucchero.

Zipa, che era spuntata alle sue spalle senza preavviso, era crollata su una sedia, si era versata un bicchiere di tè freddo e aveva detto con voce ferma: «Esatto, non era facile prendersi cura di lui qui. Cosa credi? Scappava di continuo, Shimale, ti ricordi anche tu che veniva da te di notte. Alla fine siamo state costrette a permettergli di gironzolare un pochino al calare del buio. Anche se temevamo che spaventasse voi ragazze e la gente del paese».

«Basta» l'aveva interrotta Sofie, «ci sono cose di cui è meglio non parlare...» e si erano scambiate uno sguardo carico di significato.

«Per cosí tanti anni!» aveva detto Yaeli. Sofie e Zipa avevano annuito.

«Male? Shimale non faceva niente di male!» avevano riso Sofie e Zipa, e Zipa si era asciugata la fronte madida di sudore con un fazzoletto e poi si era soffiata rumorosamente il naso.

«Non capisco cosa ci sia da ridere! Voglio una spiegazione!» aveva preteso Yaeli.

«Erano cattivi con lui, ecco cosa! E non c'è altro da aggiungere!» Zipa aveva interrotto bruscamente la conversazione e Sofie aveva annuito, concorde.

Poi aveva detto: «Adesso non puoi capire, Yaelinka, forse capirai soltanto quando sarai madre anche tu. Ma occuparsi di un bambino è un'impresa difficile, e io ho dovuto occuparmi di Shimale, che è rimasto bambino per tutta la vita. Tutti noi abbiamo pagato un prezzo, i tuoi nonni, Anati e Nilli, tutti quanti. È il prezzo che si paga per i figli, a volte è piú alto, a volte meno. Ma si paga sempre» e mentre Sofie, che controllava come un'aquila i dolci che mangiava Zipa, non guardava, Zipa aveva prelevato un altro biscotto al burro dalla scatola di latta blu.

«Non è una risposta soddisfacente. Gali, non trovi che ci devono delle spiegazioni?»

«Lasciami fuori da questa storia, non mi tirare in ballo» e aveva preso una pesca dalla ciotola. «Qui sono tutti matti, non c'è nessuno con cui parlare» aveva tagliato corto Gali, e se n'era andata a telefonare al suo nuovo ragazzo, Yotam, che era rimasto alla base e non sarebbe venuto per il fine settimana.

Era seguito un silenzio assordante. Una rumorosa sorsata di tè. Sofie si era estraniata davanti alla televisione e Zipa aveva risalito i venti scalini fino al secondo piano per proseguire il lavoro di purificazione. Dopo erano arrivate Nilli ed Eveline e nessuno aveva piú parlato di Shimale, l'uomo delle gru, né dei tanti anni che aveva trascorso chiuso nella camera vicino alla mansarda, a spedire in libertà i suoi origami dalla finestra della stanza e a visitare di notte Yael bambina.

Per tutti quegli anni Yael non aveva fatto domande. Davvero non sapeva? Com'era possibile? E come si spiegava gli origami che trovava sul prato e lo strano bussare di notte?

L'uomo delle gru. Shimale. Quello che era affetto dalla stessa sindrome che adesso, tanti anni dopo, rischiava di avere la bambina che le scalciava in grembo. La bambina che aveva fatto scappare David.

Il sesto giorno avevano tutti impegni improrogabili e non erano riusciti ad arrivare.

SECONDA PARTE

Settembre – mese di Tishrei

Lezione di storia

Pioggia pioggia cade giú, una goccia e tante piú, *plic plic ploc, plic plic ploc*, batti le manine anche tu

Nella nostra scuola materna, che di recente è diventata un plesso di ragguardevoli dimensioni, i bambini cantano ancora canzoni come questa e altre sulle chiocciole e sull'autunno e preparano regalini per la festa di Rosh Hashanah, il Capodanno che si avvicina. Ormai è settembre, ma la pioggia? Dov'è la pioggia?

Nessuno ne sente la mancanza a parte noi. I giardini sono ancora verdi nonostante i prati siano ormai scomparsi, sostituiti da erba sintetica e pavimentazione in legno sotto la quale Dio solo sa cosa c'è, cemento liscio, fiori in vaso.

In tutta Israele nei tubi scorre acqua marina desalinizzata, invece la nostra terra si fa ogni giorno piú salata, gli alberi s'incurvano sotto il peso della polvere, noi continuiamo a irrigare, angosciati. Il prezzo dell'acqua non è piú basso come un tempo e i furti ormai abituali, che arricchiscono i ladri al di là della montagna, ci costano cari.

Ci chiudono i rubinetti. Siamo stati abbandonati. Avete dimenticato chi era qui a mangiare fango e farsi divorare da zanzare e malaria mentre voi sorseggiavate caffè a Tel Aviv e a Haifa. Ma noi non dimentichiamo, e neanche la pioggia, anche se per adesso è scomparsa, dimentica: tornerà.

Segreti e bugie, dicono che producono piú danni che

benefici, adesso tutti vogliono essere onesti, scoperchiare vasi di Pandora e scatole di vermi e arieggiare gli scheletri negli armadi. Purificherà l'anima, promettono. I nostri figli ci incolpano senza motivo, succede anche ai nostri vicini dei kibbutz, lí piangono l'infanzia perduta nelle Case dei bambini, la severità dei genitori e delle donne che li sorvegliavano di notte, mentre da noi versano lacrime di coccodrillo perché li costringevamo a faticare nei campi, nelle vasche dei pesci, nelle stalle e nei pollai.

«Non abbiamo avuto il tempo di sviluppare la nostra personalità e fiorire come individui» brontolano e creano gruppi di sostegno che si riuniscono di giovedí alla Casa del Popolo. Chi passa lí davanti in bicicletta a volte sente gemiti e lamenti arrivare dalla sala.

Ridicoli.

Noi la verità la conosciamo.

Quello che loro chiamano segreti e bugie noi lo chiamiamo «farsi i fatti propri e non curiosare». In questo siamo esperti, forse è il segreto della nostra longevità su questa terra di palude pesante e profonda: morti, bugie e segreti sono sepolti sul fondo, e cosí la vita continua senza che si sia costretti a rifletterci troppo. Né su quelli, né sui pochi arabi che abbiamo espulso, né su quanti tra noi sono impazziti o si sono tolti la vita, sui figli morti e sugli amori clandestini.

In cosa è diverso questo segreto?

Non che non se ne sia parlato in paese, c'è sempre chi parla, chi spreca tempo in pettegolezzi e calunnie. L'uomo è cattivo per natura e ne dà prova fin da bambino, come ci ha insegnato il leggendario maestro Kipnis, parente del famoso poeta, che viveva nella vecchia baracca, già allora pericolante ma tuttora usata da giovani e poveracci.

Noi non siamo senza cuore. Abbiamo destinato un grosso appezzamento in centro paese a un Istituto per bambini, due-tre dunum *di prezioso terreno pubblico per aiutare dei bambini maltrattati, perché respirassero aria pulita. Lo abbiamo circondato con un alto recinto e ci siamo dimenticati anche di loro, i nostri figli non li hanno conosciuti e i nostri nipoti non conosceranno quelli che verranno, continueranno sempre a venire. Certe cose non ci riguardano.*

Rimuovemmo, ci coprimmo gli occhi e tappammo le orecchie e non vedemmo nemmeno lui quando usciva nel buio per andare a zonzo, neanche quando ci passava davanti come un'ombra durante le mungiture notturne e le strade coperte di fango erano disseminate di centinaia di figure di animali di carta. Non ci intromettemmo, non ci riguardava, certe cose vanno fatte passare sotto silenzio e cosí tacemmo, novanta e piú anni di lunghi silenzi.

Altre cose invece non si possono lasciar passare, proprio no.

I tetti senza tegole, per esempio. I ristoranti dentro ai pollai, le pizzerie nei giardini privati, i caseifici boutique, le stalle trasformate in stanze in affitto. Cosí senza che ce ne accorgiamo tutto il paese va in malora. Sí, per via della pioggia, ma anche per altri motivi.

Venite, nuvole, portate pioggia ai giardini, *plic ploc*, gocce, portate pioggia ai miei campi, alle spighe, agli alberi e al fiorellino del giardino.

I bambini dell'asilo cantano e noi passiamo con il trattore e ci fermiamo un momento in ascolto. Poi facciamo un salto al negozio a comprare una pagnotta e proseguiamo verso i campi, per attivare l'irrigazione e tentare di salvare quel che rimane.

Sofie sa che se si sveglia di buon'ora vedrà le nettarine bere la rugiada dai fiori di caprifoglio giapponese. Potrebbe avvistare anche il picchio di Siria con il piumaggio pezzato, che estrae grassi vermi dal cipresso agonizzante al centro del filare. Un tempo i cipressi proteggevano il frutteto dal malefico vento del Nord, ma adesso che il frutteto non esiste piú servono solo ad acidificare il terreno.

C'è anche una coppia di usignoli che ha fatto strage dell'uva di Zipa prima che Yaeli coprisse gli alberi, ma a Sofie non importa. Prima di tutto Zipa non c'è piú, e anche quando era ancora in vita Sofie non li cacciava mai, né dall'uva né dalle nespole. Ama osservarli al mattino, quando annaffia abbastanza presto da evitare le sfuriate di Yoske. Strano come conosca i nomi degli uccelli, le devono essere rimasti impressi nella memoria dal tempo in cui Shimale le riempiva la testa dei suoi elenchi.

La mattina presto il paese tace, Sofie non sente nemmeno il rumore delle mungitrici a cui ormai si è assuefatta. Di tanto in tanto un trattore rompe il silenzio, ma lei quasi non ci fa caso. Nella quiete del mattino, mentre innaffia o sradica le erbacce o raccoglie la frutta, può lasciarsi andare alla nostalgia, una nostalgia cosí forte da sopraffarla. Ha nostalgia del passato, ma anche nel presente di ogni attimo trascorso, che è irrimediabilmente perduto, e lei ha nostalgia di quel che è andato perduto. Le sue figlie, Nilli che è morta, e Anati che si è trasferita all'estero per un anno intero, le mancano entrambe, ma la vera nostalgia è per com'erano da piccole, da bambine. Come le si aggrappavano alla vestaglia di mattina e la seguivano in giardino. Non ha nostalgia delle donne che erano diventate, donne adulte che non avevano nulla in comune con lei: Nilli divorziata, abbandonata dal marito con i suoi tre figli, che fumava una sigaretta dietro l'altra standosene alla finestra con vista sul centro commerciale a guardare le macchine di passaggio e che leggeva romanzi rosa davanti alla televisione. Non è quella la Nilli di cui ha nostalgia, ma la ragazzina dai capelli corti scarmigliati che rientrava con le ginocchia sbucciate e gli abiti infangati. Le toccava spesso punirla per il suo comportamento da selvaggia, ma Nilli rideva anche dopo aver ricevuto la punizione e Sofie si mostrava arrabbiata, anche se in cuor suo rideva insieme a lei.

E Anati, seria e tranquilla, a volte quando era in carrozzina o nel box se la dimenticavano perché poteva stare per ore ad armeggiare con qualunque aggeggio le mettessero in mano. Ma tanto era dolce e calma da bambina, quanto era diventata insopportabile da adulta: vegetariana, femminista, coltivava idee assurde che potevano anche piacere ai suoi colleghi all'università, ma che Sofie trovava irritanti.

Sofie ha nostalgia delle sue figlie da piccole, quando le riempivano le giornate dandole un continuo da fare e una costante sensazione di mancanza d'aria. Stranamente, da quando sono cresciute le è rimasta la nostalgia di quel senso di soffocamento che la rendeva infinitamente misera e le impediva di essere padrona di sé. Oggi che è fin troppo padrona di sé, che nessuno è disposto a portarle via neppure per un attimo un briciolo di quel sé, rimpiange quella sensazione.

Zipa ancora non le manca, non è passato abbastanza tempo da provare nostalgia. Ma Shimale sí. Bagna i gerani e guarda la sua poltrona di vimini rossa, se lo ricorda seduto su quella poltroncina con un cucciolo di gatto o di cane in braccio, a fissare con piacere infantile le sue figlie che giocavano. Era prima che succedesse il fatto, quando era ancora libero come tutti i bambini, nonostante lui avesse smesso da parecchio di esserlo. A volte si alzava e si univa a loro, e le piccoline ne erano felici, potevano saltargli sulla schiena e giocare con lui alla cavallina o farsi trasportare come sacchi di patate. A volte durante le vacanze, nelle ore torride e uggiose dei pomeriggi estivi, lo mettevano a fare da comparsa in uno degli spettacoli che organizzavano e lui accettava sempre, con l'entusiasmo di un cagnolino. Ma poi erano cresciute, come era naturale che fosse, e con l'adolescenza erano arrivati gli sguardi e i risolini, avevano cominciato a osservarlo proprio come facevano gli altri, dall'esterno. Quelli sguardi le davano una stretta allo stomaco, allora e anche adesso che ci ripensa.

Sulla poltroncina di vimini di Shimale non ci si può piú sedere, la paglia è logora e disfatta e il bel rosso carminio ormai non è che un rossastro stinto. L'ha trovata buttata vicino alla casa di Zipa e adesso ci tiene sopra una grossa pianta che patisce il sole cocente, nella speranza che si riprenda. Il giardiniere mandato da Eveline a sistemare il giardino in vista del matrimonio ha combinato un bel disastro, ha potato di qua e sradicato di là senza consultare Sofie. Non era nemmeno stata informata del suo arrivo e quando è rientrata dalle commissioni, con la camicetta viola acquistata per il matrimonio (ha comprato anche cinque confezioni della sua pomata, l'intera scorta di magazzino da Tutto a un dollaro), la casa le è improvvisamente sembrata diversa. Il giardiniere ha accorciato i lunghi rami dell'Arucaria che ombreggia l'ingresso (e secondo Eveline con tutti quegli aghi sporca troppo), ha dato una sforbiciata agli agrumi e tagliato parte dell'edera che si estendeva fino alle aiuole e da lí su per il tronco dell'Arucaria. Adesso il giardino è invaso dalla luce, che ferisce gli occhi.

Se avessero chiesto a Sofie, avrebbe raccomandato di non toccare l'edera che ha piantato appositamente ai piedi dell'Arucaria. L'inverno precedente ha sparso lí sotto dei piccoli ciclamini selvatici, comprati da un intrallazzone che li aveva strappati quando avevano spianato un'intera collina per far spazio alla nuova strada. L'edera che si allungava sull'albero e la fioritura dei timidi ciclamini ai suoi piedi le rammentavano la casa in cui era cresciuta, al limitare di boschi di abeti coperti di neve. Una piccola consolazione. Eveline aveva detto che, nonostante amasse molto l'atmosfera di quel giardino selvatico, in vista del matrimonio bisognava metterlo un minimo a posto. Sistemavano il giardino per un matrimonio che Sofie riteneva non ci sarebbe mai stato. Ma lei tace, le cose brutte è meglio non dirle.

Allora Sofie si alza presto la mattina, prima che il sole scaldi troppo senza l'ombra confortante dell'Arucaria, e prova nostalgia. Per Shimale e per le sue figlie da piccole e per sua madre che aveva spedito via con lei Shimale, in fretta, in fretta, prima che arrivasse la catastrofe. A quel tempo Sofie aveva pensato che la madre alludesse alle difficoltà di Zipa, non sapeva della vera catastrofe in arrivo. Adesso Sofie riconosce dentro di sé la sensazione di dolente malinconia anche per il bambino non ancora nato, o per il bambino nato e poi diventato qualcos'altro. In ebraico non ha abbastanza parole per descrivere quella sensazione, ma non le trova nemmeno nella lingua madre che ha abbandonato da sessant'anni, cosí non le resta che «nostalgia», la sola parola che conosce capace di descrivere vagamente quello che prova.

Il bambino.

Sofie farebbe qualunque cosa purché non fosse come Shimale.

Davvero?

Cosa c'era di tanto male in Shimale? Una creatura del tutto priva di malizia, con un animo da artista e mani abili. Certo, non era adatto a quel mondo pieno di gente lurida e crudele come quella terra nera, in cui sprofonda ogni cosa buona e bella. Le persone qui sono come le zolle di terra a fine aratura, zolle dure e secche dopo l'ennesima estate arida che si rifiuta di andarsene, piene di pietruzze aguzze rimaste dopo l'ultima spietratura. Aspettano solo che arrivi la pioggia, non gli interessa altro. In testa non hanno che le faccende riguardanti la terra: arare, seminare, irrigare, diserbare. Non sono minimamente interessate a sollevare lo sguardo, spingerlo in alto, al cielo, e vedere gli uccelli che volteggiano in grandi cerchi, o ad ascoltare un attimo il gorgoglio coraggioso della sorgente sempre piú esile. Non si soffermano neanche per un istante a osservare le nuvole che attraversano il cielo, né quelle che indugiano.

Forse per questo le nuvole che passano di qui, e indugiano un momento a domandarsi se rimanere a oscurare i campi, poi proseguono oltre e lasciano cadere le loro grosse gocce sugli orti altrui. Succede tutto perché non guardano, e se lo fanno nel loro sguardo ci sono solo grettezza e ottusità. Alla fine per allontanarsi da quel loro sguardo Shimale aveva dovuto salire al secondo piano, ma nessuno lo vuole capire.

Quando sorge il sole, nella spossante calura settembrina Sofie scruta la vecchia casa e nota l'andirivieni degli operai. Cosí non si può andare avanti, il passato deve rimanere confinato nel passato, e siccome lei avrà solo una piccola parte in quel che accadrà in futuro (di certo non rimarrà qui abbastanza a lungo da vedere come andrà a finire), deve agire adesso affinché il futuro di Yaeli sia diverso dal loro. Perché anche se il moshav con i giardini verdi e le case enormi e le jeep parcheggiate nei garage sembra tanto diverso dal paese polveroso e povero in cui loro erano arrivati con un furgone sgangherato e cigolante, lei sa che ben poco è cambiato, le persone sono sempre uguali, dure come zolle di terra dopo l'aratura anche se oggi si concedono cellulari, internet e viaggi all'estero due volte all'anno.

Bisogna proteggere il bambino e Sofie è decisa a farlo. Quando aveva sentito che Yaeli aveva accettato l'eredità e preso possesso della casa, come prima cosa aveva imprecato in cuor suo (e poi sulla tomba) contro Zipa, sua sorella, in tutti i modi in cui si può inveire contro un morto. Insomma, che le era saltato in mente, perché non aveva lasciato la casa a quelli a cui spettava («perché sapeva esattamente cosa ci avremmo fatto» le aveva spiegato Yoske). Dopodiché aveva spedito due volte Yoske da quell'avvocato da cui hanno ricevuto buone notizie: forse il paese, forte dell'appoggio di Yoske, avrebbe emesso un ordine di demolizione per la casa. Spera che Yaeli non avrà tempo ed energie, con il bebè appena nato, per rivolgersi a un tribunale. Yaeli non le ha lasciato alternative, si rifiuta di darle retta.

Nessuno in quella famiglia dà retta a Sofie. Lei le aveva telefonato diverse volte per dirle come stavano le cose, ma Yaeli è cocciuta: «Piantala una buona volta con le superstizioni, basta! Non c'è niente di maledetto in quella casa. Tutto quello che è successo qui dentro è successo a causa vostra, assumetevi le vostre responsabilità una buona volta!»

«Yaeli, stellina, lo sai che noi pensiamo sempre al tuo bene. Questa casa non è adatta a te, non va bene entrare con un bambino appena nato in un posto del genere, pieno di cosí tanti brutti ricordi» aveva insistito con garbo. Ma Yaeli si era limitata a sbuffare indispettita, non era disposta ad ascoltarla. Ormai le pare sempre piú simile a sua madre, anche se persino Anati in questo caso concorda con Sofie, cosa mai successa prima d'ora.

Dall'altra parte del giardino sente il condizionatore in casa di Anati e Bentzi che tossicchia e rantola, fra poco torneranno in Israele e la sgraveranno in parte del peso che porta sulle spalle, si è fatta carico da sola di tutta la famiglia.

Lei era stata contraria al loro trasferimento fin dall'inizio. «Per cosa abbiamo fondato Israele, perché ve ne tornate laggiú? Siamo venuti qui perché voi non dobbiate mai, mai, chiedere favori ad altri popoli. Cosa vi manca qui?» E niente di quello che Anati e Bentzi avevano risposto (un ricercatore serio doveva lavorare per un periodo in un'università importante all'estero per avanzare nella carriera: Anati. Non si faceva illusioni su Londra: Bentzi) l'aveva convinta.

Quando Anati rientrerà avrà parecchio da fare, servirà molto aiuto quando capiranno quello che Sofie sa già da tempo e non vuole dire: non ci sarà nessun matrimonio, quel giovanotto di città con la faccia sempre arrossata non ha alcuna intenzione di presentarsi. Come lo sa? Ha i suoi sistemi. Nel frattempo nessuno le ha detto niente, nessuno la calcola o pensa di doverle rendere conto. Yoske incluso.

Ma un momento prima di scomparire da quella terra implacabile, lei e Yoske uniranno le loro ultime forze per un obiettivo comune, probabilmente per questo d'improvviso Sofie si sente un filo piú giovane e allegra, e se anche fosse un'illusione, alla sua età non c'è ragione di non cedere a illusioni e abbagli, nessuna ragione al mondo.

La chat di famiglia è intasata dalle foto della ristrutturazione di Yaeli che, in preda all'entusiasmo, condivide ogni inezia. Mentre dormiva, Gali ha ricevuto diversi messaggi vocali. Il suo capo le fa gli auguri per il matrimonio e aspetta il suo ritorno fra un mese. George le chiede come sta e augura con voce tremante il meglio alla coppia felice. Segue un augurio musicale da tutte le ragazze dell'ufficio. Due messaggi da Yotam. Il primo risale alla notte precedente, mentre lei era impegnata a commiserarsi: *Gali, ti prego, richiamami*. Il secondo è arrivato di prima mattina: *Gali, devo assolutamente parlare con te!!* E poi un altro: *Non mi filtrare, Gali, è importante!!!* Con tanto di punti esclamativi. Non mi filtrare! Chi ha filtrato chi quando lei gli ha telefonato dopo il suo strano messaggio? Atterrare lí e sentire un messaggio del genere quattro giorni prima del matrimonio?? L'ha chiamato decine di volte e lui non ha risposto, e anche adesso, se vuole davvero parlarle perché la cerca proprio negli orari in cui sa che dorme??? Ecco, se lui ha i punti esclamativi lei ha almeno altrettanti punti di domanda.

Eppure non deve, non deve, non deve fare alcun passo precipitoso. Torna a sdraiarsi sul letto, il cuore le batte all'impazzata, e con l'immaginazione cerca di colmare il divario fra quei messaggi incalzanti e l'ultima volta che l'ha visto, come lui infilava in valigia la giacca da indossare sia per gli impegni di lavoro sia per il matrimonio – forse già allora quella bestia non aveva intenzione di sposarla, o pensava ancora di sí? –, come l'aveva baciata in fronte neanche fosse sua zia ed era uscito in fretta e furia, e soprattutto come, ferma sulla soglia, l'aveva sentito scendere i gradini a due a due fischiettando, fischiettava allontanandosi da lei. Sí, ce l'aveva avuto davanti agli occhi per tanto tempo. E solo adesso le manda messaggi e chiede di parlarle. Perché?

L'inguaribile ottimista che è dentro di lei completa subito il quadro a tinte rosa: Yotam ha scoperto che quella infame traditrice di Julie ha un'altra storia (è la fantasia perfetta: da una parte Gali si gode la dolce vendetta su Yotam il traditore e dall'altra lo aspetta a braccia aperte. Chi altro lo può consolare?). Lo immagina con il viso arrossato e gli occhi tristi, proprio come quando, seduto sul loro divano, l'aveva informata, in preda al piú sincero e profondo sconforto, che la stava mandando all'inferno; forse adesso finalmente ha capito che errore madornale ha commesso.

Ma Gali è una persona sensata, a volte fin troppo sensata, perciò sa che con tutta probabilità Yotam ha tanta urgenza di parlarle perché si vuole assicurare che lei abbia capito quello che non ha trovato il coraggio di dirle nel suo vile messaggio: Yotam non ha niente su cui riflettere, l'ha sempre saputo, non ha alcuna intenzione di presentarsi al loro matrimonio. Al suo matrimonio. Bastardo! Se anche la cercasse per informarla di aver cambiato idea ancora una volta e di volerla sposare, Gali con lui non ci tornerebbe. Per lo meno non prima di aver consultato la sua psicologa misantropa via Skype. D'un tratto ha una folgorazione, forse ha finalmente superato la fissazione del «primo ragazzo a cui sei rimasta legata troppo a lungo» e si è salvata per un pelo. Ma anche se ormai ha imparato a mentire a tutti, mentire a sé stessa è piú difficile. Alla fin fine, se succedesse un miracolo e Yotam si presentasse a quel matrimonio che sta per travolgerla alla velocità di un treno in corsa, se lo riprenderebbe senza pensarci due volte.

Per tutto il pomeriggio è inquieta, entra ed esce da casa un'infinità di volte dimenticando sempre qualcosa, il telefono, il caffè, le forbicine per le unghie. Alla fine si siede su una delle sedie di plastica vicino al tavolo da giardino sporco e comincia a tagliarsi le unghie. Poi si alza, rientra in casa, si spalma dalla testa ai piedi di lozione antizanzare e torna al tavolo con espressione angosciata. Yaeli la chiama dalla casa di

Zipa: «Vieni a prendere un caffè fra poco? Prima devo riaccompagnare gli operai dal benzinaio». Gali annuisce e torna a fissare nel vuoto in direzione della siepe che recinta il giardino, i fiori di caprifoglio giapponese emanano un odore stucchevole e un rumore assordante arriva dalla strada sterrata lí davanti.

Yonathan ferma un momento il trattore vicino al recinto. «Ciao» la chiama. «Sei qui anche tu?»

«Perché, chi altro c'è?»

Yonathan rimane interdetto, «Ehm, mi riferivo a tua sorella, Yaeli».

«Ah» borbotta Gali fiacca. «Già, sono qui».

«Il matrimonio in giardino! Sei emozionata?» Gali si sforza di sorridere nella speranza di cavarsela senza altre chiacchiere, tanto Yonathan è abituato ai taciturni e ancora di piú ai silenzi.

«Bene, devo andare. Di' a Eveline che domani vi consegno le balle di fieno ed è meglio che ci sia qualcuno a mostrarmi dove sistemarle, spostarle da un posto all'altro diventa poi complicato».

Gali gli rivolge uno sguardo perplesso.

«Per la cerimonia, no?» Yonathan sistema lo specchietto laterale e dà un paio di colpetti all'acceleratore.

«Giusto, certo, certo». Ora le torna in mente. La scenografia per il suo matrimonio, il matrimonio di campagna, sí, ci saranno le balle di fieno. Adesso la trova una scelta pacchiana, ma all'epoca non la pensava cosí.

L'Aia è immersa nel silenzio adesso che è quasi mezzanotte. Persino la roulotte in cui cuociono le pizze è deserta e le lucine colorate sempre accese sono ormai spente. Solo la lampada blu contro le zanzare è perennemente in funzione, da marzo a ottobre.

Dieci roulotte sistemate in semicerchio a una certa distanza l'una dall'altra. Tutti la chiamano «l'Aia», ma non è un nome ufficiale, perché il parcheggio di roulotte improvvisato di Rubi, quello che un tempo era un campo di trifoglio per le mucche (ormai di mucche non ce ne sono piú), è legale solo a metà. Una situazione su cui chiudere un occhio fino a quando non si troverà una soluzione per i giovani del paese che non hanno diritto a una casa perché è vietato spartire le proprietà: vanno in eredità ai primogeniti. Gli sfrattati del paese abitano lí, qualcuno solo, altri con la compagna o addirittura dei figli, in minuscole scatole di legno e formica, in attesa che cambino la legge (ci stanno lavorando con grande impegno) e permettano loro di costruire una casa sui terreni di famiglia.

Anche Rubi abita in una roulotte, da quando il badante caucasico di suo padre ha preso possesso della sua cameretta e lui ha finito per sentirsi un estraneo in casa propria. Di solito ci sta lí da solo, ma di tanto in tanto si unisce a lui per qualche mese una ragazza. Allora la sua roulotte diventa la piú ordinata e curata dell'Aia, abbellita con piante, amache e allegri festoni di luci. La sera tutto il gruppo dei giovani si riunisce da lui sull'ampia veranda in legno che ha costruito davanti alla roulotte; Rubi non è piú tanto giovane, ma le sue ragazze di solito sí.

In quei periodi si prende cura dell'Aia, dispone luci, sradica erbacce e sistema la ghiaia dei sentierini. Va tutto bene finché la ragazza di turno se ne va, ognuna per i suoi motivi (a volte dopo un'esplosione di rabbia inaspettata durante la quale Rubi rompe qualche piatto, o anche una seggiola). A quel punto la sua roulotte torna a essere una povera zucca e pure l'area circostante viene lasciata nell'incuria.

La situazione degli ultimi mesi e l'estate spietata che imperversa nella Valle non migliorano le condizioni. Gli affittuari hanno cominciato a lamentarsi:

servono progettazione ecocompatibile, disinfestazioni, sicurezza. Alcuni, piú svegli ed esperti in materia, hanno cercato di trovargli una ragazza, ma dopo aver scoperto due vipere nella scatola dei giocattoli in una delle roulotte hanno presentato una richiesta formale di ripulire la zona dalla vegetazione, bonificare tutto il terreno circostante, installare un lampione potente e piazzare trappole per i topi che, notoriamente, richiamano i serpenti.

Rubi calcola che quel mese, dopo tutte le spese, non gli rimarrà alcun guadagno dagli affitti, e si dice che a breve dovrà decidere se vale la pena mantenere il posto. Ha comprato le roulotte per due soldi e le ha risistemate con le sue mani nella speranza di rendersi indipendente da Yatir e dai loschi affari del Consiglio. Rubi non è uno stinco di santo, tutt'altro, e in passato non si è fatto scrupolo di approfittare degli sprovveduti che si facevano fregare, a lui interessava che lo stipendio garantito dal paese gli permettesse di tenere la testa fuori dall'acqua. Ma ultimamente non gli basta piú: per Rubi l'acqua e i pesci sono la vita. Vuole emergere e non solo, vuole nuotare, veleggiare, surfare, forse addirittura volare. Ha bisogno di un cambiamento, e quell'esigenza gli solletica tutto il corpo come i morsi delle trote nelle vasche.

È sera, e dopo aver diserbato e bruciato e disinfestato, Rubi si sdraia esausto sul divano davanti alla televisione. Ha un occhio rivolto al programma e l'altro mezzo chiuso, quando sente bussare alla porta. I cani rizzano le orecchie, Rubi guarda l'orologio, dieci e mezzo. Chi può essere? Bussano di nuovo. I cani cominciano ad abbaiare ed è costretto ad alzarsi. Avverte un leggero capogiro mentre si fa strada fra pile di vestiti bagnati (quelli con cui la mattina è tornato dalla piscicoltura e che domani indosserà di nuovo), lattine di birra vuote e spazzatura che i cani hanno sparso in giro quando li ha lasciati soli quel pomeriggio. Apre la porta e vede Yatir, vestito come se fosse appena uscito dall'ufficio.

«Buonasera» gli dice. Rubi annuisce.

«È permesso?» Rubi risponde che è meglio di no. «I cani» dice e sguscia subito fuori perché non scappino. Yatir si siede vicino al tavolo sulla veranda di legno.

«Cosa succede?» domanda Rubi e si accende una sigaretta.

«Spegni, spegnila» lo ferma Yatir e posa la sua borsa sul tavolo. Rubi aspira una lunga boccata e spegne la sigaretta nel vaso che usa come portacenere.

«Sta' a sentire, la faccenda della condotta dell'acqua va chiusa stanotte. In questo preciso momento Ah'arale e Degani stanno ultimando la diramazione sotto il giardino degli Shteinman, che ci hanno fatto una testa cosí con il loro matrimonio. Un ultimo sforzo e controlleremo del tutto la vecchia conduttura. Senza intromissioni. Ma voglio che tu vada a dare una mano con quel lavoro».

«Neanche per sogno» si rifiuta Rubi. «Tu e Degani non volevate nemmeno che mi avvicinassi a quel progetto, e di colpo avete bisogno di me?»

«Melnik!» Yatir alza la voce, chi immaginerebbe che quell'uomo smilzo sia dotato di una simile cassa di risonanza. «Non rompere i coglioni! Cosa sei, una mammoletta? Se ti si dice che c'è bisogno, vuol dire che c'è bisogno! Avevi altre faccende da portare a termine, e nemmeno quelle hai concluso».

Yatir si alza e si ripulisce i pantaloni sporchi di polvere e peli bianchi dei mastini dei Pirenei. Posa una mano, con forza sorprendente, sulla spalla di Rubi. «Sto partendo per Tel Aviv, domattina ho un appuntamento importante. Datti una mossa, esci e va' a fare il necessario».

Dopodiché sale a bordo della sua Chevrolet, avvia il motore e parte con una sgommata che scatena di nuovo i latrati furiosi dei cani. Rubi rimane seduto fuori un altro minuto e dopo aver spiaccicato diverse zanzare atterrate sulla sua nuca entra a vestirsi.

Non sopporta che Yatir gli imponga di fare certe cose, e sempre all'ultimo. Ma ha forse scelta? È dura mantenersi con la piscicoltura, l'affitto che percepisce dagli inquilini dell'Aia copre il mutuo che ha acceso per comprare le roulotte e quel che resta basta a malapena per pagare lo stipendio del badante di suo padre. Ma non è solo questo. Deve ammetterlo. Non si tratta solo di soldi o del desiderio di dominare. E nemmeno del disprezzo che prova nei confronti dei poveri falliti che ha intorno, ignari di cosa succede sotto il loro naso. Confidano nel Consiglio del Consorzio, nel paese.

Il punto è la legge del piú forte, che è anche il titolo della serie di National Geographic dove gli animali sopravvivono in condizioni impossibili. Nella lotta per l'esistenza solo i piú forti sopravvivono, secondo il meccanismo della selezione naturale. Fin da bambino, Rubi aveva capito che, in quel posto che non perdona nessuno, nemmeno i piú piccoli, era destinato a soccombere. Stava quindi a lui attrezzarsi per sopravvivere, visto che i deboli venivano schiacciati come i fusti molli che si raccoglievano dentro alla pressa per il cotone, sempre di notte, sempre in segreto, forse perché non si rendessero conto che stavano per essere pressati, senza potersi opporre, in una balla che nel giro di un attimo sarebbe stata espulsa dal retro della macchina, perfettamente impacchettata nel nylon sigillato.

Deboli.

Ah'arale, per esempio. Era arrivato in paese impaccato di soldi grazie all'eredità ricevuta dalla moglie, si era lisciato tutti per ottenere un terreno nel quartiere dei Padri Fondatori e loro l'avevano accolto a braccia aperte, avevano preso i soldi che aveva donato e li avevano usati per ristrutturare la vecchia Casa del Popolo costruita nel 1935. Avevano persino preparato una bella targa in lettere dorate in onore del padre di sua moglie. Piú tardi, quando era rimasto al verde per alcuni affari immobiliari andati male a Givat HaMoreh, l'avevano gettato in pasto ai cani, ovvero avevano finto di aiutarlo, gli avevano affibbiato l'incarico di guardiano notturno, l'uomo che si trovava faccia a faccia con le bande di ladri e che veniva incolpato quando al mattino si scopriva che erano spariti vitelli e agnelli.

Anche il padre di Rubi era una brava persona, un agricoltore onesto e retto che la mattina si alzava, andava in stalla e poi nei campi e nelle piantagioni dove dava lavoro ad alcuni braccianti, e nelle riunioni votava come doveva votare. Un debole, insomma. Anche suo padre era stato sfruttato e derubato quando la mamma di Rubi si era ammalata e lui era troppo occupato a prendersi cura di lei. Rubi non intende aspettare che gli capiti la stessa cosa, non è come i fessi lí intorno che non si rendono conto nemmeno quando la verità li prende a calci in faccia. La faccenda della condotta dell'acqua, per esempio. Una storia enorme, pazzesca, cominciata anni prima con i contatori dell'acqua. E adesso ecco che si ripresenta Yatir.

Da quando i Padri Fondatori avevano messo piede nel paese, avevano potuto affermare con orgoglio di non dover dipendere dai favori di nessuno, men che meno da quelli di Mekorot, l'azienda idrica nazionale. Loro si erano fermati in quel posto proprio perché in altura c'era la sorgente. Gli arabi dei dintorni dicevano che non valeva niente, non era una fonte su cui poter fare affidamento, ridevano dei matti che andavano ad abitare sulle pendici di una collina piatta e arida.

In effetti la sorgente pareva un esile rivolo. Eppure, benché all'esterno fosse esigua, loro avevano scoperto per caso, attraverso una fenditura, un bacino d'acqua. Avevano subito, all'istante, calato là sotto un ragazzetto smilzo assicurato a una corda, che tornato fuori aveva detto: «Sentite, è piccola solo all'apparenza, in realtà è una piscina immensa. Qui c'è acqua in abbondanza». Allora avevano collocato una scaletta e fatto giurare a tutti i presenti di mantenere il silenzio perché non volevano che la gente dei dintorni accampasse diritti. Dopodiché avevano scavato un pozzo nei pressi della biforcazione della condotta che scorreva parallela ai binari della ferrovia, ed era stato fondato un Consorzio privato dell'acqua, tuttora esistente.

Anche le tariffe dell'acqua erano private. Segrete.

Una delle mansioni di Ah'arale era passare di casa in casa a leggere i contatori. Poi riportava i consumi alla segreteria, che a sua volta emetteva le bollette; tutto era gestito e monitorato dal Consiglio del Consorzio. Quando Bentzi era stato nominato tesoriere c'era stata una certa apprensione ad affidare un compito simile a uno arrivato da fuori, ma avevano capito in fretta che Bentzi, con la sua logica da uomo di città, nonostante vivesse da tanti anni vicino a loro in paese, non si accorgeva minimamente di cosa gli combinavano sotto il naso, non faceva domande e firmava qualunque cosa, persino assegni in bianco che venivano custoditi nella cassaforte del Consiglio.

Ah'arale e Degani passavano da case e terreni e annotavano a ogni lettura parecchi metri cubi in piú di quelli registrati dal contatore, ma pur sempre poca cosa per una grande azienda agricola che necessita di notevoli quantità di acqua, e nessuno, proprio nessuno notava qualche metro cubo in piú. E comunque, in caso qualcuno avesse fatto troppe domande – ed erano in pochi –, si usava l'espediente del magnete e a seguire la solita formula «È vero, c'è stato un errore, correggiamo subito». I soldi d'avanzo venivano conservati nelle casse del Consorzio «per eventuali prestiti ai membri del Consiglio» (cosí Degani era riuscito a comprarsi il fuoristrada ultimo modello che faceva schiattare tutti di invidia). I metri cubi in surplus, dieci, venti, trenta per ogni terreno, se li riversavano per loro.

Per questo motivo mentre i frutteti degli altri morivano di siccità («Non siamo noi a stabilire le quote, è lo Stato!») e pompelmi e aranci si mummificavano sugli alberi rinsecchiti, in due o tre campi gli agrumi esplodevano di succo e gusto e le foglie, altrove avvizzite e impolverate, erano verdi, sane e lucide. Se eri uno dei membri autorevoli del Consiglio, con tutta probabilità quegli alberi appartenevano a te.

Il Consiglio si arrogava anche un altro diritto, di fatto Rubi non sapeva se fosse legale o meno, ma di tanto in tanto quando c'era da decidere su una certa questione, per esempio una controversia fra due vicini sui confini delle loro proprietà, o un dissidio fra coniugi riguardo alla divisione dei beni, Degani andava a chiudere l'acqua a uno dei due, cosí, senza preavviso.

Una volta aveva chiuso l'acqua alla lei di una coppia prossima al divorzio proprio mentre faceva il bagnetto ai bambini. La donna, Shiran, un tempo compagna di classe di Rubi, era uscita con le mani tutte insaponate urlando: «Non ho acqua, non ho acqua, qualcuno mi ha chiuso l'acqua!» La sua vicina, Alisa Feinman, che per puro caso era in giardino ad annaffiare, le aveva riempito una bacinella dicendo: «Entra veloce, prima che ti vedano». Ma Degani e Rubi avevano visto. Erano appostati nei paraggi nella Mitsubishi di Degani e seduta stante avevano chiamato il marito di Alisa, Michael, che era schizzato fuori da casa, aveva chiuso il rubinetto alla moglie ancora intenta ad annaffiare e l'aveva trascinata dentro nonostante i suoi strepiti di protesta. Dopo una settimana senza acqua Shiran aveva acconsentito a trasferire la proprietà del pollaio ad Aki, l'ex marito, membro del Consiglio dov'era considerato un caro amico, e solo a quel punto l'acqua era tornata. Erano anni ormai che le cose funzionavano cosí.

Fino a che non ci avevano messo becco gli Shteinman.

Per la precisione, fino a quando Anat un bel giorno non aveva controllato le bollette dell'acqua della loro proprietà. Era successo dopo che Sofie le aveva detto che era assurdo ricevere un conto dell'acqua cosí salato visto che Yoske aveva smesso di coltivare i terreni, abbandonato il frutteto e tagliato la tubatura principale, proprio perché nessuno si sognasse di fregargli l'acqua. Sofie l'aveva già spedito, ovviamente, a controllare se qualcuno si era collegato alla conduttura, ma niente, lí intorno al tubo tagliato era andato tutto in malora, e Yoske vedendo quello scempio si era chiuso ancora di piú in sé stesso. Forse il suo declino era cominciato proprio allora. Comunque, le bollette dell'acqua continuavano ad arrivare. Anati era andata alla segreteria a chiederne conto e Nira, la segretaria, le aveva risposto: «Ci dev'essere uno sbaglio» e aveva suggerito: «Tu intanto paga, cosí eviti la multa, e poi semmai riceverai un rimborso. Verifico io, non ti preoccupare». Però non aveva verificato e Anati, che aveva parecchi altri pensieri per la testa oltre alle seccature dei suoi genitori, non si era data premura.

Alla bolletta successiva, Anati era andata di nuovo alla segreteria e Nira le aveva di nuovo risposto: «Verifico». Ma questa volta Anati non si era arresa ed era entrata nell'ufficio di Degani, che si stava bevendo una tazza di caffè nero forte con Ah'arale. «Che succede?» aveva chiesto Anat. «Cos'è questa storia?» e Degani aveva ribattuto: «Non ti preoccupare, *meydele*, ci sarà un errore. Sistemiamo noi tutto» e aveva preso un sorso del suo caffè.

A sentirsi chiamare *meydele*, ragazzina in yiddish,

Anati aveva dato in escandescenze. «Non capisco com'è possibile che risulti un consumo quando il frutteto è abbandonato da sei mesi».

«Magari l'acqua scorre senza che Yoske se ne accorga» era intervenuto Ah'arale. Per tutta risposta Anati aveva spiegato che Yoske aveva tranciato il tubo e chiuso tutto, e forse era il caso che Ah'arale controllasse nei suoi appunti a chi appioppava indebitamente metri cubi in piú, perché quella volta il giochino non avrebbe funzionato, lei non avrebbe lasciato correre.

Degani, che era un tracagnotto olivastro e barbuto venti centimetri piú basso di Anati, si era alzato dalla sedia tutto impettito.

«Ti consiglio di fare attenzione alle accuse che muovi» aveva sibilato in tono minaccioso, avvicinandosi, ma Anati non si era lasciata intimorire.

«Altrimenti? Credi che io abbia paura di te? Farabutto!» aveva gridato, e Degani si era fatto avanti.

«Meglio se ti dai una calmata, altrimenti ti becchi questo» aveva detto allungando il pugno verso Anati e fermandosi a pochi centimetri dal suo mento. Anati era terrea in volto, tremava di rabbia. Ah'arale si era precipitato ad agguantare Degani e allontanarlo.

«Calma, Moishe, qui nessuno cerca guai. È tutto a posto, si tratta di un equivoco, di un errore».

Ah'arale si era rivolto ad Anati e le aveva chiesto quasi implorante: «Anati, va' a casa, ti prometto che me ne occupo io, davvero! Non bisogna arrivare a tanto!» Ma lei non si era calmata.

«Tu!» aveva detto, puntando il dito contro Ah'arale. «Non chiamarmi Anati! Non siamo amici! Io per te sono la dottoressa Anat Shteinman Tavor e voi siete una banda di malavitosi!», dopodiché aveva radunato la sua documentazione ed era uscita sbattendo la porta cosí forte che l'aveva sentita tutto il paese.

Da lí erano cominciati i guai.

Come prevedibile, l'indomani Anati aveva inviato una lettera inviperita e in risposta aveva ricevuto una diffida dall'avvocato del Consiglio del Consorzio. Al che aveva stilato un papiro lungo come la fame in linguaggio forbito e pretenzioso, un resoconto dettagliato della questione dei contatori, e l'aveva infilato nelle buche postali raggruppate vicino all'emporio. Ah'arale, che fra gli altri compiti aveva quello di distribuire la posta, quella mattina presto aveva aperto la sua cassetta delle lettere e trovato la missiva. Con un insolito spirito d'iniziativa che gli era valso l'apprezzamento da parte di Yatir, era riuscito a estrarre la maggior parte delle lettere di Anati dalle cassette prima che gli abitanti ritirassero la posta e le aveva buttate nell'inceneritore lí dietro.

Quando Anati si era resa conto dell'accaduto, aveva spedito le figlie in bicicletta a distribuire la lettera in tutto il paese. Dove non c'erano cani, le ragazze erano arrivate fino alla porta, altrimenti l'avevano lasciata arrotolata nel cancello. Il primo giorno erano riuscite a passare dalla circonvallazione e dall'ampliamento, ma il secondo erano tornate furiose e sanguinanti, con i vestiti imbrattati di uova e fango. Gali piangeva e Yaeli aveva raccontato che alcuni ragazzini le avevano inseguite chiamandole «topi di fogna» e «spione». A quanto pareva, nessuno degli adulti fermi a guardare era intervenuto. Rubi era uno di quei ragazzini, e suo padre, che aveva sentito della lettera fin dal mattino quando si era fermato al negozio, si era limitato a prendere da terra il foglio buttato vicino al cancello ed era rientrato in casa senza dire una parola al figlio.

Cosí erano cominciati i guai, era scoppiata una sorta di guerra mondiale tra Anati e chi parteggiava per lei da un lato, e dall'altro il Consorzio con i suoi sostenitori, naturalmente piú numerosi. Rubi era convinto che i suoi genitori fossero dalla parte giusta, che detestassero Anati, ma una sera aveva sentito il padre raccontare alla madre una storia che l'aveva lasciato perplesso. Il padre di Rubi aveva riferito che si trovava da Yatir a fare due chiacchiere quando era entrato di colpo Avrumele Harari, che aveva tirato fuori la bolletta dell'acqua dalla tasca della camicia blu da lavoro sbrindellata, aveva cercato di spianare il foglio con le dita callose e aveva detto: «Sta' a sentire, Yatir. Qui c'è qualcosa che non va. Ricevo bollette spropositate, mi devo preoccupare?»

Yatir l'aveva subito invitato ad accomodarsi, gli aveva offerto un caffè della nuova macchina per l'espresso comprata per l'ufficio, e dopo qualche sorso Harari aveva ribadito con la sua voce calma e flemmatica: «Insomma, come la mettiamo con questa bolletta?»

Yatir aveva preso un altro sorso di caffè e risposto, pacato come sempre: «Avrumele, sai bene che qui dobbiamo essere agguerriti, non possiamo permettere alla signora accademica di prenderci per i fondelli, quella se ne sta qui da anni senza coltivare i campi né niente. Anche se Bentzi, il marito, è un tipo a posto, quasi uno di noi. Fammi il favore, se c'è qualcuno di cui preoccuparsi sono i tipi come lei, che non contribuiscono in niente e per niente. Ho ragione o no, Melnik?»

Il padre di Rubi aveva annuito come fanno i contadini taciturni, e anche Harari aveva annuito e aveva finito il caffè accompagnandolo con qualche biscottino che Nira, la segretaria, aveva portato. Poi aveva guardato di nuovo la bolletta dell'acqua e detto: «Be', sai, non è il caso di esagerare. Non è proprio come dici, Yoske è tra i primi arrivati e qui c'è comunque qualche...» e aveva indugiato un attimo, attimo di cui Yatir si era precipitato ad approfittare.

«Se non erro, è stato tuo nonno ad arrivare qui insieme al nonno di Melnik negli anni Venti e a piantare il primo picchetto, vero o no? Tuo nonno ha guardato da questa collina e visto questo monte» Yatir aveva indicato la gigantografia della montagna appesa al muro sulla sua destra, «e cos'ha fatto? Ha eliminato qualche *fedayín* e si è cambiato il cognome da Grinberg a Harari, perché Harari vuol dire "monte"!» Ecco com'erano i Fondatori, arrivati senza niente a posare le prime pietre della seconda *aliyah*! Non parlatemi di giustizia! Se questa valle prospera è grazie ai Grinberg e ai Melnik». Poi si era lasciato andare sulla sedia, dondolandosi un pochino. «Di certo non grazie a chi è arrivato a guerra finita e ha ricevuto tutto su un piatto d'argento, casa, terre da coltivare, di tutto e di piú! E poi, cosa? Sono ripartiti portandosi via la loro *chorba* e la loro *mămăligă*, se la sono squagliata, e fortuna che ce ne siamo liberati! Tranne quelli che sono rimasti, naturalmente, alcuni erano a postissimo, e gli altri, lo sapete già».

Erano rimasti cosí tutti e tre, ad annuire e sbocconcellare biscotti. La segretaria aveva sbirciato per chiedere se volevano altro caffè, Yatir l'aveva fulminata con un'occhiata e Nira si era affrettata a richiudere la porta. Dopo qualche altro minuto di silenzio Yatir si era alzato e aveva detto: «Caro signor Harari, non hai alcun motivo di preoccuparti, e nemmeno Shteinman che, come tu stesso hai osservato saggiamente, è una persona di tutto rispetto. Ma la sua dottissima figlia, che mette becco in questioni che non la riguardano, va messa in riga. Non si può lasciare che la gente parli di cose di cui non sa».

Entrambi, il padre di Rubi e Harari, avevano inteso che la conversazione era conclusa. Uscendo avevano agguantato un altro biscotto e Harari aveva comunque aggiunto: «Bene, auguriamoci che la faccenda si risolva per il meglio». Poi si era calcato il cappello in testa, il padre di Rubi si era sistemato il suo sulla capoccia e una volta usciti sotto il sole cocente avevano biascicato un reciproco saluto, si erano issati ciascuno sul proprio trattore ed erano partiti ognuno per la sua strada.

Rubi non ricorda come fosse andata a finire, ricorda solo che diversi anni piú tardi la mamma di Yaeli, Anati, raccomandava ancora a tutti quelli che avevano avuto la fortuna di ottenere l'approvazione della commissione di accoglienza e assicurarsi l'acquisto di mezzo *dunum* nell'ampliamento di comprare un contatore speciale, di quelli che non permettono di falsare i consumi nemmeno con un magnete potentissimo. Per anni ne aveva tenuti in cantina per chi li voleva comprare, ma erano stati in pochi a farlo. La gente del paese chinava la testa per non invischiarsi con Ah'arale e Degani, e chi arrivava da fuori, ammaliato dall'idillio rurale e dalla disponibilità di quegli agricoltori che erano il sale della terra, non le credeva piú di tanto.

A questo punto l'unica cosa che potrebbe salvare la situazione è la pioggia.

Una pioggia fitta, violenta, scrosciante, una pioggia che lavi la terra e schizzi con una striscia di fango lo zoccolo delle case. Una pioggia che cancelli anni di polvere e penetri sotto lo spesso strato secco del suolo. Una pioggia che porti con sé odore di ozono e umidità. Una pioggia che possa debellare anni di siccità o cancellare un matrimonio destinato a non svolgersi. O forse sí. No. Probabilmente no.

Ma il cielo è limpido, come prevedibile il 15 di settembre, poco prima di Rosh Hashanah. I genitori di Gali stanno atterrando all'aeroporto e lei è avvolta nell'abito da sposa di seta selvatica che indossato le sembra un po' sciatto. In tanti le turbinano intorno, la pettinano e la truccano, curioso che nessuno trovi strano che Yotam non è ancora arrivato. Davvero tutti si sono bevuti la scusa, cosí poco plausibile, che arriverà quel giorno, all'ultimo istante, all'ultimo secondo? Tutti ma non Sofie, che la scruta con sospetto. In effetti anche Gali gli ha creduto, e guarda in che condizioni si trova.

Sí, nessuno sembra impensierito intorno a lei, forse non riescono a immaginare che il suo sposo gentile la possa scaricare in modo cosí indecente. Perciò si concede cinque minuti di pace, si lascia coccolare dalla truccatrice e dalla fotografa («Per favore, prendimi dal basso, senza doppio mento!») e chiude gli occhi mentre la truccatrice le incipria la faccia. Alla fine sarà stupenda!

Ma anche nei cinque minuti tranquilli che si regala, i suoi occhi corrono inquieti sotto le mani della donna intenta ad applicarle un generoso strato di ombretto.

Cosa stai facendo? Cosa stai facendo? Cosa stai facendo?

Interessante, come per il paradosso del gatto di Schrödinger (sí, anche lei ha letto qualcosa di Richard Feynman al liceo) si può dire che qui e ora esistono contemporaneamente due matrimoni: uno si svolge e l'altro no. E finché la scatola con il povero gatto non si apre, o, nel caso di Gali, finché lei non ascolta il messaggio che Yotam le ha mandato quel mattino presto, si può supporre che il matrimonio si svolgerà come previsto.

Fino a che Gali non sa, non si può dire che stia mentendo, e non è in nessun modo possibile provare che sia colpevole.

Cosa stai facendo? Cosa stai facendo? Cosa stai facendo?

Quando Yotam se n'era andato da casa, la volta in cui c'era stato lo strappo della separazione, lei era distrutta, ma lui l'aveva pregata, letteralmente supplicata di non dirlo a nessuno, l'aveva obbligata a addossarsi segreti e bugie. Quella menzogna li aveva uniti, o cosí almeno aveva creduto lei, sarebbe rimasta zitta e Yotam sarebbe tornato. Se n'era andato solo per poco, era confuso, sarebbe tornato da lei, doveva tornare, l'aveva lasciata lí con quel segreto scottante. Non dire niente, non alla famiglia né alle amiche, nemmeno a sé stessa era certa di aver detto tutta la verità, fino in fondo, e men che meno a Eveline che la inondava di e-mail, da Israele a Vancouver grazie a un semplice clic.

Una volta era stata sul punto di risponderle che era andato tutto a monte, che non ci sarebbe stato nessun matrimonio. Poi però aveva riletto quello che aveva scritto, aveva picchiettato delicatamente la tastiera per un minuto o due, incerta, aveva selezionato tutto, aveva premuto con l'indice su «cancella», aveva digitato una risposta appropriata per Evi e alla fine aveva schiacciato «invia». Un fremito di emozione. Una fitta di senso di colpa. Gali aveva chiuso il portatile ed era andata a prepararsi una tisana di cedrina raccolta dalla pianta e tra un sorso profumato e l'altro si era persuasa che non era poi una cosa cosí irrimediabile, se Yotam non fosse tornato aveva ancora tempo per annullare, e nel frattempo non si era tagliata tutti i ponti alle spalle. E in effetti era tornato, la colpa era tutta sua, su questo non c'era dubbio, allora perché Gali continuava a sentirsi un'impostora?

Cosa stai facendo? Cosa stai facendo? Cosa stai facendo?

Adesso con gli occhi che corrono di qua e di là sotto le mani esperte della truccatrice, Gali fa un respiro molto molto profondo, uno squarcio di spiaggia bianca e pacificante, sidro di mele caldo in una gelida giornata d'inverno, un campo fiorito di anemoni un attimo prima che arrivi lo scirocco, spighe con la testa china che frusciano nel vento e le sussurrano: quel che sarà, sarà.

Nel salotto di Anati e Bentzi fervono le attività. Sofie è seduta sul divano troppo basso per una donna della sua età, con indosso la sua vestaglietta migliore, tiene le braccia conserte in grembo e guarda spossata i preparativi per il matrimonio che si svolgono davanti ai suoi occhi. Magari si sbaglia, magari alla fine il matrimonio si farà, ecco, ci siamo già. Di tanto in tanto le intuizioni la ingannano. No, in realtà non la ingannano mai, ma a volte, quando Sofie sente fortemente qualcosa, si autoconvince ancora piú fortemente che non può essere. E quando quel che ha sentito accade, non si concede sempre l'esultanza dell'intuizione profetica («Ve l'avevo detto, o no?»).

Tanto nessuno le crede né l'ascolta.

Adesso, mentre Gali davanti a lei diventa una sposa in abito bianco e velo impalpabile, Sofie preferisce non pensare a brutte cose, ma l'intento di non pensare a brutte cose contribuisce a farla pensare proprio a quelle. In fondo forse si sbaglia, forse il matrimonio si farà nonostante quello che sente nella pancia, perché la pancia le fa un po' male, e anche la spalla. *Nu*, andrà tutto bene, purché non piova.

Lei proprio non capisce perché hanno dovuto annullare la tensostruttura, Sofie aveva tanto insistito, aveva proprio implorato che per sicurezza la prenotassero. Ma Gali si è incaponita, ha detto che era uno spreco di soldi, un vero peccato (che peccato e peccato, hanno comunque speso un capitale, qualche altro migliaio di shekel per salvare il matrimonio dalla pioggia non li avrebbe certo mandati sul lastrico), e poi ha aggiunto che tanto lí non piove da mille anni (non è vero, sono soltanto dodici) e quando mai piove a settembre? Al momento fa caldissimo.

Ma Sofie è in quel paese da abbastanza tempo, da troppo tempo, e sa che la pioggia a settembre cade e non cosí di rado, inizia a venir giú sempre quando meno te l'aspetti, piove la sera quando hai appeso tre bucati, comincia a scrosciare la mattina giusto quando hai finito di innaffiare, e ti inzuppa quando non hai preso l'ombrello o aspetti alla fermata dell'autobus con un vestitino leggero e le scarpe meno adatte.

Sono due settimane che Sofie avverte il freddo che s'insinua verso sera, l'autunno potrebbe benissimo anticipare quest'anno. In verità ormai da quindici giorni si sente scombussolata, la notte si sveglia sudata fradicia ma trema dal freddo. La spalla le dà molto fastidio e ha degli strani dolori di pancia. Li ha attribuiti alle brutte sensazioni riguardo al matrimonio, ma adesso che sta lí seduta sul divano con davanti Gali fin troppo agghindata, comincia a pensare che forse non sono solo sensazioni; domani, quando il matrimonio sarà finito, andrà dalla dottoressa, anche se non ne ha nessuna voglia.

L'ha vista all'emporio qualche settimana fa, la nuova dottoressa, era entrata tirandosi dietro una bimbetta. Avevano girato fra gli scaffali bassi del negozio, la dottoressa aveva l'aria scocciata, ogni tanto sollevava la testa da una scansia e chiedeva: «Non avete ketchup Heintz?» o «Quando arrivano i corn-flakes Coco Chissaché?» e «Non avete le cotolette vegane?»

Alla fine, quando erano arrivate a pagare, la bambina aveva chiesto con insistenza che la mamma le comprasse un lecca-lecca colorato che aveva visto sulla cassa. La dottoressa all'inizio non voleva, le aveva spiegato che danneggiava i denti e la salute. *Nu*, ovvio, è un medico. Sofie era ferma dietro di loro a braccia conserte, teneva appesa al braccio la sporta con dentro i prodotti che compra ogni giorno: una pagnotta, due vasetti di yogurt, un sacchetto di pane bianco per la domestica moldava, formaggio primo sale per sé e un salamino per Yoske. A ognuno i suoi vizi.

A ogni modo, quando la dottoressa si era rifiutata di comprare il lecca-lecca alla bambina, l'aveva fatto con una vocina talmente gentile e mielosa che era evidente che avrebbe finito per beccarsi una scenata.

«No, amore, questa volta non si può».

Come prevedibile, la bambina aveva cominciato a strillare e a fare i capricci buttandosi a terra, quello che prima o poi tutti i bambini fanno e che va subito arginato. La dottoressa l'aveva lasciata sgolare per cinque minuti buoni mentre tutti i presenti, a eccezione di Sofie, si sentivano profondamente a disagio. Vedendo la bambina contorcersi a terra, Sofie era rimasta impassibile: apprezzava la severità e aveva pensato che cambiare medico, nonostante i suoi timori, poteva avere del positivo, forse quella dottoressa Pinco Pallino arrivata per sostituire la Loboda era in gamba.

Ma poi la bambina aveva continuato a urlare e la madre, dopo aver cercato di blandirla con parole di zucchero, aveva ceduto e le aveva comprato il lecca-lecca.

«Ricordati che è al posto delle patatine del pomeriggio» aveva detto ed erano uscite in fretta dal negozio.

Sofie le aveva seguite con lo sguardo, talmente delusa da dimenticare di chiedere il quotidiano gratuito. Come poteva affidarsi alle cure di una donna del genere?

«Segno sul conto?» aveva chiesto il ragazzo in cassa.

Sofie aveva tirato fuori una banconota per pagare. Da quando era cambiato il proprietario non si sognava neanche lontanamente di comprare a credito. L'ultima volta che l'aveva fatto le avevano aggiunto al conto una serie di cose, ne era sicura. Uscita dal negozio era passata allo stand dei giornali, fortuna che c'era ancora quello in omaggio. Sulla panchina lí di fianco erano sedute la dottoressa e la figlia, sorridenti, la bambina succhiava l'enorme lecca-lecca e le aveva fatto ciao con la manina. Sofie si era rassettata il vestito, aveva voltato le spalle a entrambe ed era partita di buona lena verso casa. Nossignora, lei da quella là non ci avrebbe messo piede.

Sofie si lascia andare contro lo schienale del divano, la sala è piena di estranei che non ha voglia di conoscere. Desidera solo andarsene, ma si sente a disagio perché la mamma della sposa, Anati, non è ancora arrivata e qualcuno della famiglia deve pur presenziare, è usanza. Perciò rimane seduta sul divano mentre la stanza le gira e rimbomba intorno, e i piedi sono attraversati da un leggero tremito. Un terremoto, pensa. Non sono distanti dalla faglia, già in passato ci sono stati diversi terremoti. Si guarda intorno ma pare che nessun altro se ne sia accorto. Yaeli, arrivata da pochi minuti, è seduta vicino a lei, china sul suo cellulare. Sofie le chiede di controllare su internet se c'è stato un terremoto. Yaeli smette di scrivere messaggi al telefono e dice che non ha sentito niente, ma controlla comunque per Sofie sul sito dell'Osservatorio sismico.

«Niente» le dice.

«Ne sei certa?» chiede Sofie che continua a sentire delle scosse leggere, come il galoppo dei cavalli tanto tempo fa. *Gornisht*, niente, a quanto pare è solo la sua immaginazione, o forse è di nuovo la cervicale che le gioca dei brutti scherzi. Alla fine si alza e dice che si va a lavare e vestire, e Yaeli domanda se le serve aiuto. Sofie ride, le dà una lieve pacca sulla pancia enorme. «Risparmia le forze, stellina» le dice ed esce. Fuori sente altri tremiti e un leggero capogiro, le duole di nuovo la spalla e pensa che avrà difficoltà a indossare da sola la camicetta viola con i bottoni. Dovrà chiamare la domestica e che Dio gliela mandi buona, fa certe smorfie quella!

Quando arriva a casa va dritta in camera da letto, dove Yoske naturalmente non c'è. Fra poco deve cominciare a prepararsi anche lui, Sofie spera che acconsentirà a fare la doccia, non sempre accetta di buon grado. Si siede sul bordo dell'ampio letto davanti alla finestra grande e fa per sfilarsi le ciabatte, ma le mancano le forze. Che cosa stupida, da quando Sofie si stende per un riposino a mezzogiorno? Mai. A parte le pennichelle di straforo davanti alla sua soap opera, non se lo concede mai. Adesso però è stanca, deve appoggiare la testa sul cuscino per qualche minuto e recuperare un po' le forze per il suo ultimo matrimonio.

Rubi dà da mangiare ai cani e aspetta che finiscano. Fuma l'ennesima sigaretta e beve un caffè corroborante, poi fa un fischio ai due molossi, che saltano sul pick-up, ed esce. Negli ultimi mesi è in atto la riqualificazione della rete idrica del paese, i cartelli bianchi e blu disseminati dappertutto promettono una data di fine lavori – ottobre – e ogni qualche settimana si innalza un cumulo di terra nera che ricorda la tana di una talpa, nel bel mezzo di una strada o di un giardino o di un campo, e poi si spiana di botto come non fosse mai esistito.

Era chiaro a tutti che prima o poi avrebbero dovuto sostituire l'intera rete. Dopo la faccenda dei contatori si era respirata un po' di pace, i piú sostenevano il Consorzio e non Anati e i pochi cani sciolti schierati con lei. Ma diverse «perdite» eccessive costate care ad alcuni avevano infiammato gli animi anche fra i simpatizzanti del Consorzio. Bisognava fare qualcosa, e in fretta. La questione era stata portata in assemblea e nessuno si era opposto ai lavori, a eccezione di Anati, che non era presente (la convocazione dell'assemblea era passata di bocca in bocca senza giungerle all'orecchio) e l'indomani mattina aveva spedito una lettera di fuoco al Consorzio, finita nel tritacarta prima ancora di essere letta.

Con gli scavi per prima cosa era emersa la vecchia conduttura, rivelatasi sorprendentemente integra. Una delle cose che avevano messo in difficoltà gli scavatori era il fatto di non avere idea da dove partissero e dove terminassero i condotti. Naturalmente era stato tutto calcolato fin da principio, quando avevano trovato la sorgente e fatto giurare a tutti quelli che erano a conoscenza della sorgiva e del grosso bacino d'acqua di non raccontarlo a nessuno. Quel lontano segreto doveva essere stato custodito fin troppo bene e adesso non esisteva nemmeno una mappa che potesse chiarire l'arcano.

Gli scavatori avevano provato a chiudere la valvola al di là della statale, ma non era servito a niente. L'acqua aveva continuato a scorrere e nessuno aveva idea di dove si trovasse la valvola per bloccarne il deflusso. La ricerca della valvola era durata due settimane e aveva ritardato le attività, finché Yatir non aveva convocato il direttore dei lavori nel suo ufficio per spiegargli che in base alla sua esperienza era piú fruttuoso ingegnarsi per trovare delle alternative.

«A quanto pare» aveva detto, «quella conduttura ha vita propria e a trafficarci si rischia grosso». Aveva fatto un cenno a Rubi, appoggiato alla porta dell'ufficio dall'inizio dell'abboccamento, pronto con la nuova cartina ritirata quella mattina da un ufficio che realizzava mappe. Ci era stato seduto sopra per tutta la strada da Afula e ora era convenientemente spiegazzata.

«Questa è una vecchia cartina, l'abbiamo tenuta in un cassetto per decenni, da quando c'è stata la grande esplosione» aveva spiegato agli scavatori, «potrebbe esservi di aiuto». E cosí, dopo quell'incontro prolungatosi un'ora piú del previsto, si era deciso di abbandonare la vecchia condotta a marcire indisturbata e di crearne una del tutto nuova, con una nuova valvola piú vicina al paese.

L'acqua adesso arrivava dalla rete idrica nazionale in tubi di plastica resistenti. Il pozzo sarebbe caduto in disuso, dopo dodici anni di siccità doveva comunque essere rimasto ben poco da attingere. Anche le quote e i pagamenti non sarebbero piú stati gestiti dall'ufficio di Yatir.

«Le quote statali finiranno molto velocemente» aveva commentato Yatir quando la squadra degli scavatori era uscita dal suo ufficio. «Il ministero dell'Agricoltura ci vuole piegare, Rubi. Non gliene importa un accidente del sionismo e della conquista della terra, non gli interessa quanto abbiamo sofferto qui per salvaguardare il nostro paese. Chi gli ha fondato lo Stato d'Israele? Eh, chi? I Muallem venuti negli anni Cinquanta dall'Iraq? Gli Abutbul immigrati dal Marocco dopo l'indipendenza? Appena arrivati, quelli hanno allungato la mano per reclamare "Dateci, dateci". Noi non abbiamo mai chiesto altro che campare decorosamente lavorando la terra». Yatir aveva sospirato e Rubi si era sentito come uno spettatore prigioniero di un monologo teatrale.

«Adesso hanno tutti da ridire, sui terreni, sull'ampliamento, mettono gli occhi sulle terre che abbiamo dissodato con il sudore della fronte. Ogni centesimo che avevamo è finito nei nostri campi, e ora che si può sperare di guadagnarci qualcosa all'improvviso ci chiamano privilegiati? Affanculo l'Arcobaleno e gli ebrei orientali*! Raccontano che abbiamo jeep e ville e immobili commerciali. Se la prendono con i kib-

* «L'arcobaleno democratico mizrahi», il cui nome ufficiale è «Nuovo discorso – Per un discorso democratico e multiculturale in Israele», è un movimento politico sociale fondato nel 1996 da ebrei originari dei paesi arabi con l'obiettivo di combattere per l'uguaglianza, lo scambio democratico e la democrazia in Israele (*N.d.T.*).

butz? Perché? Perché qui è verde e pulito e bello? Non ci lasciano un attimo in pace!»

«Devo andare» aveva ribattuto Rubi, poco entusiasta della piega che stava prendendo quel monologo, forse perché ricordava che sua madre, Jeanette nata Abutbul, aveva sputato sangue per imparare lo yiddish solo per riuscire a capire di cosa sparlavano le altre alle sue spalle.

Ma Yatir aveva continuato. «Sta' a sentire, Rubi, ne abbiamo parlato fra di noi, dobbiamo essere preparati. Siamo in emergenza, chiaro? Che razza di Consorzio agrario saremmo, se non fossimo preparati a situazioni del genere? Se la vecchia conduttura rimane, non vedo motivo, nessun motivo, per non collegarci alla nuova in ognuno di questi punti» e si era chinato sulla mappa per indicare alcuni punti a matita e un grosso cerchio sul terreno degli Shteinman.

«Ecco, qui, sotto il giardino di Yoske, passa il punto in cui la vecchia conduttura si divide da quella nuova che prosegue verso l'ampliamento, dove non dobbiamo mettere mano, e torna dritto dritto al pozzo, dove stoccheremo parte dell'acqua. Per i momenti di emergenza, naturalmente».

Rubi aveva annuito. Adesso era chiaro: se prima Ah'arale e Degani erano costretti a passare di casa in casa per manomettere i contatori, da allora in poi non ce ne sarebbe stato piú bisogno. La vecchia conduttura si sarebbe allacciata alla nuova in alcuni punti segreti su cui sarebbero stati applicati dei contatori digitali attivabili a distanza. Nessuno sarebbe mai stato in grado di sapere quanta acqua veniva trasferita dalla rete nuova a quella vecchia e da lí al «serbatoio di emergenza» del Consorzio.

Geniale.

Cosa avrebbero fatto con tutta quell'acqua? Rubi supponeva che l'avrebbero rivenduta a prezzo esorbitante a chi esauriva la sua quota.

«Rubi, la cosa va gestita con la massima discrezione, è un progetto per le emergenze, non bisogna mettere in allarme nessuno. E non è il caso che qualcuno, e tu sai chi, cominci a frugare e sollevare questioni. Altrimenti non se ne esce piú, Rubi, non se ne esce piú!»

«Bene, ho capito, ora devo andare alla piscicoltura» gli aveva risposto Rubi e se n'era andato dimenticando tutta la faccenda.

Da allora sono passati diversi mesi e questa notte stanno collegando la vecchia condotta alla nuova sotto il giardino degli Shteinman. Hanno anticipato i lavori per via del matrimonio, Eveline e Yoske si sono lamentati che la loro strada sembrava una via di Beirut durante i bombardamenti. Da domani l'acqua comincerà a scorrere verso il pozzo in quantità controllate.

È ripugnante quanto la storia dei contatori, sennonché Rubi non è piú un ragazzino, non ha altri da incolpare, se non sé stesso.

Yaeli rimane seduta sul divano dopo che Sofie se n'è andata vaneggiando di un terremoto. Si è lavata e ripulita dopo la mattinata di lavoro, e soprattutto si sente soddisfatta. Ha raggiunto il suo obiettivo: il bed and breakfast è pronto, le lenzuola stese sui letti, in ogni camera un vaso di rose del suo giardino e su ogni letto un morbido accappatoio e due asciugamani. Si controlla le unghie, giallognole e rotte. Il vestito, comprato il giorno prima al centro commerciale, nella veloce occhiata che si è data allo specchio in camerino sembrava carino, ma di sicuro le sta malissimo. Le fotografie del matrimonio racconteranno la verità: è grassa, ha le caviglie gonfie, il petto enorme; l'unico vantaggio è che non ha brufoli sul viso e i capelli sono perfetti anche senza messa in piega.

Riceve due notifiche sul cellulare. Due messaggi. Uno della sorella e l'altro dei genitori di Yotam. Finalmente rispondono. Gli ha mandato diversi WhatsApp nel corso della settimana per offrirgli ospitalità, ma non ha avuto alcuna risposta. Ecco che si decidono a risponderle, finalmente.

Grazie dell'invito, ci dispiace molto ma non ci è possibile accettare la tua ospitalità a causa di un precedente impegno scrivono nei rispettivi messaggi, chiaramente concordati.

«Senti, ci capisci qualcosa?» chiede a Gali che sta seduta su una sedia girevole, di fronte al grande specchio portato dalla camera da letto e appoggiato al muro. «Quale impegno possono aver preso per la sera del matrimonio del figlio?»

Gali fa spallucce mentre il parrucchiere le gira la testa dall'altra parte. Sembra calma. Troppo calma per essere Gali, e poi nessuno stress, nessun attacco di pianto o euforia, nessuna delle classiche reazioni da spose. E intanto Yotam non è ancora arrivato. Al posto di Gali, Yaeli impazzirebbe.

Sofie pensa che Yotam non arriverà. L'ha buttato lí qualche giorno fa mentre Yaeli pranzava a casa sua e poi si è rimangiata tutto. «Non ne parliamo nemmeno, non è vero». Ma Yaeli sa che quando Sofie non vuole parlare di una cosa, sotto sotto c'è sempre un motivo, qualche informazione riservata, una paura o una superstizione. Ogni volta che ha cercato di ragionare con lei sul matrimonio, Sofie ha sempre svicolato liquidando l'argomento con un «Inutile sprecare fiato, l'importante è la salute». A ogni modo la situazione è bizzarra, mancano poche ore alla cerimonia, Yotam ancora non c'è e Gali se ne sta mogia mogia.

«Notizie di Yotam? Ama la vita spericolata?» accenna a Gali seduta in silenzio sulla sedia girevole. Gali le lancia un'occhiata strana attraverso lo specchio.

Un'occhiata che la mette di colpo fortemente in sospetto. Sofie ha ragione, c'è davvero qualcosa che non quadra.

«Ti devo parlare» dice Gali nello specchio e Yaeli annuisce. Ma la truccatrice chiede altri due minuti. «Niente lacrime adesso, mi raccomando, tesoro. Chiudi di nuovo gli occhi e testa alta». Gali chiude gli occhi e si concede quegli ultimi istanti di misericordia.

Alle quattro del pomeriggio gli addetti del catering smuovono Yoske dalla sdraio su cui poltrisce dal primo mattino ascoltando la radio e sfogliando il catalogo tedesco, mentre intorno a lui c'è il putiferio.

Quel mattino, il mattino del matrimonio, subito dopo il caffè si è aperto la strada fra montagne di arredi accatastati nel suo giardino la sera prima. Dietro la recinzione accanto al cancello ha notato un cumulo di terriccio grandicello, ma nessun operaio in vista. Maledetta rete idrica. Dovrebbe ricordarsi di dire a Eveline di avvisare in segreteria che quel macello va sistemato prima di sera altrimenti se la vedranno con lui, ma con tutta probabilità se ne dimenticherà. Poi ha aperto la cassetta della posta, era preoccupato per il cumulo di terra e non nutriva grandi aspettative. Proprio per questo la scoperta della spessa busta indirizzata a lui lo ha sorpreso.

Le cose belle capitano quando meno ce le aspettiamo, si sa. In quella busta c'era una cosa che Yoske attendeva da mesi: il catalogo tedesco di scimitarre. L'aveva ordinato tramite una rivista a cui era abbonato, pagava fior di marchi (oggi ormai euro) ai tedeschi, sia cancellato il loro nome dalla faccia della Terra, per il periodico piú autorevole del mondo sulle armi bianche. Quella mattina ha dimenticato di portarsi dietro il tagliacarte, perciò è stato costretto a strappare la busta in modo molto poco elegante.

Doveva avere soddisfazione immediata, non è riuscito a trattenersi.

Alla vista del catalogo è andato in brodo di giuggiole: l'ha estratto dalla busta, ha strappato il cellofan che lo avvolgeva, ha indugiato un istante per godersi la copertina lucida che brillava nel sole del mattino e ha passato e ripassato un dito sulla fotografia, una *Jambiya* yemenita in rilievo.

«Ciao, buongiorno» ha sentito la voce di Yaeli a distanza. Era appena uscita dalla casa maledetta e agitava il braccio per salutarlo, ancora in pigiama e con un tubo per innaffiare in mano. Un'altra che passava la vita a bagnare le piante.

Le ha restituito il saluto e si è grattato il collo. Quel gran pancione per lui significava la propria fine. Si è sfregato di nuovo il collo, maledette pulci. Ha arrancato fino alla pergola della vite, ancora di buon umore, ma mentre si avvicinava alla sua sdraio il prurito al collo aumentava. Quando si è lasciato cadere a peso morto sulla sedia imbottita aveva già capito che non si trattava della puntura di una pulce o di una zanzara. Non serviva un genio per sapere che era la spada di Damocle che gli pendeva sulla testa, trattenuta solo da un crine sottile, in attesa che la mano del destino o un soffio di vento portassero a termine il lavoro.

Si è sfregato di nuovo il collo e, mentre sfogliava riverente il catalogo, girando le pagine una a una con cautela e delicatezza, ha pensato che, se era l'ora di andarsene, doveva farlo nel migliore dei modi. Visto che era uno dei massimi esperti, se non l'esperto per eccellenza, di scimitarre, cosa poteva essere piú onorevole che sgozzarsi con un fendente alla gola del suo pugnale giordano con fregi arabescati, come un montone? O magari con una pugnalata data a sangue freddo, profonda, di quelle che sulle prime non senti e un attimo dopo ti ritrovi a faccia in giú, esangue.

Una morte eroica come quella che lo aspettava – la sua vita in cambio della vita del bambino non ancora nato – meritava una sciabolata d'onore. Con la sua katana, magari. Un colpo secco e il suo capo sarebbe volato via, reciso cosí di netto che per qualche istante le dita dei piedi sarebbero state scosse da spasmi come se la testa non fosse stata mozzata.

Quella katana gli era costata quasi due anni di scambi epistolari con traduzioni dall'ebraico al giapponese e viceversa. Ogni volta doveva accludere una busta bollata per il maestro artigiano, che non poteva perdere tempo ad appiccicare francobolli. Quando alla fine l'aveva ricevuta, dopo un'ansiosa attesa, l'aveva sistemata sulla credenza del salotto, in bella mostra sull'apposito piedistallo, e poi non aveva trovato pace finché, in seguito a un altro anno di carteggi, non era venuto in possesso anche della *wakizashi* abbinata. Quella sí che era una spada! Espressione di un'antica e nobile tradizione di harakiri.

D'altro canto anche la spada boliviana avrebbe potuto fare un buon lavoro, peccato che quel ladro di Zehevi l'avesse convinto a prestarla al museo. «Vogliamo esporre una miscellanea delle raccolte degli abitanti della Valle, tutti devono conoscere la splendida collezione che appartiene a uno dei nostri!» Alla fine Yoske aveva stupidamente ceduto alle lusinghe e gli aveva mandato alcune spade che erano vere rarità (in realtà, la boliviana non era delle piú rare). Quando avevano ricevuto l'invito alla mostra *I Fondatori della Valle*, lui e Sofie si erano messi in ghingheri ed erano arrivati al museo del kibbutz Ein Harod solo per trovare le sue spade esposte sciattamente, prive di protezione, su un banco scolastico di formica verde, senza didascalia né descrizione; c'era solo il suo nome.

Quando gli avevano restituito le spade mancava la boliviana, e Yoske aveva dato in escandescenze. Ma Zehevi aveva negato l'accaduto, sosteneva di non averla mai ricevuta. Nulla era stato registrato, perciò Yoske non aveva modo di reclamare. Anni dopo aveva capito che quei furti erano un classico trucco dei musei, la maniera in cui arricchivano le loro collezioni.

Come la storia del kibbutz Tel Yosef e del braccio di Yosef Trumpeldor: chi, se non il kibbutz che portava il suo nome, aveva diritto a custodire il braccio dell'eroe nazionale caduto per la patria? E invece no. La prima volta che avevano prestato il braccio al museo di Tel Hai che ospitava una riunione del governo, da Tel Hai non erano parsi intenzionati a restituirlo. Avevano cercato di convincerli che il posto piú adatto a custodirlo era lí da loro, dove Trumpeldor era morto, ma alla fine erano stati costretti a renderlo, perché insieme al braccio era arrivato un membro del kibbutz Tel Yosef che era rimasto seduto fuori per tutta la durata della riunione e si era rifiutato di ripartire senza la reliquia.

Era seguita la diatriba con i membri del kibbutz Degania, che si erano offesi per non essere stati consultati: ritenevano che il braccio originale fosse conservato da loro. Alla fine si era scoperto che Trumpeldor aveva sei o sette protesi di ricambio per il braccio perso in guerra.

Dopo che l'oggetto conteso era tornato al suo posto, era rimasto nel museo fatiscente per molto tempo, anni in cui anche il vecchio kibbutz aveva vissuto parecchi cambiamenti. Alla successiva richiesta da parte di un museo di esporre la reliquia a una mostra sulla storia del sionismo, nessuno era stato disposto a portarla a Gerusalemme e men che meno a riportarla indietro: ormai i viaggi con i veicoli del kibbutz erano a pagamento e anche la benzina era rincarata.

Di conseguenza da Gerusalemme erano venuti a

prendersela ed era stato distrattamente rilasciato un attestato di prestito. Quando poi l'avevano richiesta indietro, da Gerusalemme era arrivato un rifiuto, dal museo stesso e con la motivazione piú impudente: «L'edificio in cui conservate la reliquia è troppo fatiscente per contenere un pezzo di tale valore storico» (deplorevole, ma vero), «di conseguenza siamo impossibilitati a prestarvelo». Prestarvelo!

Purtroppo il pezzo di carta su cui i tizi di Gerusalemme avevano firmato non si riusciva in alcun modo a trovare, e non si poteva attribuire la colpa a nessuno.

Quella storia aveva insegnato diverse cose a Yoske, prima di tutto che servono sempre chiarezza, firme e controfirme. Come con quell'avvocato, Singer. Yaeli ancora non lo sa, ma Singer l'ha chiamato due giorni fa per informarlo che dopo la loro conversazione del mese scorso ha individuato un precedente giudiziale. Grazie al fatto che la maledetta casa di Zipa si trova sul suo terreno e nella proprietà c'è già la casa di un erede (l'abitazione di Anati), Yoske ha il diritto di esigerne la demolizione. «Non le nego che» aveva detto l'avvocato, «ci sono alcuni problemi, perché la casa è un immobile storico, dei primi Padri Fondatori. Ma...» aveva proseguito, «lo dico a lei pregandola però di non fare il mio nome perché negherei, esiste un espediente con le dimore tutelate, come con gli alberi secolari. Per inciso, ho appena concluso la pratica di un Comune per alcuni alberi, perciò le porto quest'esempio, capisce? Il proprietario di un bene, di una casa soggetta a vincolo o di un albero centenario, può sempre sostenere, retroattivamente, che il bene rappresentava un pericolo per la sua incolumità e l'ambiente circostante, per cui è stato costretto ad abbatterlo. Gli uffici competenti non gradiranno, vero, ma basta piantare cinque alberi al posto di un eucalipto di duecento anni per cavarsela. Non c'è altro da fare, a volte bisogna prima agire e poi esprimere rammarico».

Poi Singer aveva aggiunto che avrebbe comunque presentato la richiesta di demolizione a nome del Consorzio, con la dichiarazione dell'ingegnere che attestava l'inagibilità del secondo piano.

Yoske collega le cuffie alla radio, se le posiziona sulle orecchie e sprofonda tra le pagine di carta patinata che gli promettono alcune ore di puro piacere. I tedeschi, sia cancellato il loro nome dalla faccia della Terra, sanno scrivere proprio bene. È talmente immerso nella lettura che non si accorge che da un po' intorno a lui c'è una gran baraonda. Quando alla fine se ne rende conto, si alza e fa un giro del giardino, saluta tutti e cerca di spiegare agli organizzatori dove non mettere gli oggetti e cosa non toccare e dove invece possono appoggiare.

Ma i giovani con i capelli lunghi e il pizzetto, che disseminano mobili ovunque e dispongono le luci, gli rispondono: «Nonno, è tutto sotto controllo, abbiamo ricevuto istruzioni da sua nipote. Non si preoccupi, resti pure seduto a riposare».

Chi si credono di essere! Un tempo lui valeva quanto tre di loro, con o senza pizzetto. Alla fine si tranquillizza alla vista di Eveline che gira per il giardino con qualcosa di nero infilato nell'orecchio, distribuendo ordini a destra e a manca come una generalessa.

Torna alla sua sedia e addirittura si gode un pochino il trambusto che ha invaso il suo giardino in genere tranquillo. Se per caso qualcuno si rivolge a lui, finge di non sentirlo. Ed essere duro d'orecchi lo aiuta. Sopra e intorno gli passano gli addobbi per la cerimonia, tovaglie e tovaglioli, posate e bicchieri, centrotavola di fiori, candele, vasi e casse piene di ghirlande di luci colorate.

Già da diversi giorni sente dire che lo sposo si fa aspettare, chissà se arriverà (Sofie), e che ancora non è arrivato dall'aeroporto (Gali). Lui non ci crede. Yotam e Gali sono una coppia meravigliosa. Una cosa che proprio non sopporta è quando Sofie inizia con le sue profezie, anche perché quasi sempre si realizzano. Strega. Sono anni che lo sostiene.

Yoske si riappisola un pochino, finché gli addetti al catering gli chiedono con la massima cortesia di spostarsi da lí e chiudono la pergola con dei teloni per allestire la cucina. Il cibo che cominciano a preparare gli stuzzica l'appetito, perciò si alza dalla sdraio per dirigersi pian piano verso casa. Entra dalla porta della cucina. Sul tavolo lo aspetta una scodella di brodo tiepido con dentro una coscia di pollo, ma né la vecchia né la moldava sono nei paraggi. Trangugia rumorosamente il brodo, ci inzuppa una grossa fetta di pane e la spazzola a gran velocità. Gali ha promesso che stasera ci saranno le aringhe sotto sale, deve lasciare un po' di spazio nello stomaco. Una volta non aveva bisogno di farlo, poteva mangiare un pasto completo a colazione, a pranzo e a cena. Adesso il pigiama gli cade di dosso come a un Muselmann, la vecchiaia sta finendo di spolparlo.

Quando finisce, lasciandosi dietro il piatto vuoto e un mucchio di briciole, si sposta nella camera da letto la cui porta è spalancata e trova Sofie seduta sul bordo del letto a guardare in modo strano il giardino attraverso la finestra.

Si siede sull'altro lato del letto. «Cos'hai?» chiede, ma lei non risponde subito.

«Il tuo abito è sull'attaccapanni» dice Sofie alla fine, «spero che farai il bagno prima del matrimonio».

Lui si leva il pigiama e rimane in mutande e canottiera.

«Sí, faccio il bagno. Cosa credevi, di no?» ribatte, e lei di nuovo silenzio. Buffo come i suoi capelli, di solito ricci e con riflessi violacei, adesso siano quasi lisci e senza ombra di viola.

«Mi farei un riposino prima della serata» lo informa e si sdraia su un fianco, senza nemmeno sfilarsi le ciabatte. Poi aggiunge con voce fioca: «Fra un'ora comincerò a prepararmi, sii pronto prima». Chiude gli occhi e sembra assopirsi.

Yoske prende alcune boccate dalla sua maschera per l'ossigeno e si va a lavare.

Il baldacchino nuziale sotto il grande pompelmo è semplice, quattro pali uniti da un drappo bianco. È l'unica cosa che non rispecchia il progetto originario. Stando all'idea iniziale, Gali si sarebbe dovuta sposare sotto la guaiava, ragione per cui è stata fissata precisamente quella data: subito dopo che tutti i frutti sono stati raccolti, quando l'albero è ancora in pieno rigoglio.

Yoske aveva tenuto l'albero di guaiava per Gali, resistendo nonostante le proteste di zia Zipa e nonna Sofie, che per tre settimane all'anno giravano per casa con un fazzoletto sul naso, brontolavano che «ormai tutto sa di guaiava» e incolpavano Gali e il nonno che percorrevano il giardino a braccetto, raggianti, a raccogliere i frutti avvolti in sacchetti di carta nera contro le nefaste punture della mosca mediterranea. Per tre settimane all'anno Gali e Yoske venivano confinati sulla terrazza, fino a quando Gali non era partita per il grande viaggio e si era fermata otto anni in Canada, e a Yoske non era rimasto nessuno con cui condividere quell'illecita passione. Eppure ogni anno metteva da parte le prime tre guaiave, nella speranza che lei si decidesse a tornare, una volta per tutte.

Alla fine c'era stato un cambiamento.

Era stata Eveline a proporlo. Con una mail urgente aveva spiegato che l'area sotto la guaiava era molto piú adatta alla cucina che bisognava allestire, Eveline sapeva che Gali aveva una particolare affezione per quella pianta, ma le avrebbe risparmiato un bel grattacapo se avesse accettato di collocare altrove il baldacchino. Gali non aveva motivo di impuntarsi. Aveva già dimenticato cosa c'era di cosí magico nella guaiava e nei frutti dalla polpa bianca, morbida e ingannevole. Non era importante sotto quale albero il suo matrimonio non si sarebbe celebrato, e comunque non aveva niente contro il pompelmo.

Il pompelmo andava bene.

La fila di sedie destinate agli ospiti dello sposo è vuota, di sicuro i presenti lo troveranno strano. È stato un errore insistere per separare gli invitati dello sposo e quelli della sposa. Gali deve dire a Eveline di togliere i cartelli segnaposto, cosí i suoi ospiti si sparpaglieranno e non noteranno l'assenza della famiglia di Yotam. Fra un'ora avrà inizio la cerimonia e manca ancora lo sposo. Latita. Assente.

Anati fa la sua comparsa con il vestito azzurro di Marks & Spencer. «È arrivata la fotografa, vuole fare qualche scatto prima del tramonto!» e poi sussurra: «Notizie di Yotam?»

Gali esce. Anati spiega alla fotografa la situazione e a Gali non si avvicina nessun altro, può vagabondare indisturbata per il giardino. Fuori gli ospiti cominciano ad arrivare, i suoi ospiti, naturalmente. Si diffonde una musica piacevole e con il crepuscolo si notano le lucine che brillano sui cipressi. I camerieri in grembiule nero si aggirano sorridendo e raccolgono bicchieri e piatti lasciati sui tavoli del bar.

Perché si ostina? Quello è proprio il momento – il dolce tramonto scende sulla valle e migliaia di uccellini planano sugli alberi con un chiacchiericcio fitto fitto che va pian piano spegnendosi – in cui si dovrebbe arrendere.

È in giardino, al suo matrimonio, il matrimonio che ha programmato per mesi e mesi da lontano e che adesso guarda andare in frantumi. Yotam non arriva né arriverà, non ha bisogno di ascoltare il vocale che le ha lasciato all'alba per capirlo. Gali osserva l'animazione in giardino e si domanda cosa fare, se radunare tutti e informare che la cerimonia è annullata oppure inscenare un mancamento e rinchiudersi drammaticamente in una stanza mentre all'esterno tutti si domandano cosa succede e perché. Forse non ci sarà nemmeno bisogno di inscenarlo, il mancamento, perché le gira un pochino la testa con i tanti ospiti che le si accalcano intorno, e quel brusio tutto sommato piacevole nel quale potrebbe lasciarsi cadere. Un piccolo svenimento non guasterebbe.

Di colpo si riscuote, se è un capogiro è un po' strano, è come se si sentisse mancare la terra sotto i piedi. In mezzo al chiacchiericcio Gali avverte un tremito.

rrrrrrrr

Qualcosa trema e non in senso metaforico, Gali sa che la gente ama usare quest'espressione per riferirsi a segreti occultati e insondabili che rischiano di essere portati alla luce. Non è niente del genere. Qualcosa trema per davvero, niente frasi fatte né segreti né bugie. Lo sente nelle gambe e nella pancia quel tremito, e nel vecchio pompelmo, lo stesso antico albero ai piedi del quale zia Zipa aveva accoppato un'enorme vipera ai tempi in cui lí c'era ancora la palude. Ora quel pompelmo ripara il suo baldacchino nuziale.

Il pompelmo trema, senza ombra di dubbio.

Chi non conosce quell'albero penserà che una brezza leggera può fargli fremere in quel modo la chioma. Ma Gali lo conosce come il palmo della sua mano, sa che tra gli alberi del giardino è il piú robusto e adatto per arrampicarsi, di certo piú dell'arancio con la sua forma slanciata. I rami sembrano essersi conformati per rendere facile la scalata, metti qui un piede nudo, allunghi bene una gamba ed ecco che ti offre un ramo solido dove appoggiare l'altro piede, e cosí via di ramo in ramo, fino in cima. Quando sei lí, fra i suoi rami, possono soffiare folate di vento, lo scirocco può fiaccare la valle, ma il pompelmo non si muove, ti protegge e ti culla.

Perciò Gali, che quel tremito lo sente nelle gambe e nella pancia e nelle fronde dell'albero che adesso fremono violentemente, rammenta che a mezzogiorno Sofie aveva chiesto a Yaeli se non avesse percepito un tremito. In testa le risuona Alanis Morissette che canta *Isn't it ironic?* Non sarebbe paradossale se durante il suo matrimonio si scatenasse un terremoto di dimensioni apocalittiche? Da far cadere i piatti dai tavoli e le verdure saltate in salsa Sichuan servite da camerieri giovani e garbati in eleganti piatti da portata. Un terremoto al suo matrimonio, *isn't it ironic? Don't you think?* E Gali sprofonderà giú, giú nella grande voragine che si spalancherà in mezzo al giardino e arriverà al centro della Terra.

rrrrrrrr

«È ora» commenta qualcuno dietro di lei, e un altro lo zittisce.

«Non è ancora arrivato» si sente bisbigliare.

Il ronzio che solo lei sembra notare arriva dalla postazione del dj dietro il baldacchino nuziale, dall'altro lato del pompelmo epilettico. Gli altri devono essere convinti che il ronzio da cui origina la vibrazione proviene dalle casse, sennonché la musica esce chiara, nitida: *She loves you, yeah, yeah, yeah*, la dolce colonna sonora che Gali ha scelto, un po' di anni Sessanta e Settanta, un po' di buona vecchia musica israeliana e alla fine pop orientaleggiante ma non troppo, per ballare.

Non arriva dalle casse.

rrrrrrrr

«Siete riusciti a parlare con i genitori di Yotam? Dobbiamo proprio cominciare».

Eveline.

«Per adesso sono arrivati solo i nostri ospiti. È il caso di telefonare?»

Anati.

«Scommetto che c'è un ingorgo pesante nel Wādī 'Āra».

Bentzi.

Il ronzio diventa un ruggito. Gali si guarda intorno, possibile che nessuno lo avverta? Sono tutti concentrati sui piattini vintage con il bordo dorato. Si domanda se qualcuno riesca a notare i fiorellini delicati sotto quella massa di salsa oleosa. E il vaso con le felci, ci ha messo una settimana a scegliere fra quello e un terrario pieno di piante grasse e adesso occupa tutto il tavolo e non lascia spazio per appoggiare i piatti. Quanto le era parso importante, tutto questo.

rrrrrrrr

D'un tratto, chissà perché, le torna in mente una visita notturna allo zoo safari. È successo molto tempo fa, prima che lei e Yotam decidessero di partire per il Canada. Era un regalo da parte della società di assistenza clienti in cui lavoravano entrambi. Un bonus.

La visita cominciava al crepuscolo e un trenino li aveva portati nella zona africana. Quando era calato il buio il treno si era fermato vicino all'area dei leoni, già rinchiusi nei recinti per la notte. La guida li aveva condotti all'interno di quell'area, alle gabbie in cui le fiere dormivano. I leoni si mostravano in tutta la loro potenza di enormi, superbi gattoni spaventosamente grossi.

Gali, Yotam e alcuni altri erano lí a sentire la spiegazione, quando un leone aveva inaspettatamente emesso un brontolio. Era stato un brontolio, non un ruggito, ma quel verso risuonato fra le gabbie, cosí improvviso e assordante, era rimbalzato come una pallina da ping-pong tra le pareti di cemento del recinto. Gali l'aveva sentito rimbombarle in tutto il corpo, non solo nelle orecchie, e aveva fatto un salto per lo spavento. Tutti erano scoppiati a ridere e gli altri leoni si erano agitati e avevano cominciato a loro volta a brontolare, non a ruggire, solo a brontolare, e Gali era scappata via, seguita da tutti gli altri perché l'orecchio umano, a quanto pare, stenta a tollerare il ruggito di un leone, tanto piú se basta un brontolio leggero a sconvolgerti cosí. Dopodiché tutti, Yotam incluso, avevano preso bonariamente in giro Gali fino alla fine della visita.

Adesso Gali se lo sente nelle ossa.

IL RUGGITO

Il pompelmo si dimena come fosse posseduto da un *dibbuk* e poi si schianta. Il pompelmo. Non sul baldacchino nuziale (*Isn't it ironic?*), ma cade all'indietro, il tronco liscio schiaccia la postazione del dj che riesce a saltare di lato un secondo prima che gli crolli addosso, mentre i lunghi rami, carichi di frutti maturi, sfondano i tavolini da bar sparsi tutt'intorno.

Gli ospiti disorientati rimangono immobili per un istante prima di schizzare istericamente in tutte le direzioni. Gali li fissa ipnotizzata, adesso la terra si spalancherà e tutti precipiteranno nel baratro.

Ma nulla si muove, neanche Gali.

Guarda di lato, uno dei camerieri le parla ma non riesce a capire cosa stia dicendo, le labbra si muovono lentamente. Sente che cerca di tirarla, ma lei oppone resistenza. Adesso invece di rivolgersi in basso il suo sguardo sale verso l'alto, perché dal tronco dell'albero erompe un enorme getto d'acqua, una fontana mostruosa che per una frazione di secondo scherma il baldacchino nuziale come un'immensa cupola di vetro, mentre la luce dell'ultimo sole lo ammanta.

SPLASH

Tutti intorno a lei corrono, cercano di trascinarla lontano, ma Gali non si muove. La maggior parte degli ospiti in ghingheri fugge via dal giardino. Qualcuno, frastornato come lei, rimane.

I responsabili del catering in grembiule nero corrono avanti e indietro per salvare cibo e masserizie.

Le ricordano le formiche mietitrici, che un attimo prima della pioggia marciano in file ordinate dirette al nido, senza alcuna preoccupazione al mondo. Poi cade una goccia. Si fermano, captano l'aria con le lunghe antenne e proseguono, decise a ignorarla. Le gocce seguenti diventano difficili da ignorare e la fila si disperde.

Come riescono a ricostituire le file? Come si fa a rientrare in ranghi ordinati dopo l'alluvione? Gali non lo sa.

«Qualcuno chiuda il rubinetto!»
«È chiuso! Non è il nostro rubinetto!»
«Allora di chi diavolo è questo tubo?»

Se Sofie fosse lí commenterebbe: «È solo acqua».

Direbbe: «Per fortuna non è cacca, che ci si rovescia sulla testa».

Gali vede Yaeli correre verso di lei con un grosso vassoio sul capo per ripararsi.

«Proprio oggi che avevo finalmente i capelli in ordine!» grida al disopra del frastuono dell'acqua che continua a scrosciare. «Vieni!» Afferra il braccio di Gali e la tira verso casa.

Quando sono al riparo da quella cascata d'acqua si fermano un istante, vicine, una con il pancione da nono mese e un vestito di stoffa sintetica appiccicato al ventre e alle cosce, l'altra con l'abito da sposa in seta selvatica che non tollera acqua, pioggia o lacrime.

Restano a strizzarsi i capelli.

«*Nu*, per fortuna non ci si è rovesciata della cacca sulla testa» scoppia a ridere Yaeli.

E Gali pensa un attimo e chiede: «Senti, ma tu l'hai vista la nonna da questo pomeriggio?»

Sofie solleva le gambe dolenti sul letto, è talmente stanca che non ha avuto la forza di sfilarsi le ciabatte. Ha sentito i passi pesanti del marito che si trascinava in giro per la cucina, l'acciottolio dei piatti e persino il rumore delle ossa di pollo succhiate. In effetti esiste la possibilità che non abbia davvero sentito masticare e succhiare ma abbia solo supposto di averlo sentito, ormai conosce bene ogni suono e singulto e risucchio e schiocco, del resto non potrebbe essere altrimenti dopo sessanta e piú anni.

Poi lo ha sentito strascicare le gambe lungo il corridoio verso la camera da letto, è comparso sulla soglia e le ha chiesto cosa succedeva perché non era affatto normale vederla riposare sul letto in pieno giorno. Gli ha risposto qualcosa e lui ha ribattuto e poi Sofie ha chiuso gli occhi perché non aveva voglia di continuare a parlare con lui, la spossatezza la fiaccava.

Sente labbra e bocca asciutte, una secchezza che

scende dentro di lei mentre le parole provano a farsi strada nella direzione opposta, a venir fuori. Di solito tiene un bicchiere d'acqua sul comodino, ma gli occhi rifiutano di aprirsi. Cerca a tentoni finché non incontra qualcosa di fresco, potrebbe essere il suo bicchiere ma non è detto. La mano le ricade penzoloni, non importa, fra poco si alzerà dal riposino, berrà e si vestirà.

Sotto le palpebre pesanti, i suoi occhi si muovono di continuo. Pensieri, pensieri, pensieri. Pensa: bisogna chiudere la porta di casa a chiave prima del matrimonio, saranno tutti fuori alla festa, qualcuno potrebbe entrare di soppiatto, approfittando del buio e della musica rumorosa, e rubare il televisore o i sonniferi o una delle spade della collezione di Yoske.

Delle spade a Sofie non importa niente, per lei non sono che ciarpame arrugginito a cui Yoske dedica tutto il tempo che ha. Tempo che dovrebbe dedicare a lei. È un vero intenditore, lo dicono tutti, certi arrivano da lui in pellegrinaggio e a loro risponde con pazienza, spiega delle spade del Medio Oriente o dell'Europa orientale (Sofie le confonde) e si vanta della raccolta di coltelli ed elmetti nazisti.

A Sofie la svastica dà i brividi, non la vuole intorno in salotto. Per Yoske è una vittoria. Dice sempre: «In Europa, quando un esercito sconfiggeva l'altro i vinti consegnavano le armi ai vincitori» e lui, ebreo, superstite, in Israele, colleziona baionette della Wehrmacht. Cosa ci può essere di piú simbolico?

Se è il momento della resa dei conti, allora Sofie conclude di non essere interessata alle spade. E conclude anche che quelle spade hanno rovinato la vita che poteva avere con Yoske. Come concubine lussuriose, si sono pian piano intrufolate in casa nel corso degli anni, hanno occupato un muro dopo l'altro e Sofie è stata costretta a trasferirsi in cucina, e da lí adesso le resta un solo posto dove si può trasferire.

Ci aveva provato a interessarsi. Diverse volte. Come quando aveva seguito il corso sulla cultura giapponese all'Università della terza età e in una diapositiva aveva visto una spada simile a quella che tengono sulla credenza, in sala, vicino alla *hannukiah*, il candelabro a nove bracci.

Tornata a casa aveva chiesto a Yoske un mucchio di informazioni sulla spada. All'inizio lui le aveva risposto vago, non credeva che lei fosse davvero interessata. Quando Sofi aveva insistito, d'improvviso negli occhi del marito si era accesa una scintilla. Sofie si era seduta nella poltrona di fianco a lui a sentirlo raccontare della spada lunga, la katana forgiata da un artigiano giapponese (in effetti Sofie quella storia se la ricordava e ricordava anche che gli era costata un capitale). Sofie poneva domande appropriate e Yoske se n'era reso conto, e nonostante le facessero male le gambe su quella poltrona bassa, non aveva osato alzarsi.

Sembrava che avessero di nuovo qualcosa da dirsi, anche se in effetti era solo lui a parlare, lei si limitava ad ascoltare. Quel pomeriggio erano fluite cosí tante parole fra loro, di certo piú di quante se ne fossero scambiati in diversi anni di smozzicate frasi quotidiane («vieni a mangiare» o «c'è una telefonata per te»), ma le parole nuove non avevano resistito a lungo, forse perché lei non era riuscita a coltivare l'interesse per la collezione. Lui era tornato alla sua radio e lei alla sua soap opera, e lo scambio di termini complessi e gli sprazzi di interesse reciproco erano evaporati.

In sessanta e piú anni di vita coniugale è impossibile non restare delusi.

La sua mano, scivolando mentre cerca il bicchiere, percepisce qualcosa di metallico sotto il materasso. Sofie tasta di nuovo per trovare la freschezza metallica sotto di sé. Le viene in mente che una volta Yoske aveva infilato sotto il materasso un lungo coltello che lui stesso aveva realizzato nel suo laboratorio in magazzino – la copia di una qualche spada ornata di fregi arabescati vista su un catalogo –, in caso qualcuno avesse tentato di introdursi in casa loro di notte. Sofie ricorda che lui l'aveva messa dal suo lato del letto e si domanda come si sia potuta spostare tanto. Sono passati parecchi anni, possibile che i vari movimenti nel corso del tempo l'abbiano spinta dalla parte di Sofie?

A occhi chiusi, con le dita deformate, quelle dita che la mattina riesce con difficoltà a distendere, estrae la lama da sotto il materasso. Se la posa sul petto e le scivola sul corpo fermandosi alle ginocchia. Non teme di tagliarsi. Alla sua età non si ha piú paura di niente, è da stupidi aver paura.

Rimane cosí distesa per parecchi minuti con la lama vicinissima al cuore. Fra poco comincia il matrimonio, dovrebbe alzarsi e vestirsi, indossare la camicetta viola intonata ai capelli che fra un attimo andrà a mettere in piega con i bigodini. Ma non riesce a sollevarsi e nemmeno ne ha voglia. L'unica cosa che desidera è restare appisolata sul letto, non aprire le palpebre, ha la sensazione che siano appiccicate con l'Attak. È tanto stanca. Desidera solo dormire e dormire e dormire e sognare la propria morte.

Magari la troveranno dopo la cerimonia, sí, spera che sia cosí, non prima, con tutto quell'ambaradan non noteranno la sua assenza. Anati e Bentzi saranno di certo arrivati dall'estero, saranno tutti tesi e non si accorgeranno che lei non c'è. Solo dopo, quando rientreranno stanchi e un po' brilli alla fine della festa, forse vorranno contare gli assegni ricevuti in regalo nel loro salotto o fare un ultimo brindisi, e si renderanno conto di non averla vista, che Sofi non ha partecipato alla cerimonia.

Chiameranno ad alta voce «Nonna!», «Mamma!», «Sooofke!» e la cercheranno, prima in cucina, dove sarebbe piú logico trovarla, poi in bagno, potrebbe essere caduta come tutti i vecchi traballanti, e in ultimo in camera da letto, Gali o Yaeli per prime e sentendo un grido si precipiteranno lí anche gli altri.

«È morta! È morta!» Yaeli o Gali o Anati grideranno a squarciagola, isteriche. La scena sarà effettivamente piuttosto truculenta. Una chiazza di sangue la contornerà come l'aureola di una santa cristiana.

Poi uno di loro, senz'altro Bentzi che ha esperienza nella protezione civile, guarderà meglio e dirà: «Un attimo! Credo che respiri ancora, chiamate subito la polizia e un'ambulanza! In fretta! In fretta!»

Da tutte le direzioni rivolgeranno a Sofie occhiate terrorizzate. Nessuno di loro sarà in grado di capire l'entità della gioia che riempie il suo corpo che ormai si è arreso. Il suo vecchio corpo cerca di prendere gli ultimi respiri con la lunga lama adorna di arabeschi orientali conficcata nel petto.

Solo Yoske avrà il coraggio di sederle accanto. In quei sessanta e piú anni l'ha già vista in pessime condizioni. Le stringerà la mano fredda nella sua calda e le dirà: «Sofke, cos'è successo? Da dove arriva questa spada?» e, nonostante l'espressione inorridita, Sofie lo vedrà osservare e scrutare la spada con il medesimo interesse con cui osserverà la donna nel cui petto è infilzata.

«È la spada che si trovava sotto il materasso? Ma è inconcepibile! Sofke, è incredibile! Assolutamente incredibile!» e la fisserà con una luce negli occhi, e lei rantolerà qualcosa per via della gola secca, e lui le avvicinerà alle labbra il bicchiere d'acqua sul comodino e la farà bere.

In quel momento lei saprà che doveva andare cosí, cosí doveva morire. Non un arresto cardiaco durante un tranquillo sonnellino pomeridiano, non una caduta in giardino per un'embolia, non un virus o un'influenza estiva che le logora il corpo per settimane.

Doveva morire cosí, con gli occhi ammirati di Yoske fissi sulla lama, ma anche su di lei.

«Sofke» ripeterà un'ultima volta e poi si chiuderà nel silenzio.

E che importanza avrà com'è arrivata lí la spada, come avrà fatto a lacerarle la pelle grinzosa e rugosa, a incidere tessuti e muscoli e riempirle il corpo agonizzante di un'ultima, vera felicità.

I suoi occhi ora si muovono piano sotto le palpebre pesanti. Le dita che hanno frugato sotto il materasso desistono. Il respiro di Sofie si fa piú lento. Continua a pensare, ma meno. Le parole non si compongono piú in immagini nella sua testa.

Vede Nilli, fulgida, svolazzare senza che nulla la trattenga e Shimale sulla poltroncina rossa a piegare i suoi fogli, circondato da migliaia di gru sfavillanti e angeliche. Cerca Zipa, ma ancora non compare. È come tutti dicono, c'è una luce e una galleria dalla quale Sofie si sente attratta, che lo voglia o meno. Ecco Zipa, bene, ha deciso di venire. Zipa allunga una mano sicura per portarla verso la luce e Sofie stringe la mano che la sorella le tende. I fratelli Meyerson si ritrovano finalmente uniti come sempre avrebbero dovuto essere, solo che adesso andrà bene, Sofie se lo sente.

Cammina, o svolazza, in direzione di quella luce che è forte e insieme piacevole, uno strano sole. Ancora un passo e arriverà, ma gli occhi si muovono ancora inquieti, c'è un'ultima faccenda da concludere. Sofie non si farà prendere per il naso, mai e poi mai. Verifica con il guardiano all'ingresso un secondo prima che il suo piede, ancora calzato delle ciabatte ortopediche, si posi nella galleria bianca. Il guardiano annuisce: l'anima di Sofie in cambio dell'anima della bambina, sí. Bambina? Bene, adesso Sofie sa tutto, non si è fatta fregare, niente imbrogli altrimenti se ne sarebbe tornata indietro. Un'ultima stretta di mano, un altro passo dentro quel biancore sconfinato, le pupille smettono di muoversi sotto le palpebre abbassate, è finita.

«Sofke!!!»

«Nonna!!!»

«Mamma!!!»

«Non sta dormendo!»

«Non ci posso credere! Com'è successo?»

«Sei sicura che sia morta? Come puoi essere sicura? Bisogna chiamare l'ambulanza!»

«Cosa ci fa questa spada qui per terra? Papà!»

«Non è una spada, è un coltello, una copia speciale che ho fatto anni fa, se guardi bene...»

«Papà! Ma davvero a questo stai pensando adesso?»

«Siete impazzite? Bisogna farle la rianimazione! Gali, chiama un'ambulanza! Lasciatemi spazio, per favore!»

«Non ci posso credere! Non ci posso credere! Non ci posso credere!»

«Portate via Yaeli, è isterica!»

«Non sono isterica!»

«C'è una pozza intorno a te, asciugati altrimenti ti ammali!»

«Penso che mi si siano rotte le acque».

Bentzi dice sempre che quel paese è un buco nero che ti risucchia senza lasciarti la possibilità di opporre resistenza, o un cunicolo spazio-temporale, entri in un punto determinato e un tempo determinato e poi si distorce tutto e non hai controllo su come e dove arriverai all'uscita. Adesso Anat si sente proprio come Alice: questa mattina era a Earl's Court, a Londra, dove tutto è ordinato e piacevole, l'erba verde e il sole pallido, e *bum!*, di colpo è precipitata nel pozzo polveroso e atterrata con un colpo poderoso dentro la festa del Cappellaio Matto. Bella similitudine, da annotare, perfetta per l'articolo che ha cominciato a scrivere sulle donne durante il puerperio.

Tutto perché in quella casa ognuno fa quel che gli pare senza tenere conto degli altri. Nessuno dice la verità. Mai. E sí, si rende conto che comincia a parlare come Sofie, evidentemente a qualcuno tocca prendere il suo posto.

Chi deve assistere prima? Suo padre, seduto mesto in poltrona, o Yaeli, trasferita d'urgenza in ospedale con l'ambulanza destinata a Sofie? Chi anteporre? Il passato che incartapecorisce in poltrona o il futuro, la speranza, o per lo meno la possibilità di una speranza? E poi c'è Gali con la sua serata, che è stata travolta da una cascata d'acqua arrivata da chissà dove.

Dopo un meraviglioso anno di assenza, Anat è tornata. Cosa deve fare? Yoske, Gali e Yaeli hanno tutti e tre bisogno di qualcuno stasera, e lei è una sola. Per fortuna con Sofie c'è Bentzi, che l'ha accompagnata nella seconda ambulanza. Non capisce come abbia potuto non accorgersene prima. Lei, Anat Shteinman Tavor, che ha scritto decine di libri su come essere genitori, sulle donne e la maternità, che viene invitata a tenere conferenze sull'argomento in tutto il mondo, sta scoprendo alcune cosucce sulla sua famiglia. Per esempio, il fatto che Yotam non è arrivato al matrimonio e a quanto pare non è stata una vera sorpresa.

Yoske passa dalla poltrona al bagno e poi si va a distendere sul grande letto. Si sdraia sul copriletto a fiori senape e marrone che Sofie rassettava ogni santa mattina, senza eccezioni. Ha gli occhi chiusi ma tamburella le dita sul petto. Anati gli si corica a fianco, dal lato di Sofie.

«Insomma, è finita» constata Yoske.

«Sí» dice Anati.

«Dovevo essere io ad andarmene, non lei».

«Non mi risulta che sia un programma a richiesta».

«Era un patto che dovevo fare con quel maledetto lassú, io e la mia vecchia carcassa in cambio del bambino di Yaeli. Ma, come sempre, tua madre ha dovuto prendere il comando e fare di testa sua. Non mi dà mai fiducia».

«Di cosa stai parlando?» chiede Anati e si domanda se Sofie non avesse ragione quando diceva di lui: «È demente, del tutto demente».

«Cosí ha deciso, quella prepotente di tua madre, e cosí è, non c'è piú niente da fare» prosegue Yoske, e richiude gli occhi. «Fortuna che almeno con la casa abbiamo avuto successo».

«Scusa, cos'è che dici della casa?» Anati rizza le orecchie.

«Nulla, non importa».

«Si tratta della casa di Zipa?»

«Anati, parliamone quando tua madre sarà sottoterra e non potrà controllare anche questa faccenda».

«Papà! Ha a che vedere con quell'avvocato, Singer?»

«Singer è una marca di macchine da cucire, ne ho aggiustate diverse a suo tempo ma questo...»

«Non si può aggiustare... sí, la barzelletta l'ho sentita mille volte, cosa c'entra Singer con la casa?»

Silenzio. Yoske allunga la mano verso la maschera per l'ossigeno e gira lentamente la manopola della bombola ai piedi del letto. Prende alcune boccate che ad Anati sembrano un po' troppo teatrali.

«Insomma?»

«Basta, Anati, sono stanco» risponde con voce fioca.

«Spero davvero che non abbiate combinato niente di irreparabile» insiste Anati.

«La commedia è finita, come diceva sempre tua madre».

«Papà!»

Ma Yoske non risponde, finge di dormire, e Anati rimane a fissare il soffitto che si sta scrostando, mostra tre strati di sfumature di colore diverse. È cosí stufa di essere arrabbiata. Con i suoi genitori. Con il paese. Con Bentzi. Resta lí distesa e le giunge alle narici il familiare odore di Sofie, quello della crema ormai fuori commercio. Quando Sofie aveva scoperto che la ditta aveva smesso di produrla, era passata da tutte le profumerie di Afula, una dopo l'altra, e aveva acquistato tutte le confezioni rimaste. L'armadio aperto rivela ad Anat un intero scaffale zeppo di tubetti conservati insieme alle cianfrusaglie dei suoi «affaroni». Solo una settimana fa Sofie le ha chiesto di cercare quella crema in Inghilterra e adesso in sala ce n'è una valigia piena.

Qualcosa si diffonde nell'aria, difficile definirlo, è simile a un mormorio fra le cime dei cipressi del giardino. Anati pensa che forse è l'illusorio autunno israeliano o l'odore tenue, vago, di Sofie, che le aleggia intorno. Ma no. Questa volta si tratta di altro. Di un nuovo inizio.

Rubi lancia il suo pick-up sulla strada buia che porta ad Afula, senza ben sapere perché. Si rende conto che una volta arrivato si sentirà stupido, eppure, dopo aver incrociato Gali che, mentre correva verso casa bagnata come un topo ma arrogante come sempre, ha accennato a una denuncia e al fatto che a Yaeli si erano rotte le acque, non ha esitato un secondo. Yaeli gli ha assicurato che quella faccenda non lo riguarda, certo, ma lui non ne è del tutto convinto. Ha la sensazione, forse la speranza, che il bambino possa essere suo. Sa che nella realtà non funzionerebbe e il pasticcio che è successo oggi di certo non aiuta, ma non importa, va bene comunque.

Solo una volta arrivato al reparto maternità si rende conto di essere lercio, bagnato e coperto di fango. In quell'ingresso tirato a lucido si mette in cattiva luce fin dal primo istante, eppure si avvicina ugualmente all'accettazione per chiedere dove si trova Yael Tavor.

«Lei è un famigliare?» gli chiede l'impiegata.

«Un amico di famiglia» risponde.

Una clamorosa menzogna.

«Ho una Yael Walters Tavor» gli comunica.

«Sí, esatto» dice Rubi.

«Solo i famigliari accedono alla sala d'attesa delle sale operatorie» spiega la donna. «Può aspettare nell'atrio. Il nome apparirà sullo schermo non appena concluderanno l'intervento». L'intervento?

Rubi crolla su una delle sedie della sala, che scricchiola rompendo il silenzio. Chi è dentro con lei? Gali non è ancora uscita e Anati è a casa. Peccato non avere reagito piú prontamente, doveva rispondere che era il fratello, magari il marito.

Rimane qualche minuto seduto, poi gli squilla il telefono.

«Rubi». È Ah'arale.

«Cosa?»

«Abbiamo bisogno di te con urgenza, dove sei sparito? Siamo riusciti a contenere la perdita e qualcuno deve controllare che inseriscano il tubo riparato nel posto giusto».

Rubi sbuffa indignato.

«Siete incredibili! Dopo quello che è successo insistete con il vostro progetto demenziale? Scordatevi di me».

«Ma Rubi» balbetta Ah'arale, «noi veramente...»

«Porca miseria, adesso tutto il paese sa cosa combinate. Io non ci sto piú, basta, chiuso. Dillo a Yatir».

Nel momento in cui le parole gli escono dalla bocca sente, anzi sa, che ce la può fare: tirarsi fuori, aiutare Yaeli, essere il padre del bambino. Ci può riuscire.

Dal telefono provengono dei rumori.

«Rubi, torna subito qui. Cosa ti prende?» Il telefono è passato a Yatir. «Non è successo niente, si procede secondo i piani». Ma Rubi ormai è altrove, indietro non torna, neanche se lo coprissero d'oro.

Si accomoda sulla poltrona e guarda il tabellone che viene aggiornato: 22595 Yael Walters, sala operatoria, Dr. Bar Lev.

«Non è successo niente, Yatir? Si procede secondo i piani? E cosa accadrà domani? Come spiegherai cos'è successo? Ne parlano tutti, le voci corrono».

«Ma sí, ma sí, che corrano. Domani diremo quello che va detto e la chiuderemo lí. Insomma, ragazzo, sei nato ieri?»

«Buon per voi» risponde Rubi, «io però adesso non posso venire. Non posso». Si sente sgravato di un peso, mentre dice quelle parole a Yatir. «Non posso». Quanto è stato semplice, facile. La faccenda è chiusa. Ma in quel momento con la coda dell'occhio nota un tizio che entra di corsa nell'ospedale. Gli pare di riconoscerlo. Ci mette un attimo a collegare, e quando quello dice all'impiegata: «Yael Tavor-Walters o Walters-Tavor» e poi: «Sí, sono il marito» e sparisce precipitoso nel corridoio delle sale operatorie, tutto torna.

«Perché? Dove sei cosí indispensabile?» sente la voce sarcastica di Yatir, per un attimo aveva dimenticato di essere ancora in linea. Rubi lancia un'occhiata verso il corridoio vuoto in cui è scomparso David, dopodiché abbassa gli occhi sulle scarpe coperte di fango, sui pantaloni fradici e sulle proprie mani, improvvisamente tanto simili a quelle callose di suo padre. Vede intorno a sé le grandi famiglie sedute ad aspettare. E lui chi è per Yael?

«Rubi, cosa ci fai qui?» gli chiede Anati che si è materializzata all'improvviso. Porta ancora il vestito della festa ormai stropicciato e il volto è impiastrato di trucco sbavato. Si siede sul divano davanti a lui e prende dalla grossa borsa un pacco di salviette umidificate. «Lo sai che c'è qui Yael? Anche tu hai dentro qualcuno?» domanda mentre si pulisce la faccia e si ravvia i capelli. Rubi non sa cosa dire, di colpo si rende conto di quanto è superfluo, di come tutti i progetti assurdi che si è fatto sono solo stupide fantasie.

«Sí, devo proprio andare» dice. Anati annuisce e continua a sistemare la grossa borsa che ha con sé. «Aspetto qui che mi chiamino per entrare, autorizzano un solo accompagnatore e c'è dentro suo marito».

Adesso è tutto chiaro. È finita. Lui è tornato. Rubi resta comunque seduto qualche altro minuto con gli occhi fissi sugli scarponi. Poi si alza. Anati è impegnata al telefono e non riesce a catturare il suo sguardo per salutarla. Un attimo prima di uscire lancia un'ultima occhiata al tabellone con i nomi che si susseguono.

22595 Yael Walters – sala risveglio.

TERZA PARTE

Ottobre – mese di Cheshvan

In ritardo per il ballo

È arrivata in ritardo.

La pioggia. Chi altri?

Avevamo sempre pensato che quando fosse arrivata saremmo stati pronti, ci saremmo risollevati dalle ceneri per sfrecciare in alto come la fenice.

Ma non è andata cosí.

Quando è arrivata, d'improvviso, in anticipo sulla stagione, non eravamo pronti, non credevamo davvero che quella volta facesse sul serio. Non contavamo nemmeno su una spruzzatina che ci avrebbe lasciati per tutto l'inverno in attesa con la speranza nel cuore.

Eravamo convinti che il picchiettio che sentivamo su pergole e fienili fossero gli aghi dei cipressi e le pigne che, come sempre portati dal soffio dello scirocco, si fingevano grosse gocce di pioggia.

C'erano stati tempi in cui correvamo fuori per ogni goccia sporadica, ancora fiduciosi nelle previsioni che annunciavano cose buone. Ogni volta ci illudevamo. Ci sedevamo sul trattore e vedevamo la pioggia scrosciare sui campi del kibbutz vicino. Smontavamo, e il nostro campo – a duecento metri dall'altro – era secco come il Sahara.

All'inizio non capivamo, non ci arrivavamo.

Dopo diversi inverni di siccità si presentarono gli esperti. Controllarono, misurarono, si consultarono con i colleghi all'estero, girovagarono per il paese con il loro armamentario e ci trattarono da cavie da laboratorio.

Dopo un anno si ritirarono portandosi dietro armi e bagagli. Non sapevano perché succedeva, avrebbero continuato a verificare, ma intanto qui da noi non restava altro da fare. A volte capitano fenomeni naturali per i quali non esiste spiegazione.

Allora cosa dovremmo fare? insistemmo. Ve ne andate cosí in fretta? Non sarebbe il caso di controllare meglio?

Ma loro raccolsero gli strumenti e si dileguarono, a eccezione di uno che rimase ancora qualche giorno e alla fine, prima di salire sul suo furgone ammaccato, ci disse: «Sapete, a volte quando la casa ha problemi è il caso di controllare le fondamenta».

Allora gli chiedemmo: «Giovanotto, è scientifica questa sua raccomandazione?» E lui sorrise e rispose: «È solo un'ipotesi, solo voi sapete cosa tenete sotto le mattonelle». Dopodiché sbatté le portiere posteriori, si piazzò al posto di guida e mise in moto.

Ed ecco, ecco che la pioggia torna.

Picchietta allegra sul capannone della stalla grande, bagna i giochi nel giardino della scuola materna. L'acqua fluisce in rivoli dagli appezzamenti ai canali di scolo che da tempo ormai hanno dimenticato la loro funzione.

Come il figliol prodigo, è tornata!

Adesso scende come una cortina torbida che nasconde tutta la bruttezza, lava tutta la sporcizia e la sozzura di questo luogo.

Allora, quando Yoske arrivò da noi paonazzo di rabbia, stringendo fra le mani una vecchia carabina che doveva aver recuperato da qualche nascondiglio (quel tipo frugava dappertutto e dopo sosteneva che l'oggetto apparteneva a chi l'aveva ritrovato), gli dicemmo: «Ohi ohi ohi, fa' attenzione con quell'affare».

«Fa' attenzione?» si mise a urlare. «Fa' attenzione? Vi assicuro che la pagherete cara!»

«Pagheremo cosa?» gli rispondemmo. «Un momento,

calmati, che ti prende? Ti è saltata qualche rotella?» (Con una moglie difficile come quella, doveva succedere prima o poi che anche lui ammattisse.)

«Cosa vi ha fatto?» gridava, con gli occhi quasi fuori dalle orbite, schiumando di rabbia. «Cosa vi ha fatto, per conciarlo in quel modo?» Urlava ed era tutto rosso e caricò il fucile, noi ci guardammo l'un l'altro.

«Yoske, di cosa stai parlando?»

Cosí venimmo a sapere cos'era successo al ritardato. Dei bastardi l'avevano massacrato di botte (non poteva essere il lavoro di una persona sola una violenza del genere) e poi l'avevano lasciato sulla soglia di casa ed erano scappati. Vigliacchi!

Assicurammo a Yoske che non ne sapevamo niente e che saremmo andati a controllare tutti, uno per uno, e lo facemmo davvero, ma nessuna delle canaglie ben note volle confessare. Giurarono sul sacro nome dei capi del movimento laburista, Tabenkin e Katznelson, di non avergli fatto niente a parte i soliti dispettucci che nessuno può impedire.

Controllammo anche tra i ragazzi, un branco di scervellati: se c'era un colpevole, era uno di loro. Ma neanche loro confessarono, nemmeno uno a cui torcemmo un po' le braccia e le ginocchia, e dopo tre giorni tornammo da Yoske a mani vuote.

Nel frattempo il ritardato era stato dimesso dall'ospedale e aveva un aspetto ancora piú spaventoso e deforme di prima.

«Nessuno confessa» spiegammo a Yoske. Sofie mormorava tra i denti, ma la ignorammo.

«Non ti preoccupare» cercammo di placarlo, «domani spediremo tutti quei disgraziati di ragazzi in un campo di lavoro nella Valle del Giordano fino a fine estate, mangeranno merda e mosche e sputeranno l'anima con quarantacinque gradi all'ombra».

Era davvero il massimo che potevamo fare, in quella situazione.

«Invece ci sarebbe moltissimo da fare in questa situazione» commentò Sofie, «per esempio, ci si potrebbe rivolgere alla polizia». Non le rispondemmo. Per carità, è una brava donna, ma non è il suo voto che ci serve per le decisioni del Consorzio, a noi interessano solo i capifamiglia.

Aspettammo la risposta di Yoske. La furia era scemata ed era occupato a costruire i gradini che portavano al secondo piano della casa di Zipa, aveva la bocca piena di grossi chiodi.

«Mmh...ppp...» disse, e indicò la porta con la mano, senza rabbia. Capimmo.

Mentre uscivamo vedemmo Zipa che zappava il giardino.

Ci trapassò con uno sguardo di puro odio. «Farabutti» sibilò come una vipera. Si sputò sulla mano, la strofinò con l'altra e riprese a zappare.

Fu cosí che lo rinchiusero lassú.

Yoske costruí le scale, poi piastrellò il solaio e rinforzò alcune colonne portanti. Noi raccogliemmo un po' di soldi, perché in effetti quella faccenda ci metteva a disagio, gli comprammo una bella risma di foglietti colorati per i suoi origami e fine della storia.

Oggi possiamo ammettere che se avessimo sollevato qualche mattonella quando quel professorone ci consigliò di farlo, non saremmo rimasti tanti anni senza pioggia. Forse sarebbe stato tutto diverso. Il paese, le coltivazioni e le maledette nuove costruzioni.

Ma chi sa come funzionano davvero le cose?

Qui in questa valle, dove l'aria in estate è densa come una pappa e d'inverno le ossa gelano con la pioggia e anche senza, chi ha tempo di ripensare a dove sbagliammo?

Commettemmo degli errori. Chi non ne commette?

Ma tirammo dritto, perché chi non va avanti si affossa e il fango nero di questa valle è un pantano pesante. Bisogna stare in movimento, spostarsi di continuo.

Ci affondammo comunque, in questo fango, ma forse non tanto velocemente quanto avremmo dovuto.

Affondammo piano, senza rendercene conto.

Affondammo quando pensammo di riuscire a resistere senza pioggia. Ci abituammo a vivere in questo posto anche senza pioggia. I prestiti statali si vanno consumando, i rubinetti si aprono e si chiudono in base al volere dei politici.

Noi eravamo convinti, avevamo una buona sensazione: con il ritorno della pioggia le cose sarebbero migliorate. Non potevamo accettare che gli anni passati avessero cambiato il paese e i suoi abitanti.

Chi arriva dalla città o dal kibbutz e non ci conosce dai vecchi tempi crede di aver trovato una casa. Costruiscono le loro megaville nell'ampliamento e sognano di entrare a far parte di una comunità cooperativa. Una comunità solida come una volta, dicono, come ai bei tempi. Non sanno di cosa parlano. Forse loro riusciremo a farli fessi, con i baffi e il cappellaccio da contadini e le favole sulla Valle.

Dopo il disastro con le condotte dell'acqua e l'ampliamento facemmo un passo indietro, ma adesso la pioggia è tornata, lava e danza sulle vecchie tombe del cimitero rivelando le incisioni sulle lapidi antiche, annuncia pubblicamente a chi appartengono davvero queste terre e ci ricorda perché siamo ancora qui.

Siamo gli ultimi rimasti del coro che sapeva parlare a una voce, limpida, sonora. La pioggia alla fine è arrivata e siamo gli unici a uscire a ballare sulle rovine, al ritmo delle sue gocce.

A volte Nilli pensa che, se non fosse morta lei, qualcun altro avrebbe dovuto rendere conto per quanto successo.

A volte pensa di essere stata lei a pagare, altre invece di non aver pagato un centesimo.

Da vivi si crede che quando si arriverà lassú si riceveranno tutte le risposte alle domande esistenziali. Ma non è cosí. Gli stessi dibattiti su peccati e punizioni e sul libero arbitrio proseguono negli incontri bisettimanali celesti, e nessuno fornisce risposte. Un paradiso post moderno in cui non esiste una verità assoluta e vengono rispettate le credenze di tutti. Di fatto non è il paradiso e nemmeno l'inferno. È un'altra cosa, che lei non sarebbe stata capace di immaginare mentre si teneva stretta la vita nel suo letto dell'hospice.

Vero è che dal momento in cui ti trovi quassú moltissimo di quello che ti muove là sotto svanisce, si dissolve, cessa di esistere, esattamente come te.

Non ci sono grandi arrabbiature, amori o odi, neppure il rammarico, il sentimento che l'ha accompagnata per tutta la vita. Sa che è triste aver lasciato tre figli, due adulti e la terza di vent'anni e poco piú (ma si sente ancora una bambina abbandonata), due genitori anziani e una sorella che non ha mai sopportato. Ma non prova molto al riguardo, e forse è proprio questa la cosa positiva: qui si prova molto poco. Persino nei confronti del suo ex marito, del quale da quassú vede bene la clessidra prossima a svuotarsi, non prova alcun sentimento. Non per questo non le interessa dove lo manderanno. Spera davvero non qui. Se esiste una persona che merita di finire all'inferno, quella persona è Claude. Il rancore ti rimane inciso nel cuore, anche quando il cuore è ormai freddo come una pietra.

Un altro postulato rischia di rivelarsi infondato quassú: quando lasci il mondo ti riunisci con i tuoi cari e con chi ti è mancato in vita. Nilli, per esempio, non ha ancora incontrato nessuno che conosce, nemmeno Shimale, l'unico a cui deve rendere conto veramente. A quanto pare, si trova nell'altro paradiso, quello dei disabili o dei bambini o di chissà chi, Dio solo sa.

Nilli dunque non ha ancora incontrato nessuno di conosciuto, ed è meglio cosí. Ha occasione di reinventarsi. Questo posto le ricorda un pochino un kibbutz, o una comune, però senza i turni di lavoro e il sesso. Ci sono, invece, status sociali, pettegolezzi, malignità e bontà di cuore proprio come là sotto, solo che qui non hanno alcun significato. Tutti si trovano bloccati nello stesso posto da cui non si spostano, non vanno da nessuna parte.

Nilli ha in programma di ricavare il massimo da quel luogo. Intende riflettere sulla sua vita terrena, affrontare le grandi verità e poi magari – l'ha sentito da una delle partecipanti – potrà proseguire oltre, perché alcuni (gira voce) possono uscire da lí per passare in territori migliori. Nilli sa per esperienza che i propositi sono una cosa e la realtà un'altra. Lei non è mai stata una di quelli che riescono ad avere costanza nei propri propositi. Persino la dieta che ha seguito due anni prima di morire, quella con cui ha perso decine di chili, non è stata conseguenza del suo sforzo di volontà (benché ci siano stati momenti in cui si era convinta di avercela fatta, di aver trovato il sistema), bensí della malattia. In effetti la prima cosa che ha voluto verificare appena arrivata quassú era se era rimasta magra come prima di morire, oppure se arrivando lí si rivelava la sua vera forma, e fosse ritornata grassa.

Per fortuna è rimasta magra e il resto non conta, non il cancro né le sofferenze atroci. Tutti le fanno i complimenti per la linea, anche adesso! Dunque la Nilli morta è la Nilli magra e qui tutti la conoscono in questa versione, e si spera che la conservi per sempre – si spera –, tanto piú che non restano grandi desideri a turbarla per l'eternità.

Ce n'è solo uno, piccolissimo.

Lí in verità non si prova molto: fine dei sentimenti, si razionalizza. Eppure, uno o due sentimenti riescono a perdurare in alcuni partecipanti. Cose talmente primordiali e profonde che neppure la morte le può cancellare.

Per Nilli è piú un ricordo lontanissimo, niente che si possa paragonare all'inafferrabile senso di colpa che le si è annidato nell'anima. Secondo lei il senso di colpa, proprio come il cancro, ti si insinua dentro e diffonde metastasi in tutto il corpo, ed è inutile, quanto è inutile!

Piú volte si è domandata se sia stato il senso di colpa a provocarle il tumore. Ma non ha condiviso con nessuno quel pensiero, neppure nei colloqui bisettimanali.

Sa di doversi liberare anche di quel sentimento se vuole arrivare a una vera compiutezza. Ma non ci riesce, forse perché non ha ancora raccontato.

Dovrà prima di tutto raccontare a sé stessa quella storia.

La storia di Shimale, che adesso è di certo nel paradiso dei ritardati mentre lei è bloccata lí in quella stazione di passaggio. Per causa sua.

Dunque, la storia che Nilli non ha raccontato su Shimale è una cosa da poco, una ragazzata che non dovrebbe pesarle sulla coscienza da cosí tanto tempo. Di certo non per tutta l'eternità. Perché da giovani si commettono leggerezze e non ci si può portare addosso la croce per il resto della propria vita.

I suoi figli e le nipoti la giudicano una barbarie da primitivi, ma non è cosí. Per lo meno a quanto Nilli ricorda. Nessuno aveva fiatato: un patto di silenzio, l'unico modo per non mandarlo via, perché Zipa non l'avrebbe sopportato.

In un posto cosí piccolo non si può essere diversi, non è ammissibile. E Shimale era diverso, molto diverso, era ritardato.

Sofie raccontava sempre che, quando era nata Nilli, Shimale si era innamorato perdutamente di lei – era cosí paffuta e carina –, e che girava intorno alla sua culla non appena gli permettevano di avvicinarsi. Era anche utile a Sofie che ci fosse qualcuno a tenere occupata la pupa, visto che lei aveva dovuto attivarsi subito dopo il parto e tornare alle sue faccende. Israele non era l'Europa, non c'era nessuno a fare le cose al posto tuo. Sofie non aveva potuto, come sua madre, restare a letto a recuperare le forze per un mese e mezzo.

Shimale si presentava tutte le mattine e giocava con la piccina, che tutto sommato aveva un buon carattere ma non era disposta a restare sola nemmeno un momento. All'inizio era un po' timoroso, ma poi aveva trovato il coraggio di prenderla in braccio e sedersi a cullarla sulla sedia a dondolo. Le cantava delle canzoni nella sua lingua incomprensibile, e a Sofie non importava cosa le cantava, l'importante era assicurarsi un attimo di tregua.

Quando era cresciuta un pochino ed era nata Anati, Shimale aveva ignorato palesemente la nuova arrivata e si era legato ancora di piú a Nilli, che con l'arrivo della sorellina aveva perso quasi tutta l'attenzione degli adulti. Sorvegliava Nilli, stando attento che non desse troppi pizzicotti alla neonata, e usciva con lei a passeggio per i campi dietro casa su richiesta di Sofie. Cosí trascorrevano insieme le lunghe giornate estive e altre brevi giornate d'inverno.

L'estate in cui Nilli aveva compiuto cinque anni e Anati due, era stata calda e lunga. Nilli, Anati e Shimale passavano molte ore nella piscinetta che Yoske aveva scavato per loro in mezzo al giardino. Ogni mattina la riempivano a secchiate e la sera i cavalli la usavano come abbeveratoio al rientro dai campi. Nilli era inquieta perché aveva sentito parlare di scuola dell'infanzia dagli adulti che ne discutevano intorno a lei: Yoske pensava che fosse ancora presto per mandare una bambina all'asilo, si doveva aspettare. Sofie invece sosteneva che non era affatto presto, era il momento giusto, e due bambine che le si infilavano fra le gambe come due selvagge per lei erano davvero troppo.

Nilli aspettava con un'ansia snervante la decisione, senza avere una sua idea al riguardo. Sapeva solo che il cancelletto di metallo in fondo al giardino vicino al pecan gigantesco, quello da cui le era proibito uscire da sola, le poteva spalancare un nuovo, affascinante mondo.

Alla fine di quell'estate Nilli aveva fatto a piedi tenendo per mano Sofie e Yoske il tragitto fino al piccolo edificio con il grande giardino dove si trovava la scuola materna del paese. All'ingresso aveva mosso un primo passo sospettoso, poi una manina aveva afferrato la sua e l'aveva condotta all'interno. Nilli era stata subito sedotta dall'angolo delle bambole e dalla cucinetta e si era dimenticata di salutare i genitori che erano rimasti fermi all'ingresso, Yoske ad asciugarsi una lacrima e a soffiarsi il naso rumorosamente, e Sofie a braccia conserte e occhi asciutti, a osservare cosa succedeva. «Questo asilo va benissimo» aveva detto a Yoske alla fine e l'aveva incitato a tornarsene ai suoi doveri mentre lei a sua volta sarebbe rientrata a casa, una mattinata sottosopra in cui quel che aveva cucinato era venuto immangiabile e il bucato si era tinto di azzurro senza alcun motivo.

Il primo giorno Shimale era cosí smanioso per l'assenza di Nilli che Sofie e Zipa gli avevano dovuto dare un po' del tranquillante che conservavano sopra il mobile della cucina. Poi, una volta capito che era una cosa regolare, all'una precisa, l'ora in cui sapeva che Nilli tornava dall'asilo, la aspettava seduto nella poltroncina di vimini all'ingresso del giardino. Quando finalmente si rivedevano, Shimale in ansiosa attesa e Nilli piena di avvenimenti da raccontare, erano felici come due cagnolini.

Ma come tutte le storie nostalgiche e ingannevoli, da cui vengono cancellati i dettagli sgraditi, anche la storia di Shimale e Nilli rappresenta solo una parte di quella vera.

Nilli preferirebbe crogiolarsi ancora un pochino nel ricordo di quei pigri pomeriggi in braccio a Shimale sulla poltroncina rossa di vimini, o della piscina scavata da Yoske in giardino per i lunghi, noiosi giorni delle vacanze estive, o di cavalli e galline e di lei e Anati che si arrampicavano «come due scimmie» (Sofie) sul pecan mentre Shimale girava intorno all'albero tutto agitato e si tirava le orecchie troppo grandi nella fremente attesa che si spicciassero a scendere, le tasche piene di noci che avrebbero schiacciato all'ombra dell'albero per un'ora buona.

Nilli preferisce quei ricordi a quanto è successo dopo, ed è sempre esattamente lí, sotto il pecan, che li interrompe, senza mai andare oltre.

Non sa cosa darebbe per aprire qualche noce pecan adesso. Perché quassú il cibo non sa quasi di niente. Come i sentimenti hanno poco spazio, anche i sensi sono poco stimolati. Per lo meno resta magra, è vero. Ha sempre immaginato (con un misto di apprensione e speranza) che quando fosse salita lassú avrebbe finalmente potuto abbandonare la dieta e darsi alle gozzoviglie in eterno. Sognava tavoli imbanditi di dolci, panna e cioccolato e torte, pagnotte integrali con la crosta fragrante (una volta poteva divorarsene una intera con il burro e restare magra, bei tempi quelli...).

Il menu in quel posto proprio non risponde alle aspettative. Cibo salutista insapore, e non fa differenza cosa mangi, tanto non cambi, i magri restano magri e i grassi saranno grassi finché non se ne andranno da lí.

E dopo? Chissà.

Alcuni preferiscono rimanere dove sono e non spiccare il salto, ma Nilli, che è sempre stata curiosa, non riesce a resistere. Non può restare lí ad annoiarsi per l'eternità, deve fare un altro passo e chiudere con quella storia. Ma per quanto la maggior parte dei sentimenti in quel posto siano evanescenti e dilavati come sabbia in riva al mare, ogni volta che ci si avvicina sente una morsa allo stomaco, e non per la fame. Questa volta vuole andare fino in fondo.

Forza e coraggio.

Ma allora perché fatica tanto a cominciare?

Shimale per Nilli era come un mobile di famiglia, o una bambola malconcia che si conserva dalla prima infanzia fino all'adolescenza senza inutili perplessità, senza rifletterci. Ma come spesso accade, l'equilibrio si modifica quando un piatto della bilancia tracolla di colpo. Cosí era successo a Nilli, che il giorno prima si lasciava ancora coccolare da Shimale e quello dopo non piú.

Shimale non sapeva come digerire quel cambiamento e continuava a ciondolarle intorno quando si trovava in casa sua.

«Mamma, digli di smettere di seguirmi» aveva chiesto Nilli a Sofie a bassa voce un giorno, prima di andare alle prove del coro, e Sofie aveva chiamato Shimale e l'aveva pregato di aiutarla con il sacco del riso mentre Nilli sgattaiolava fuori.

All'inizio Nilli tentava ancora di spiegargli, spazientita, che non la poteva accompagnare dappertutto.

«Tu rimani qui» gli diceva, «e Nilli esce con i suoi amici. No, non puoi venire, andiamo lontano, ti stancheresti».

Sofie alzava un sopracciglio. «E dove sarebbe questo posto lontano?»

Nilli, oramai in piena ribellione adolescenziale, sbuffava e protestava e grugniva.

«Uff, mamma! Gliel'ho detto cosí per dire, piantala con l'interrogatorio!»

Poi era diventata meno gentile.

«Non voglio che mi stia addosso, mamma! Zipa, tienilo da te! Non posso vivere in questo modo!» Sofie e Zipa si scambiavano sguardi impotenti e distraevano Shimale con un biscotto o una caramella finché Nilli non si era allontanata.

«Non so cosa fare con quella ragazza» sospirava Sofie, e Zipa riscaldava l'acqua per il tè e insieme restavano a guardare Shimale seduto al tavolo tutto concentrato a creare origami con i fogli di carta che aveva davanti.

Harari, il vicino di casa rientrato dall'estero, in un sorprendente gesto di affetto gli aveva portato un manuale illustrato. Shimale aveva osservato le spiegazioni disegnate sull'album e nel giro di pochi minuti era riuscito a piegare in forme realistiche e precise i fogli variopinti che lo accompagnavano. Harari aveva spiegato che in Giappone quello che Shimale faceva era considerato una vera forma d'arte, l'origami.

«Che si occupi di quel tatagami e lasci in pace nostra figlia» aveva commentato Yoske, che stava giusto entrando in casa. «Non ha bisogno di avercelo appresso, e se non ti dispiace, due fette di quella torta con il mio tè» e se n'era andato in sala ad ascoltare la radio.

Sofie aveva tagliato la torta portata da Zipa, furibonda. Sapeva che Yoske aveva ragione, ma non riusciva a non irritarsi con l'adolescente ingrata che voltava le spalle a Shimale. Si domandava fino a che punto l'educazione permissiva di Yoske, che la dava sempre vinta alle ragazze e non gli mollava mai un ceffone al momento giusto, fino a che punto quell'educazione fosse causa del comportamento da vera viziata ed egoista di Nilli. Sperava che con il tempo le cose sarebbero cambiate, Nilli sarebbe cresciuta o Shimale si sarebbe abituato.

Ma per il momento Shimale non si abituava alla freddezza di Nilli ed era disperatamente solo. Anati fin da piccola stava sulle sue e non rappresentava una consolazione, anche se di tanto in tanto, quando Zipa e Sofie si accorgevano dell'afflizione del fratello, acconsentiva a coinvolgerlo nei suoi giochi e gli permetteva di assistere muto mentre chiacchierava con le sue bambole.

Ma Shimale aspettava solo Nilli, senza di lei non trovava pace, e Nilli stava sempre meno in casa e dimenticava, o non voleva ricordare, chi la aspettava con infinita devozione sulla poltroncina rossa di vimini.

Poi aveva conosciuto Claude sulla spiaggia, a Haifa, un incontro entusiasmante e romantico e anche un pochino proibito, e una delle ragioni per cui adesso Nilli è bloccata lí.

Sí, Claude, che sta per esalare l'ultimo respiro e ancora non lo sa. Per Nilli è una notevole soddisfazione avere su Claude informazioni che lui ignora. Perché una delle cose piú esasperanti con Claude è stato non sapere, non sospettare nulla. Un giorno era una donna sposata alla fine della terza gravidanza, forse non proprio felicemente sposata ma neppure con un matrimonio infelice, e alla fine di quel giorno era una donna alla terza gravidanza con due figlie piccole e un divorzio imminente.

Quel fatidico giorno Nilli era in cucina, friggeva e aveva il viso bagnato di lacrime da cipolla. Pensava al bambino che portava in grembo, forse anche lui lacrimava come lei per la cipolla, quando aveva squillato il telefono: la chiamata che le aveva rovinato la vita. A cercarla era una donna che l'aveva subito aggredita, senza preamboli né convenevoli: «Lascialo andare, una buona volta! Ti tradisce da anni, sono incinta di suo figlio, lascialo andare!»

Nilli, sbalordita, le aveva risposto: «Scusi, credo che ci sia un errore. È sicura di aver chiamato il numero giusto?»

La donna era scoppiata in una risata roca da fumatrice e aveva ripetuto: «Lascialo andare, cosa te lo tieni cosí stretto? Lascialo andare! Cagna!»

Nilli, sempre piú stupefatta, aveva sparato senza riflettere: «Chi dice che me lo tengo? Prego, prenditelo, è tuo, e buona fortuna con la boccaccia che ti ritrovi!» e aveva riattaccato tremando.

Dopodiché era arrivato Claude mentre lei finiva di bruciare le cipolle e quella stessa sera era stato sbattuto fuori casa, con due valigie e la promessa che Nilli da lui non avrebbe visto un soldo. E in effetti cosí era stato.

Pensare che quando l'aveva incontrato sulla spiaggia di Haifa, durante le vacanze dell'ultimo anno di scuola, Claude le era parso incarnare ai suoi occhi una promessa. La promessa di un'avventura, la promessa che esisteva qualcosa fuori dal paese, una vita diversa. Era molto attraente, aveva la pelle olivastra e un ciuffo talmente perfetto sulla fronte che era impossibile non domandarsi quanto tempo avesse dedicato a sistemarsi i capelli, ma Nilli non ci aveva affatto pensato.

Era andata con la sua migliore amica del liceo e i suoi genitori alla spiaggia di Haifa. Sofie era tutt'altro che entusiasta – Nilli lo capiva dalle labbra serrate e dalla fronte aggrottata –, ma Yoske si era intromesso per darle man forte e aveva detto: «Cosa vuoi, che resti in casa tutto il giorno come me? È giovane, fuori c'è il sole, lascia che si diverta un pochino». Sofie aveva alzato un sopracciglio, ma poi aveva ceduto e l'aveva rifornita di olio di noci e di un grosso asciugamano. Dopo essersi spalmata per bene Nilli profumava di torta, e Sofie aveva provato nostalgia per il mare e il sole, aveva quasi pensato di accompagnarla, ma Yoske se n'era reso conto e le aveva lanciato un'occhiataccia, come a dire «non ti azzardare».

Al mare, senza i suoi e con i genitori della compagna appisolati sulle sdraio, le due ragazze erano libere di guardare e sorridere e sedurre, e Claude e i suoi amici erano stati i primi a cadere nella rete.

«Ciao» l'aveva salutata, e Nilli aveva notato un lieve accento straniero.

«Mi chiamo Claude, e lei come si chiama, *mademoiselle*?» Nilli e la sua amica si erano guardate ed erano scoppiate a ridere. Claude aveva sorriso mostrando denti dritti e candidi e Nilli aveva esposto un paio di lunghe gambe lucide di olio. Non c'era stato bisogno di dire molto né in ebraico né in francese per capire che tra loro era scoccato qualcosa di eccitante.

Dal mare era tornata con delle brutte scottature e Sofie si era lamentata per lo yogurt che sprecava per una bambina che non dava retta a nessuno e non restava sotto l'ombrellone. Nilli, che aveva ancora sulle labbra il sapore di quelle di Claude, aveva riso in cuor suo sentendosi chiamare «bambina», lei non era affatto una bambina ormai e Sofie era cosí zotica da non accorgersene.

In seguito Sofie aveva trovato nella buca delle lettere una busta dell'esercito e per un attimo aveva temuto che Yoske fosse stato richiamato di nuovo, anche se aveva fatto il suo servizio di riserva il mese prima. Quando poi aveva visto a chi era destinata la lettera, aveva preteso un'immediata spiegazione. Nilli dapprincipio aveva mezzo balbettato, ma poi aveva guardato la madre dritto negli occhi e aveva detto: «Sí, è il mio ragazzo, l'ho incontrato al mare, a Haifa, e viene dalla Francia! È un soldato! Si è trasferito in Israele da poco e ha nove fratelli e sorelle! I suoi genitori abitano poco lontano da qui e tu non ci puoi fare niente!»

Cosí aveva sparato addosso alla madre tutto quello che aveva scoperto di lui nelle lettere precedenti, mai intercettate, e si era sentita importante e adulta e aveva fissato negli occhi Sofie, che le sembrava una povera invidiosa. Sofie, che in quel momento l'avrebbe voluta strozzare, l'aveva acchiappata per i capelli e trascinata alla porta d'ingresso e da lí aveva gridato a Yoske di tornare subito a casa. Yoske era arrivato di corsa, innanzi tutto le aveva separate («Cosa combinate, arrivo dal pollaio e voi qui vi beccate come due galline?») e aveva spedito Nilli in camera sua.

A Sofie aveva detto: «Cosa vuoi, è una ragazzina, è solo un flirt» e Sofie come sempre era rimasta in silenzio e l'aveva lasciato decidere. E Yoske aveva deciso che Nilli doveva invitare da loro il francese alla prossima licenza, motivo per cui Sofie lo incolpava di quello che era successo e di molte altre cose.

Quando Claude era arrivato in paese, Nilli era cosí emozionata che per l'occasione si era provata cinque volte gli unici due vestiti eleganti che possedeva e alla fine aveva optato per una camicetta ricamata e una banale minigonna. Non lo vedeva da diversi mesi e la loro relazione consisteva in un intenso scambio di lettere. Lui le scriveva lettere d'amore sdolcinate e sgrammaticate in una splendida calligrafia svolazzante, e Nilli rispondeva con noiosi resoconti di quel che accadeva a scuola e agli scout che concludeva «con amore». Adesso era il momento della verità: Nilli non era nemmeno sicura di ricordarsi che aspetto aveva Claude e il sapore del primo bacio era da tempo svanito.

Agitata com'era, aveva fatto promettere a tutti i membri della famiglia di comportarsi bene e pregato Zipa che Shimale non capitasse fra i piedi, perché non aveva ancora raccontato di lui a Claude e non voleva che fosse la prima cosa che vedeva. Zipa e Sofie si erano scambiate uno sguardo, ma Nilli non aveva tempo per occuparsi di loro, Claude stava per arrivare e lei voleva che tutto fosse perfetto quanto lui.

Claude doveva arrivare con l'ultimo pullman. Cominciava a imbrunire, ma Nilli aveva insistito per andare ad accoglierlo alla stazione degli autobus. Ne erano passati tre, si erano fermati, ma Claude non era comparso. La fermata era ombreggiata da un gigantesco ficus su cui si era posato un immenso stormo di uccelli che si preparavano per andare a dormire. Il frastuono era assordante, perciò Nilli non aveva udito subito che la chiamavano. Quando aveva sentito una mano sulla spalla aveva sollevato lo sguardo, sorpresa. Era Claude, alto, in uniforme e con un grosso borsone sulla spalla. Le sorrideva.

«Mi hai aspettato tanto?» le aveva chiesto, e Nilli si era alzata e rassettata con un gesto nervoso gonna e capelli.

«No, non tanto. Strano, non ho sentito il pullman arrivare». Claude aveva spiegato che per sbaglio era sceso due fermate prima e un vecchio su un trattore si era offerto di dargli un passaggio. Saliti in paese le erano passati davanti, ma il vecchio ci aveva messo un po' a sentire che Claude gli chiedeva di fermarsi, perciò era sceso in centro ed era tornato indietro e adesso eccolo lí.

Il lampione della strada spandeva su Claude una luce di gran fascino, i capelli ben pettinati che ricordava dalla spiaggia adesso erano molto piú corti ma non meno seducenti. Nilli non sapeva cosa fare, perciò gli aveva detto: «Benvenuto!» e gli aveva stampato un bacio sulla guancia. Ma Claude aveva ribattuto: «Cosa? Tutto qui? Ho viaggiato cosí tante ore solo per questo? Non penso proprio», le aveva sorriso mettendo in mostra i suoi splendidi denti, aveva buttato per terra la borsa e l'aveva stretta a sé. Aveva appoggiato le labbra su quelle di Nilli e lei si era sentita divorare. Le braccia che la stringevano l'avevano avvinghiata e Nilli aveva cominciato a temere di finire l'aria, stava per svenire, con quella bocca che la aspirava e le mani che la tastavano dietro.

«Claude» era riuscita a dire, «un attimo...», ma Claude era preso dalla foga e Nilli aveva pensato, mentre lottava per prendere fiato, che il loro incontro non l'aveva immaginato in quel modo, ma non se la sentiva di deluderlo, era arrivato da cosí lontano e aveva viaggiato ore e ore per lei. Si era tormentata cosí per uno o due minuti finché Claude non si era interrotto di botto.

«Nilli?»

«Sí, Claude?»

«Non ti muovere, fa' silenzio».

«Cosa c'è, Claude, cos'è successo?»

«Sst...» aveva detto e aveva mosso un passo avanti molto lentamente. Nilli si era voltata. Alle sue spalle, a qualche metro di distanza, dietro la stazione, qualcuno era fermo a guardarli. La luce del lampione lasciava tutto lo spazio circostante nel buio piú assoluto, ma Nilli aveva l'impressione di riconoscere quella figura bassa e curva. Claude era schizzato con un sasso in mano, la figura aveva tremato un attimo e poi aveva lanciato un urlo che Nilli conosceva benissimo ed era scappata via con Claude alle calcagna.

«Ti interessa?» aveva gridato. «Sei un guardone, ti piace spiare la gente?»

«No, Claude!» aveva strillato Nilli e l'aveva rincorso. «Lascialo stare, non ha fatto niente!»

Ma Claude era già scomparso nel buio e Nilli gli era corsa dietro all'impazzata, le doleva la pancia e sentiva una tremenda nausea risalire su per la gola, pregava che Claude non l'avesse raggiunto ma era sicura di sí. Rabbrividiva al pensiero dello sguardo omicida che aveva visto negli occhi di Claude, uno sguardo che l'aveva sconvolta, le aveva fatto capire chiaramente che di quel ragazzo non sapeva niente. Mentre correva per il paese cercando di identificare da dove provenivano le urla, si diceva che se fosse capitato qualcosa non si sarebbe mai e poi mai perdonata.

Cose che quassú non si dicono: mai, mai e poi mai, impossibile che...

Il gruppo che si incontra due volte alla settimana adesso si disperde. Nilli ha parlato per ultima e ha finito di raccontare la storia che la trattiene lí. La facilitatrice – non ha mai pensato a chiederle come si chiama – le posa delicatamente una mano sulla spalla gracile.

«Adesso sei pronta ad andare avanti?», e Nilli si sente invadere dalla serenità, una serenità a cui desidera solo assuefarsi, non le importa piú in che forma passerà oltre, grassa, magra, giovane o vecchia, basta uscire da quella piattezza. Nilli resta seduta per alcuni minuti, lasciandosi pervadere dalla serenità dalla testa ai piedi, ma poi scopre che la mano della facilitatrice è rimasta sulla sua spalla. Alza uno sguardo perplesso, la facilitatrice sorride, Nilli annuisce, sa.

Sente delle grida lontane, le riconosce, la storia non finisce veramente con quello che raccontiamo a noi stessi e con le promesse che ci facciamo. Perché nonostante Nilli avesse promesso di non perdonarsi mai, alla fine aveva perdonato, e non solo sé stessa.

Dopo che aveva trovato Claude intento a colpire alla testa Shimale con il grosso sasso – la faccia di Shimale era ridotta a una poltiglia di carne e sangue e le sue grida disperate riecheggiavano nelle tenebre –, e dopo che era riuscita ad allontanare Claude, di colpo come risvegliato dalla trance e incerto su dov'era, insieme zitti zitti avevano trascinato Shimale svenuto fino a casa e l'avevano lasciato sulla soglia, semincosciente.

Nilli aveva portato di soppiatto Claude alla stalla e lui si era sistemato la divisa e lavato le mani in un abbeveratoio per i vitelli chiedendo di continuo: «Cosa succederà adesso, cosa succederà? Nilli, cosa mi faranno? Mi cacceranno dall'esercito!», piangeva e l'aveva afferrata come se lei lo potesse salvare, e quella costernazione le aveva infuso forza, gli aveva carezzato la testa, sapeva di dover sistemare le cose a tutti i costi. Gli aveva raddrizzato il berretto e si erano guardati. «Tu non aprire bocca, Claude, lascia che parli io», e Claude l'aveva abbracciata e baciata sulle labbra, con dolcezza, questa volta. «Non so cosa farei senza di te» aveva detto, e Nilli aveva fatto un profondo respiro, cinta dalle braccia tremanti di Claude.

Poi si era liberata dalla stretta, aveva incrociato le dita con quelle del ragazzo e solo quando avevano sentito Zipa e Sofie gridare erano usciti dalla stalla con passi ovattati e si erano precipitati verso casa come se fossero arrivati in quel momento dalla stazione dell'autobus e fossero accorsi sentendo le urla.

Adesso che è pronta ad andare oltre, Nilli pensa che quello che la accompagnerà per tutta l'eternità non saranno le grida di Sofie («Ecco! Alla fine è successo quello che avevo sempre temuto!») o i singhiozzi soffocati di Zipa («Mostri! Bestie!»), e nemmeno il viso terreo di Yoske che portava in braccio Shimale, come un vitellino appena nato, verso il furgone per poi volare all'ospedale («La pagheranno cara!»). Ad accompagnarla d'ora in poi e per sempre sarà il ricordo dell'unico occhio che si era aperto quando si era chinata su di lui, un secondo prima che Yoske arrivasse di corsa, l'occhio che l'aveva guardata e le aveva sorriso senza un'ombra di accusa.

Nilli adesso capisce, mentre le sue gambe levitano cinque centimetri sopra quel posto da cui comincia ad allontanarsi, che anche se la mano delicata della facilitatrice del gruppo ha abbandonato la sua spalla lasciandola andare, le sue spalle non saranno mai leggere. Adesso sostengono il carico piú pesante che ci si può portare addosso per tutta l'eternità, il peso del tradimento.

Sua figlia fa fatica. Due volte alla settimana psicomotricista e logopedista. I suoi riccioli sono sparsi sul tavolo e la testa è appoggiata sul braccio, le dita muovono goffe la matita. Impugnatura sbagliata, osserva Yael ripetendo le parole della psicomotricista che, pur ottimista, usa definizioni come «disturbo del linguaggio», «disprassia», «disregolazione emotiva».

«Ne è sicura?» chiede Yael, e la psicomotricista la guarda con espressione gentile e affabile.

«Non si può mai esserlo al cento per cento» risponde. «Noi procediamo sempre sulla base delle evidenze, il futuro lo lasciamo agli astrologi e soprattutto ai bambini, che ci sanno sempre sorprendere».

Aya, che ha finito di lavorare sul tavolino all'angolo, le porge un origami a forma di pesce. Yaeli sente lo stomaco contrarsi, ma le rivolge un sorriso contento. Non le dispiacerebbe avere a portata di mano una chiromante o un'indovina che leggesse i fondi di caffè o le stelle e le rivelasse il futuro di Aya, il loro futuro. Sarebbe disposta a qualunque cosa pur di fare un balzo nel tempo, fra una decina d'anni, per assicurarsi che quello che sta facendo adesso è quello che serve. Perché ogni azione in questo momento è fatale, una questione di vita, per la vita di Aya. E per la sua.

Non dubita della diagnosi, sa che è giusta, solo le deduzioni le sembrano sbagliate. Yael non è disposta ad accettare la realtà: intende cambiarla.

La mattina dopo, alla scuola materna, la maestra la invita a un colloquio. Yael cerca di non sembrare sulla difensiva mentre dice che va bene, si rende conto, ma la maestra potrebbe fare ancora un tentativo? La maestra annuisce, per fortuna è una brava persona.

«Quando avrete la diagnosi, sapremo meglio come aiutare».

«Certo» dice Yael, e non racconta che hanno ricevuto la diagnosi da oltre un mese. Non la consegnerà alla maestra finché non sarà sicura di quel che intende fare. Forse non gliela consegnerà affatto. Sta prendendo in seria considerazione l'educazione parentale. Alla maestra non racconta neanche della nuova scuola speciale dove fanno miracoli, ma per mandare lí Aya si dovrebbe trasferire. Nemmeno a Yonathan ha raccontato dell'ipotesi di lasciare tutto. Di nuovo. Aya è già stata accettata e David è d'accordo, piú che d'accordo, insiste. Qualunque cosa per la bambina, i soldi non sono un problema, ha persino detto che si è liberato un appartamento nel suo condominio, un palazzo davvero splendido. Non dipinge piú ormai, restaura magistralmente immobili storici tutelati. L'appartamento è sopra il suo e le aspetterà fino a quando

Yaeli non avrà deciso. L'appartamento. Solo che lei ancora non ha deciso.

Non c'è niente che non farebbe per Aya. Le è stato chiaro fin dal primo momento in cui l'ha stretta al petto in ospedale, dopo il sollievo in sala parto. E anche dopo, quando hanno cominciato a sorgere i dubbi. Tutte le altre cose sono passate in secondo piano, il lavoro, i sogni, chi può pensare adesso alle poesie o ai racconti?

Sente le voci di chi le sta intorno. «Non esageri un pochino? Ci vuole misura». Quella parola, «misura», lei la odia. In nulla c'è misura, a chi serve? Quello che Yael fa lo fa con totale dedizione, senza mezze misure.

Aya la saluta con la manina ed entra nella sala grande dove si avvicina a Tal, la sua unica amica, di un anno piú piccola. A loro si uniscono altre bambine che giocano nell'angolo dei travestimenti. La maestra si appoggia alla soglia della sala grande e le guarda, Yaeli si ferma al suo fianco.

«Fra poco le sue amiche si sposteranno a giocare da un'altra parte, ma se la lasciamo lei non si muoverà fino a mezzogiorno e non permetterà a nessuna, a parte Tal, di partecipare». Yaeli annuisce e intanto pensa: E allora?

Quando le bambine giocano insieme sembra uguale alle altre e Yaeli cerca di appigliarsi a questo, perché da quando hanno cominciato a indagare sente che le diagnosi e tutti i discorsi su Aya le stanno annebbiando la vista: invece della sua amata figlia vede macchie, un cumulo di problemi complessi e irrisolvibili. Aggiustare aggiustare aggiustare. E se non fosse possibile? O necessario? Come mai la diagnosi non segnala quanto è intelligente e divertente e adorabile Aya?

Quando Yael esce dalla scuola alcune nubi nerastre si accalcano in una porzione di cielo, al disopra del kibbutz vicino. Mentre va dritta alla sua roulotte incontra Rubi, che accosta e ferma il pick-up. Promette che passerà a piazzare le trappole per il topo che Yael ha incontrato ieri in bagno. Sul sedile vicino al guidatore è seduta Racheli, una ragazza giovane sempre sorridente, si sono già conosciute. Yaeli spera che rimarrà abbastanza a lungo perché lui concluda tutte le riparazioni necessarie.

«Si direbbe che minacci pioggia. Il nostro tetto reggerà?» chiede Yael, e Rubi reagisce con un'espressione scettica: «Al massimo quattro gocce, non credo si possa sperare di meglio».

Yael entra nella roulotte, lascia cadere borsa e chiavi sul pavimento e si siede davanti al computer. Deve preparare la sua lezione per l'Istituto domani, ma non è dell'umore giusto. Naviga un pochino, compra ad Aya qualche vestitino delizioso e un cappotto, scorre un blog su giardinaggio e design di interni, paga la bolletta dell'elettricità e ordina cibo per il gatto che vive lí fuori, quello che amano persino i topi. Cerca di distrarsi dal pensiero fisso, ma alla fine apre di nuovo, per l'ennesima volta dopo la diagnosi, la mail che le hanno mandato allora, quando era incinta, con i risultati dell'esame spedito in Inghilterra. La legge concentrata, come se non conoscesse a memoria il contenuto, poi si accascia sulla sedia e chiude gli occhi.

Quella sera, la sera del matrimonio mai celebrato e di Sofie e del getto d'acqua, era arrivata all'ospedale dopo che le si erano rotte le acque con contrazioni frequenti e dolorose e l'avevano portata d'urgenza nella sala parto per le gravidanze ad alto rischio. Non sapeva – nessuno le aveva spiegato – che era una sala destinata ai parti «speciali». L'équipe, composta di dieci medici e infermiere, l'aveva accolta affabilmente ma senza un sorriso.

Una delle infermiere le aveva accarezzato la fronte

e il viso dolcemente. «Auguri, tesoro» le aveva detto, ma poi Yael l'aveva sentita commentare alle sue spalle: «Che tristezza, è il primo figlio».

E Yaeli era sola e la macchina faceva *bip bip*, d'un tratto aveva sentito un'ondata di nausea e si era avvicinato l'anestesista, che aveva aggiunto nell'infusione un altro farmaco e detto: «Solo un attimo, fra poco finisce». E ancora un attimo e un altro attimo ed era apparsa la sua bambina, la bambina «settanta per cento» – chi sapeva, allora, come stava per cambiare la sua vita –, e un pianto forte e vigoroso e una piccina di tre chili e centocinquanta grammi, senza nessun segno particolare, indice di Apgar tra sette e dieci significa tutto nella norma.

Se potesse rivivere un solo istante della sua vita Yaeli vorrebbe tornare in quella stanza, per assaporare di nuovo il sollievo sulle facce dei presenti e il sorriso felice dell'infermiera che le aveva avvicinato il bebè alla guancia, e di colpo il pianto era cessato grazie al contatto fra pelle e pelle, e l'anestesista le aveva detto, mentre lei sentiva svanire la realtà intorno a sé: «Può riposare adesso, Yael, ha faticato tanto. Va tutto bene».

Yael apre gli occhi. Sullo schermo c'è sempre la mail, copia il nome della sindrome in inglese e lo incolla su Google. Anche questo l'ha già fatto una marea di volte, sempre nella speranza di trovare nella voce di Wikipedia in inglese informazioni nuove rispetto al passato. Ma sia in ebraico sia in inglese, nero su sfondo bianco, c'è scritta la stessa identica cosa: nelle femmine, la sindrome si può presentare con livelli di gravità diversi, ritardo lieve, a volte impercettibile, significativi disturbi dell'apprendimento, problemi di disregolazione emotiva, funzionamento intellettivo limite. Nulla di nuovo. Yael chiude di nuovo gli occhi e sente il corpo scivolare dalla sedia sul pavimento, come un orologio di Dalí, fuori dal tempo e dalla realtà in cui è calato, ha voglia di rimanere cosí, nella pozza di sé stessa, finché non sarà costretta a riscuotersi e alzarsi per andare a prendere Aya.

Non sa da quanto tempo è in quella situazione quando sente battere energicamente alla sua finestra. Si alza lentamente. Yoske è fermo davanti alla roulotte, picchia sulla finestra di plastica con il bastone da passeggio, e Luda, la badante, gli sta vicino a mani giunte.

«Come va?» Yael si fa incontro al nonno, che tiene in mano un fascio di documenti. «Yaeli, hai già aperto l'account come ti avevo chiesto di fare? Ci sono alcune aste su Ebay a cui vorrei partecipare, spade originali stupende, ma dice che serve un account, non capisco cosa vogliono da me!» Yaeli risponde che passerà piú tardi a inserire un nome utente e una password, adesso ha bisogno di lavorare.

«Lavorare?» commenta lui. «Che lavorino i cavalli belgi da tiro!»

«Va bene, nonno, vengo fra poco. Cosa sono questi fogli?»

Yoske guarda perplesso i fogli che tiene nella mano sinistra e rimane muto per qualche istante con l'aria di chi si sforza di far mente locale. Alla fine la badante si avvicina e mormora qualcosa in rumeno. «Ah, giusto, è arrivata questa, riguarda la casa» e le porge i fogli piegati. Una goccia gli colpisce la testa calva, lui guarda verso l'alto, gli occhi coperti da una membrana lattiginosa sembrano confondersi con il riflesso delle nuvole grigio-bluastre.

«Si direbbe che stia per piovere» osserva Yaeli.

«Ah, succederà quando mi cresceranno i peli sul palmo della mano» ribatte lui con un sogghigno, e si gira diretto verso casa. «Non dimenticarti del mio Ebay!» grida mentre scaccia con il bastone la badante che cerca di prenderlo a braccetto mentre attraversano la strada, lei lo sgrida, lui la ignora e scompaiono lungo la via.

Sui fogli ripiegati trova macchie di caffè e residui di quella che dev'essere stata la colazione di Yoske. Nella lettera dell'avvocato Singer, indirizzata a Yaeli e Yoske, c'è scritto che la casa di Zipa, registrata come Lotto/Blocco 85/23090, è stata dichiarata immobile storico tutelato e di conseguenza l'ordine di demolizione è revocato. Nondimeno, il secondo piano della casa è classificato come «pericolante» e i proprietari hanno il dovere di eseguire un intervento di messa in sicurezza oppure demolirlo, qualora intendano usare la casa come abitazione.

Yael rilegge la lettera, poi la posa vicino al computer ed esce. Attraversa l'Aia e si dirige al magazzino degli attrezzi comune, non è sicura di sapere cosa cerca, ma appena vede la zappa lo capisce. Esce dal magazzino con la zappa in mano e cammina fino a casa di Zipa. I cespugli di more e la vite americana s'inerpicano sulle finestre. La malva quest'inverno è cresciuta molto per via del tubo di innaffiamento che è rimasto aperto, le arriva quasi alla vita.

Sulla porta è appiccicato un foglio sbiadito, vecchio, che avvisa che l'edificio è destinato alla demolizione. Yael lo stacca e lo getta per terra.

Apre la porta, l'interno è rimasto identico. Senza i mobili – è sgombro da anni –, sembra piú grande ma anche piú buio, per via della vegetazione che copre le finestre.

Sale al secondo piano, uno scalino cede sotto il suo piede, recupera l'equilibrio e monta cauta, cercando di calpestare solo i sostegni di metallo.

Al secondo piano si apre una grande galleria in sfacelo, la mansarda. Ci trova una poltrona impolverata con sopra tre buste contenenti i copriletto e i cuscini a fiori che ha comprato prima di arrivare. Le buste si stanno sbriciolando, ma il logo giallo e blu è ancora visibile e le ricorda i sogni che l'hanno portata qui.

La porta della cameretta è adagiata a terra, come l'ha vista la prima volta, i muri della stanza sono di tavole a incastro arancioni. Yael brandisce la zappa e colpisce il muro di legno. Una tavola si rompe ma il muro resiste solido, lo colpisce di nuovo, ancora e ancora, sotto i pezzi di tavole appare una cornice di legno piú morbido, spacca anche quella, e quando apre una breccia abbastanza grande cerca di strappare via le tavole con le mani, alcuni pezzi si smontano facilmente. Cominciano a sanguinarle i palmi ma non le importa, colpisce il muro, colpisce e colpisce fino ad abbatterlo del tutto, e la luce della piccola finestra filtra nella galleria. Rompe anche la finestra. Non ospiterà mai piú coperte stese ad arieggiare. Mai piú partiranno da lassú forme di carta colorate, asini, gru, barchette o pesci. Sua figlia piegherà i suoi origami dove vorrà.

Venuti meno i muri di sostegno le assi del tetto cadono a loro volta, con un gran tonfo. Qualcuno la chiama dall'ingresso, segue un trapestio, passi rapidi e pesanti per le scale, e appare una testa bionda. Yael è attorniata da macerie. Yonathan fa un balzo verso di lei, le afferra il braccio e insieme volano giú per le scale che sembrano cedere sotto il loro peso. Un attimo dopo che sono usciti dalla porta il tetto crolla dentro la casa come un soufflé che sprofonda su sé stesso.

Yael si ferma con le braccia lungo i fianchi e guarda il cielo grigio, la pioggia vera che le bagna il viso. Finalmente si respira.

La pioggia aumenta, picchia sui tetti di lamiera e amianto, tamburella sui campi polverosi, i frutteti assetati, mette in mostra i tubi arrugginiti e i sistemi d'irrigazione abbandonati. Se prima le gocce cadevano rade, adesso s'infittiscono fino a formare una cortina obliqua d'acqua che lava i tetti delle case, i giardini avvizziti, le automobili, le strade bianche di polvere.

Escono pian piano dalle case, increduli, con i camici e i grembiuli da lavoro, in motocicletta e sui trattori, sollevano le braccia e implorano: «Resta!», con la testa inclinata di lato e verso l'alto come girasoli rivolti al sole, qui però è la pioggia a cadere come un rimprovero sui visi.

Liscia la terra arida, crepata, l'acqua scorre vivace dentro i canali di scolo che traboccano. Il verde degli alberi improvvisamente si svela e petunie e balsamine, che solo ieri sembravano esauste nelle loro aiuole, acquistano lucentezza e colore nella luce azzurrognola che riesce a filtrare fra le nuvole pesanti. L'acqua si riversa a cascate dal tetto della Casa del Popolo sulle mattonelle, fragorosa, spruzza i muri intorno. Le mucche si raggruppano al centro del capannone, spaventate, le oche che razzolano libere un attimo prima di salire sul camion dirette allo stabilimento di piumini spalancano il becco e si fermano cosí, incredule di tanta fortuna.

La pioggia continua a cadere, non intende smettere, non adesso, forse mai piú. Non sa nulla e nello stesso tempo sa tutto, perché se n'è andata e per quale ragione è tornata, nessun sogno o illusione, nulla di tutto questo, esiste e basta, cadrà chissà per quanto e poi cesserà. Tutto qui.

Dall'alto, da lassú, nello strato in cui si forma, le persone e le formiche mietitrici si somigliano molto: si muovono in file ordinate, seguono un chiaro tragitto, non credono davvero che una grossa goccia o la sua assenza siano in grado di cambiare tutto e farle deviare dal loro percorso.

Chissà come riusciranno a tornare.

L'uomo delle gru

Da tanto, ormai, non vede le gru volare sopra il paese. Forse hanno cambiato la rotta della loro migrazione, o deciso di non passare piú lí sopra, forse temono gli uomini armati di fucile appostati vicino alle vasche dei pesci. Lui continua ad aspettarle, attende di vederle atterrare nei campi fangosi che un tempo erano lí intorno. Ricorda: uno stormo di gru grigie con il collo nero e la corona rossa cammina nel fango, estraggono grossi vermi dalla vegetazione, corteggiano con grazia le gru femmine, spiegano le ali, chinano la testa e danzano. Una volta poteva restare per ore a guardarle, quando ancora gli era permesso girare anche di giorno e non solo di notte, con il binocolo che Yoske gli aveva regalato, fino a che il sole non calava dietro al monte e lui sentiva la pancia incollata alla schiena. Allora si allontanava strisciando, e solo quando arrivava a una certa distanza dallo stormo si sollevava leggermente e proseguiva chino fino al sentiero dei trattori che porta alle prime proprietà confinanti con i campi, evitava i piccoli giardini come una silenziosa mangusta che scivola tra l'erba. Solo quando intravedeva la casa davanti a lui partiva in una bizzarra corsa a braccia e gambe allungate, arrivava ansimante, schiumante, i rivoli di sudore che gli scorrevano sul viso, e tirava un respiro di sollievo: anche quella volta non erano riusciti ad acchiapparlo.

Ma le gru non arrivano piú, ormai. Non sa quanto tempo è passato dall'ultima volta, un anno, due, dieci? Delle gru gli rimangono il ricordo e gli origami. Ogni giorno, dall'ultima volta che se ne sono andate, ne crea uno.

«Va'» gli dice Zipa, e lo guarda con il sorriso negli occhi un tempo giovani e adesso circondati da rughe, stanchi. Lui annuisce diverse volte, è eccitato e agita le braccia di lato. «Sst» gli raccomanda, gli appende al collo la lunga catenella con la chiave e gliela infila nella camicia. La chiave appoggia sul petto, fresca e acuminata.

«Non dimenticarti di rientrare prima della mungitura del mattino, d'accordo?»

Gli sfiora la guancia con tenerezza, si sofferma un attimo sulla palpebra semichiusa e sulla vecchia cicatrice in rilievo che solca il viso dalla tempia all'orecchio. Lui annuisce otto volte, il suo numero preferito, il numero a forma di pesce, le gru mangiano i pesci. Completa i giri dell'ingresso: otto. Zipa lo lascia e va ad appisolarsi sulla poltrona davanti alla televisione. A volte lo aspetta lí in poltrona fino al mattino, altre si sveglia e va a dormire nella camera grande vicino alla cucina dove dormiva con Bezalel. Adesso però senza piú Bezalel. È da tanto tempo che lui non vede Bezalel e il suo buffo sorriso con la fossetta. Tanto tempo, forse un anno, o due, o dieci.

Le gru scelgono un compagno con cui trascorrono tutta la vita.

Esce. Al polso porta un vecchio orologio che da parecchio ha smesso di ticchettare. È l'orologio di suo papà, il papà suo, di Zipa e di Sofie che gli manca, per questo indossa l'orologio. Zipa ha trovato l'orologio nel grosso baule e gliel'ha dato tanto tempo fa, quando gli scoppiava il cuore per la nostalgia del papà, della mamma, di Nilli.

Anche se l'orologio è fermo, sa benissimo che la mungitura comincia un attimo prima che spunti il sole, quando è ancora buio ma il cielo passa da nero a blu scurissimo. Lui è bravo a distinguere i colori, Zipa dice che per i colori ha un occhio unico, cosa che Shimale trova buffa perché ha un occhio solo, quindi per forza è unico.

È capace di distinguere le tenebre dalla luce, ma anche la differenza fra terra e cielo, anche se il cielo lo può vedere tutto il tempo dalla sua finestra mentre la terra la può solo sentire di notte, quando esce. Prima la poteva sentire sempre, ogni volta che voleva, con Nilli in braccio o Anati sulle spalle. Anche loro non le vede da tanto. Forse una settimana. Forse un anno. Forse dieci.

Le gru costruiscono il loro nido vicino a grandi serbatoi di acqua.

A volte quando esce da casa comincia a correre a tutta velocità finché non raggiunge la sorgente, dove non c'è altro che la voce dell'acqua e la luce della luna. Gli piacerebbe rimanere per sempre lí, sulla terra vicino alla sorgente, costruirsi un nido di rametti e fango, come una gru.

Se la luna dà luce e non è troppo buio (Zipa ha sempre paura dei serpenti perché non sa che loro hanno ancora piú paura di lei), si sfila scarpe e calze e cammina sulla terra, che a volte è secca e dura, altre bagnata e fredda, ma lo sostiene sempre con forza, non come l'acqua che si muove di continuo e trascina via tutto.

Due volte alla settimana, quando il sole inizia a calare, con l'ultimo bagliore crepuscolare comincia a sentirsi inquieto, cammina avanti e indietro nella sua camera al secondo piano, esce in corridoio, va in bagno, apre e chiude la porta otto volte finché non sente gridare da sotto: «Ancora un pochino! Pazienza!» Per calmare il brivido che gli corre lungo la schiena si siede al tavolo e piega, ha fogli colorati e altri bianchi, il colore non è sempre importante. Una volta non aveva gli origami, gliel'ha raccontato Zipa, ma lui non si ricorda di essere mai stato senza.

Con la chiave al collo e il sacchetto di origami esce di casa. Se li porta sempre dietro. Prima ne lascia qualcuno nel recinto degli animali dell'Istituto per i bambini, tante forme che piega apposta per loro, rane e cani e gatti che assaggeranno la libertà la mattina quando i bambini li troveranno. Le gru le lascia nel sacchetto. Un uccello notturno o un pipistrello stridono sopra la sua testa; non ha paura. Se vuoi uscire non puoi avere paura, lo dice Zipa.

All'ora in cui Shimale esce dormono tutti, fra poco si dovranno alzare per le mucche. Le mucche gli piacciono, i galli invece no. Piú di tutto gli piacciono i vitellini che gli leccano la faccia con il loro fiato di latte. A volte passa una chiassosa bicicletta a motore, la sente da lontano e si nasconde dietro il grande silos dove un tempo i chicchi di grano toccavano il soffitto e oggi svolazzano piccioni e passerotti. Portano guai, le biciclette assordanti. E se arrivano in gruppo sono guai grossi. Le loro risate, hahahahaha, sono coltelli nelle orecchie, come le volte che lo acchiappavano e giocavano con lui, lui era la palla e loro se lo passavano da uno all'altro. Zipa dice che non ci si deve comportare cosí.

Di nuovo circolano le bici. Non li sopporta proprio piú, le biciclette e i giovani che ridono. Perciò scivola dietro il silos, sale la prima rampa di gradini e poi monta sulla scala, ogni volta otto pioli e poi pausa, otto pioli e poi pausa, cosí per cinque volte, ecco quanto è alto il silos. La prima volta che si è arrampicato lassú era molto spaventato, non ci era abituato, ma non aveva scelta perché Nilli e Anati avevano cominciato a salire e lui le doveva seguire, aveva promesso a Sofie di prendersi cura di loro sempre, e mentre saliva gli girava la testa e l'odore di fermentazione gli dava il voltastomaco.

Sentiva che stava per cadere, ma non poteva per via di Nilli e Anati. Alla fine, quando erano arrivati alla grande rampa in cima, era senza fiato e loro due felici, ridevano a piú non posso, si erano sdraiate con la pancia appiccicata al parapetto e le gambe penzoloni che si agitavano allegre. Sofie, che passava lí sotto diretta all'emporio, si era spaventata a morte scoprendo che le sue bimbe erano a venti metri di altezza, sospese fra cielo e terra, e chiamavano «mamma, mamma, guarda!» Aveva cominciato a strillare che dovevano venire subito giú e solo dopo si era calmata, non prima di averle strigliate per bene e poi messe a sedere sulla panchina vicino all'emporio per controllare che fossero scese con tutti gli organi intatti. Lui si siede come si sedevano Anati e Nilli, pancia appiccicata al parapetto e gambe penzoloni. Dall'alto si accorge che le biciclette se ne sono andate, in paese è calato di nuovo il silenzio. Apre il suo sacchettino dove Zipa ha messo un panino e un frutto. Se ne sta lí a mangiare. Otto bocconi e pausa, otto bocconi e pausa. Ci mette tanto a finire il panino e la bocca si stanca. Prima riusciva a mangiare addirittura tre panini, con tantissimi otto.

I suoi capelli si sono fatti bianchi, mentre quelli di Zipa sono ancora nerissimi.

I cani abbaiano, lui trema ma non ha paura, si limita a sussultare per i latrati. A volte di notte nei giardini sente urla o altre voci e sgattaiola sotto la finestra ad ascoltare. Zipa l'ha sgridato, è proibito, i vicini sono andati da lei a lamentarsi e hanno chiesto di non lasciarlo piú uscire. Da allora sale sul silos. Da lassú si vede molto meglio, come una gru in volo.

Per passare il tempo elenca i nomi dei serpenti che conosce: il colubro nero, il colubro lacertino, la vipera, il colubro saetta rossastro, l'*Hemorrhois nummifer*, tutti questi vivono nei paraggi, ma ce ne sono tanti altri che se ne stanno un po' piú lontano: la vipera cornuta, il diadema snake, la ceraste cornuta, la vipera del Sahara, la vipera cornuta araba, il boa constrictor, la vipera rostrata, la vipera talpa israeliana, il serpente nero del deserto, la vipera del Libano e tutti gli *Elaphe*, gli *Eirenis*, il serpente gatto e la biscia tassellata, e ce ne sono ancora ma gli manca il fiato. Zipa non ama i serpenti, cerca di ucciderli anche quando sono buoni. Shimale non fa in tempo ad aprire bocca e *tac!*, una picconata in testa. Una volta ha visto una gru ingoiare una biscia sottile, ma quello almeno è giustificato.

Grosse falene gli svolazzano sopra la testa, da stupide si avvicinano al riflettore rovente e in un secondo bruciano. L'aria è piena di insetti, riconosce anche quelli dopo aver letto per un anno intero due libri che ha trovato buttati fuori dalla Casa del Popolo, *Insetti e parassiti dell'orto e del foraggio in Medio Oriente*, di Y. Ribnai, e *Insetti e parassiti della vite e degli alberi da frutto*, del Dr. K. Schweig. Da allora può elencare senza difficoltà questa lista: acaro della vite, acaro rosso («te li ricordi in ordine alfabetico?»), fillossera, tignola delle pellicce, carpocapsa del melo, cocciniglia, falena leopardo, afidi del mais, diabrotica, piralide del mais, lema del frumento, cecidomia rossa del grano, punteruolo del grano, tignola fasciata del grano (ce ne sono altri del grano, ma Zipa e Sofie perdono la pazienza), mosca mediterranea della frutta, crisomela dell'erba medica, fitonomo dei medicai («insomma, adesso basta!»).

Cerca di spiegare, ma le parole, cosí lisce e rapide nei libri, nella sua bocca diventano dure e lente, a eccezione delle liste che sa recitare, quelle gli escono di bocca con la massima fluidità. Zipa è disponibile ad ascoltare Shimale, ma non per tutto il tempo. Le piace quando elenca i tipi di uccelli che si posano in giardino all'imbrunire, ma è stufa di sentire parlare di gru e non accetta assolutamente che nomini i serpenti.

Quando Zipa verso sera è di buon umore, Shimale prende un bel respiro e comincia: gheppio comune, merlo, gruccione comune, bulbul arabo, cinciallegra (rara), martin pescatore qualche volta, picchio di Siria, ghiandaia, cornacchia grigia. Di tanto in tanto a quell'ora sulle loro teste passa rapido un barbagianni con un frullio d'ali (o un pipistrello, che assolutamente non è un uccello) e a quel punto aggiunge anche quello. Negli ultimi anni la gru cenerina non è piú nella lista.

In alto, dal silos, Shimale guarda, nell'ora in cui il cielo è nero, illuminato solo dalle stelle, la Casa del Popolo dove in tempi passati si svolgevano grandi riunioni con tante grida allegre. Da lí sposta lo sguardo sull'ampio prato antistante, ora buio, dove si radunavano per celebrare le festività importanti: la fiera della campagna e Shavuot, la festa della mietitura. Tutti in abiti da festa, con il coro che cantava sempre le canzoni che tutti conoscevano, anche Shimale (lui però non cantava). A Shavuot sfilavano i cavalli e poi i trattori, trainando i carri su cui si portavano le primizie: vitelli e agnelli, pulcini gialli che solleticavano le mani e anatroccoli che terrorizzati si nascondevano fra le balle di fieno, e anche i neonati in collo alle loro mamme, come era stata Nilli e poi Anati, in braccio a Sofie, in alto, sul carro. I bambini correvano scalzi dappertutto, giocavano a nascondino fra le alte pannocchie o riposavano all'ombra degli aranci durante le ore calde del pomeriggio. E lui sempre dietro. Sapeva di essere piú grande di loro, le persone grandi come lui lavoravano già nei campi o nel frutteto, ma Yoske non lo voleva con sé («non lavoro all'asilo, io»), perciò Sofie gli aveva chiesto molto gentilmente di prendersi cura delle bambine. Le sarebbe stato di grande aiuto, gli aveva spiegato, perché lei aveva sempre la testa piena di problemi. Sí, lui aveva curato Nilli e Anati un anno, due, forse dieci? Finché non erano cresciute e Nilli aveva trovato un ragazzo con gli occhi neri come la pece e uno strano modo di parlare, un accento che a lui dava i brividi giú per la schiena. Ma anche allora l'aveva seguita. Però quella era stata l'ultima volta.

Adesso che il cielo comincia a schiarire, le mungitrici sibilano e i motori dei trattori tossicchiano, lui capovolge il sacchettino nero e lascia andare libere le gru di carta. Poi scende con cautela la scala stretta, otto pioli e pausa, otto pioli e pausa. I cani abbaiano, i tacchini gloglottano e le mucche muggiscono mentre apre la porta d'ingresso quatto quatto, con la chiave che porta al collo, ed entra. Sale le scale fino al secondo piano, va in camera e chiude il chiavistello posizionato all'altezza dei suoi occhi. Si sfila i vestiti e si ficca a letto, si rigira otto volte verso destra, otto verso sinistra. Mentre le palpebre diventano pesanti pensa: torneranno prima o poi le gru?

Forse insieme alla pioggia.

Ringraziamenti

A Edo, che c'è sempre per me, che mi sostiene e soprattutto crede in me. Ai miei figli, Eytam e Yas'ur, che mi hanno insegnato com'è sentire la vita.

Ai miei genitori, la vita fuori dall'ordinario insieme a loro mi ha reso un'osservatrice. Ai nonni Yaakobi, la cui vita ha ispirato tante delle storie già scritte e altre che forse scriverò. Ai miei cari amici, che hanno chiacchierato candidamente con me senza sospettare che un giorno si sarebbero ritrovati tra le pagine di un romanzo.

Al mio mentore, il professor Alan Hoffman: ci sono arrivata vent'anni dopo, ma senz'altro grazie a lei.

Alla mia editor, Orna Landau, che ha saputo indicare la strada in un libro tortuoso e serpeggiante, e a Miri Rozovsky, che è stata di sprone e incoraggiamento.

A tutti coloro che mi hanno accompagnato con un pensiero, un commento o un chiarimento.

Grazie. Questo libro lo devo anche a voi.

Indice

Questo libro è stampato col sole

Fabbricato da Grafica Veneta S.p.A. con un processo di stampa e rilegatura certificato 100% carbon neutral in accordo con PAS 2060 BSI

Stampato per conto di
Neri Pozza Editore, Vicenza
da Grafica Veneta S.p.A., Trebaseleghe (PD)
nel mese di agosto 2023
Printed in Italy